Geschäfte mit Doping und Schlankmachern

Eine Rezension von Jörg Schumacher, online publiziert auf www.text-und-tier.de

Ich konnte mich nach der Lektüre des Krimis *Gaisburger Schlachthof* von Christine Lehmann nicht erinnern, schon einmal ein so sorgfältig recherchiertes, thematisch zeitloses und dennoch brandaktuelles Thema in einem deutschen Krimi gelesen zu haben. Kombiniert mit dem der Autorin eigenen Lust am wortschöpfenden Schreiben bietet das Buch interessante Personen, ergreifende Menschenschicksale und Hintergrundinformationen zur körpereigenen Biochemie, die jedes Fachbuch zum Thema Fettverbrennung und Doping als staubtrockene Wissenschaft erscheinen lassen.

Immer wieder provoziert die Autorin dabei mit Sätzen, die unbewusst antrainierte Denkmuster in Frage stellen: Die Abschnitte über Transsexualität und den operationstechnischen Umgang damit sind für mich der Höhepunkt des Buchs. Christine Lehmann verdient höchstes Lob für die Art, wie sie die die Beziehung der beiden Hauptpersonen entwickelt, Lisa Nerz und Staatsanwalt Weber.

Eigentliches Thema des Buches scheinen mir aber die frustrierten Individuen in einer den Menschen verachtenden, ausschließlich auf Gewinn orientierten und letztlich gleichgültig über Leichen gehenden Gesellschaft zu sein. Diese Passagen berühren so nachhaltig, dass selbst das kleine Happyend am Schluss nicht wirklich über die Geschichten der anderen Personen tröstet, deren Leben als Ergebnis fremder Raffgier und eigener Abhängigkeit vom gesellschaftlichen Umfeld in Trümmern liegt.

Die Aktualität des Buchs resultiert aus der gründlichen Recherche: Besonders die Schilderungen aus dem Milieu der Bodybuilder zeigen Parallelen zum Doping im Radsport und anderen Leistungssportarten. Jeder Bewerber tut es, weil ohne Manipulation kein Erfolg möglich ist. Jeder der Akteure weiß, dass es gesundheitsschädlich ist, und nimmt die Mittel trotzdem. Und alle, die es nehmen, sind im eigentlichen Sinn die Geschädigten. Dabei ist es egal, ob es die Frauen im Krimi mit dem Wunsch nach Vollzug des von der Gesellschaft antrainierten Schlankheitsideals sind oder die Teilnehmer der Tour de France. Das wahre Geld eignen sich die Hintermänner an, die, die nach Amnestie für Dopingsünder schreien, damit es hinter den glänzenden Fassaden mit dem großen Geld weitergeht.

Link: www.text-und-tier.de/books/ariadnekrimi/gaisburger-schlachthof-von-christine-lehmann-geschafte-mit-doping-und-schlankmachern.html

Christine Lehmann, *1958 in Genf, lebt in Stuttgart und Wangen (Allgäu) und ist als Nachrichten- und Aktuellredakteurin beim SWR tätig. Sie schreibt Romane, Kurzkrimis, Kriminalhörspiele (*Radio Tatort*) und Glossen.

Christine Lehmann

Gaisburger Schlachthof

Ariadne Krimi 1167
Argument Verlag

Ariadne Krimis
Herausgegeben von Else Laudan
www.ariadnekrimis.de

Christine Lehmann bei Ariadne:

Vergeltung am Degerloch (Ariadne Krimi 1165)
Gaisburger Schlachthof (Ariadne Krimi 1167)
Pferdekuss (Ariadne Krimi 1171)
Harte Schule (Ariadne Krimi 1157)
Höhlenangst (Ariadne Krimi 1161)
Allmachtsdackel (Ariadne Krimi 1169)
Nachtkrater (Ariadne Krimi 1173)
Mit Teufelsg'walt (Ariadne Krimi 1179)
Notorisch Nerz – Storys (Ariadne Krimi 1181)
Malefizkrott (Ariadne Krimi 1185)
Totensteige (Ariadne Krimi 1189)

Zusammen mit Manfred Büttner:
Von Arsen bis Zielfahndung – Das aktuelle Handbuch
für Krimiautorinnen und Neugierige

Deutsche Originalausgabe

Glashüttenstraße 28, 20357 Hamburg
Telefon 040/4018000 – Fax 040/40180020
www.argument.de
Umschlag: Martin Grundmann
Fotomotiv: © Ambrose, Fotolia.com
Lektorat & Satz: Iris Konopik
Druck und Bindung: CPI Moravia Books, Pohorelice,
Printed in Czech Republic
Gedruckt auf säure- und chlorfreiem Papier
ISBN 978-3-88619-897-9
Zweite Auflage 2012

Prolog

Und so habe ich Oberstaatsanwalt Dr. Richard Weber kennen gelernt, den arrogantesten Affen im Anzug.

»Wie lange ist das mit dem Toten im Schlachthof jetzt her? Sieben Jahre?«

»Nein, acht«, antwortet er und blickt mich mit seinen asymmetrischen Augen unbehaglich an.

Es hat sich vieles verändert seitdem. Ich arbeite nicht mehr für den *Stuttgarter Anzeiger*. Wir bezahlen nicht mehr mit D-Mark. Ein neues Jahrhundert ist angebrochen. Und wir haben unsere Naivität verloren.

Aber in der *Bäckerschmide* von Gaisburg wird immer noch wie vor hundertfünfzig Jahren – oder wieder – der Gaisburger Marsch serviert. Richard und ich sitzen im Lokal vor einer Terrine und löffeln aus unseren Tellern Rinderbrühe mit Ochsenfleisch, Kartoffelschnitzen, handgeschabten Spätzle und geschmälzten Zwiebeln. »Gemüse gehört da eigentlich nicht rein«, erklärt er mir und erzählt, dass einst noch vor dem Ersten Weltkrieg die Offiziersanwärter aus der Bergkaserne ihrem Kantinenessen davonmarschierten, hinüber nach Gaisburg, um in der *Bäckerschmide* »Kartoffelschnitz ond Spatza« zu essen.

»Daher der Name, falls die Legende stimmt«, bemerkt er, immer stirnrunzelig allem Unbewiesenen gegenüber. Nur in Fakten fühlt er sich sicher. »In den Gründerjahren«, erläutert er mir über die Terrine hinweg, »wurde aus dem Wengerterdorf Gaisburg im Osten von Stuttgart eine rote Arbeitervorstadt. Das Gaswerk kam hierher, der Schlachthof wurde errichtet, die Fettschmelze, die Tierhäuteverwertung. 1901 wurde Gaisburg dann von Stuttgart eingemeindet, denn die Residenzstadt suchte einen Zugang zum Neckar. Und hier oben auf dem Berg, der Brandwache, wurde die evangelische Jugendstilkirche gebaut, übrigens von Martin Elsässer, der auch die Stuttgarter Markthalle erbaut hat.«

»Ah so.«

Der alte Schlachthof ist ja nun auch schon seit über fünfzehn Jahren geschlossen, die meisten Gebäude sind verschwunden, neue Hallen stehen. Inzwischen erhebt sich in der Kulisse von Gaskessel, Stadtautobahn und Daimlerstadion auch schon die Museumsspirale der Mercedes-Benz-Welt.

»Ich bin ja damals in den Schlachthof auch nur zum Probetraining gegangen, weil Sally es unbedingt wollte«, erinnere ich mich.

1

»Du musst mir einen Gefallen tun, Lisa!« Sally stellte drei Weizen, zwei Pils und zwei Viertele Lemberger mit Trollinger aufs Tablett und kam hinter dem Tresen vor. »Du hast doch sicher schon vom Schlachthof gehört?« Sie nahm das Tablett und zog in den Gastraum ab. »Dieses neue Fitnesscenter, meine ich«, sagte sie, als sie wiederkam.

»Du gehst doch nicht etwa dahin, Sally? Du bist verrückt.«

Sie puffte ihre blonden Locken auf. »Irgendwann muss man doch mal anfangen, was für die Fitness zu tun!«

»Du doch nicht! Du stemmst jeden Abend deine flüssigen Gewichte, rennst täglich mehrmals achtzig Stufen rauf und runter und gehst mit deiner Senta spazieren. Mehr muss nicht sein.«

Außerdem ochste Sally in drei Jobs, als Kellnerin im *Tauben Spitz*, bei einem Kinderarzt als Sprechstundenhilfe und als Sekretärin beim Rundfunk, nur um ihren Zoo mit drei Katzen und einem Hund über die Runden zu bringen und sich selbst den kleinen Luxus von Massage und Maniküre zu gönnen. Leider hatte Sally ein unlösbares Problem: Sie schämte sich ihrer Rundungen.

»Ausgerechnet der Schlachthof!«, stöhnte ich.

Sally zapfte Bier, dass es schäumte. »Du gehst doch auch sporteln!«

»Aber nicht in einem glitzernden Abschreibungsobjekt, das sich Fitnesscenter nennt, sondern in einer Sportschule mit Schweißgeruch.«

Sally rümpfte die Nase, spülte das Glas kalt aus, schrägte es und begann, ein Weizen einzufüllen. »Trotzdem!« Ihre blauen Augen trotzten in den Winkeln. »Die Aerobickurse von Anette, die hams echt gebracht! Bei mir zumindest. Und auf einmal kippt sie um, und drei Tage später ist sie tot.«

»Sport ist Mord.«

Sally konnte nicht mal genervt grinsen. Zwischen tropfenden Bierhähnen und spritzendem Spülwasser rückte sie mit der Story heraus. Sie hatte Anette hier im *Tauben Spitz* kennen gelernt. Dünn wie ein Strich, aber Kässpätzle spachtelnd. Beim Nachschlag machte Sally einen neidischen Kommentar und bekam von Anette einen Gutschein für eine Aerobicstunde in dem nagelneuen Fitnesscenter Schlachthof. Gierig auf ein Wunder, hüllte sie sich in weite T-Shirts und begab sich aufs Parkett.

»Ist das normal, dass eine junge Frau einfach umkippt, und buff ist sie tot. Anette war topfit.«

»Eine Überdosis Clenbuterol«, schlug ich vor. »Als Sprechstundenhilfe solltest du wissen, dass ein winziger Fehler in der linken Herzklappe reicht, um jemanden aus den Sportschuhen zu hauen. Das trifft hin und wieder auch junge Fußballer.«

»Aber Anette hat nichts genommen. Dafür leg ich meine Hand ins Feuer.«

Ich roch verbranntes Fleisch. »Auch keine Appetitzügler?«

Sally lachte unfroh. »So wie die reingehauen hat! Anette gehörte zu den Leuten, die essen können, was sie wollen, und dabei noch abnehmen.«

»Und was nimmst du derzeit, Sally?«, fragte ich bei dieser

Gelegenheit mal wieder mahnend. »Nimmst du schon Muskelaufbaupräparate oder immer noch Schlankmacher? Dreieinhalb Kilo in drei Tagen. Pass nur auf! Damit kannst du dich in einem Monat vollständig weghungern.«

Sally zapfte eine Weile stumm. Der Schaum schwoll über den Glasrand hinaus. »Ich glaube, Anette hatte was mit dem Fritz Schiller. Der ist der sportliche Leiter vom Schlachthof. Und dem Schiller seine Frau schafft auch dort, als Judo-Lehrerin.«

»Katrin Schiller? Die?«

»Kennst du sie?«

»Nicht persönlich. Aber die Jungs und Mädels, die sie trainiert, siegen überall auf Landesebene. Sie hat Ende der Achtziger die Deutsche Meisterschaft gewonnen, vom Judobund den sechsten Dan verliehen bekommen und war dann ein paar Jahre lang Bundestrainerin. Bis die Intriganten im Verein wieder Oberwasser bekamen.« Ich hatte vor einigen Jahren mit Judo angefangen, um nach meinem Unfall meine lahmen Beine wieder in Gang zu bringen, mich aber nie in die Siegerschmiede Katrin Schillers getraut. »Hatte sie nicht immer ihre eigene Sportschule?«

Sally zuckte mit den Achseln. »Im Schlachthof haben die Kampfsportler ein ganzes Stockwerk für sich. Schau es dir doch mal an. Wie wär's? Ein Probetraining koscht ja nix.«

»Hm.«

»Oder hast du Schiss?« Sally zog, um mir drei Minuten zur Besinnung zu geben, mit einem neuen Tablett zu einer neuen Runde ins Lokal ab, in dem sich abends im Bohnenviertel die Kulturelite von Stuttgart versammelte.

Immerhin schuldete ich Sally noch was. Genauer: mein Leben. Sie hatte es mir als Zimmergenossin im Krankenhaus gerettet, als ich nach meinem Unfall auf ein Medikament allergisch reagierte und abzugehen drohte. Seitdem betrachtete sie mich als Teil ihrer Menagerie kranker oder altersschwacher Tiere.

»Und was genau soll ich im Schlachthof für dich tun?«, erkundigte ich mich.

Sally machte blaue Augen. »Aber, Lisa, es hat eine Tote gegeben. Da kann man doch nicht einfach zur Tagesordnung übergehen. Einen Tag später hatten sie eine neue Aerobiclehrerin eingestellt, eine von diesen strammen Fitnesshexen, bei denen man die ganze Dreiviertelstunde lang springen muss.«

»Und das ist dir zu anstrengend?« Ich lachte schadenfroh.

»Das ist überhaupt nicht komisch!«, keifte Sally und fuchtelte mit einem Lappen um mein Bierglas auf dem Tresen herum. »Schließlich musste ich für ein halbes Jahr zahlen, egal, ob ich hingehe oder nicht.«

»Und jetzt soll ich die Leute bedrohen, damit sie dich aus deinem Vertrag entlassen? Oder worum geht es dir genau?«

»Blöde Kuh!«

Ich feixte. »Also gut, ich gehe da mal hin. Okay?«

2

Der alte Schlachthof lag im Industrieensemble von Neckarhafen, Gaskessel und Wohnburgen. In der damaligen Wirtschaftsbrache stand gerade mal noch das ausrangierte Gebäude der Kopfschlachter. Es enthielt auf drei Etagen Fitness. Die Eröffnung, ein halbes Jahr zuvor, hatten wir im *Stuttgarter Anzeiger* gebührend gewürdigt.

Die Blonde an der Rezeption war über vierzig und wog unter vierzig. Mit strengen blauen Augen taxierte sie mein unkultiviertes Gesicht und Gewicht und errechnete aus beidem meine Finanzkraft. Das Ergebnis hatte ein negatives Vorzeichen. Aber da täuschten sich die Menschen in mir gern. Mit meiner Narbe im Gesicht passte ich halt nicht in dieses Institut für schöne Menschen.

»Zum Probetraining?«, erkundigte sie sich. »Das kostet zwanzig Mark.«

Ich rümpfte die Nase. Wo gab es denn so was? Fürs Probetraining auch noch zahlen? Beim Zücken eines Zwanzigers verstreute ich hochnäsig mehrere Hundertmarkscheine über die Theke. Das war damals die gültige Währung. Die Dame fing die Scheine im Flug und schenkte mir ein Lächeln. »Füllen Sie das bitte aus, nur wegen der Versicherung.«

Ich hatte den Kuli kaum angesetzt, da rammte mir einer, der hinter mir vorbei an die Theke drängte, die Sporttasche ins Kreuz. Das Gerät gehörte zu einem Herrn in cognacbraunem Dreiteiler, der, ohne das »Guten Abend, Herr Dr. Weber« zu erwidern, der Dame am Empfang ein Plastikkärtchen reichte, das sie durch ein Lesegerät zog und ihm zusammen mit einem Chip aus einer Schachtel und einem gewinnenden Lächeln zurückgab. Dr. Weber wandte sich ab und hieb mir dabei seine Tasche in die Rippen.

»Flegel!«, murmelte ich.

Das hatte er gehört. Ich blickte in die asymmetrischen Augen einer Führungspersönlichkeit von aggressiver Intelligenz. Immerhin kapierte er sofort, dass ich zur jüngeren Generation der roten Zoras gehörte, die sich nicht mädchenhaft scheu vor einer Klopperei drückten, besann sich auf eine knappe Entschuldigung und entschwand ins Gebäude, in dem die Maschinen klapperten.

»Frau Nerz«, las die Empfangsdame von meinem Zettel ab. »Zum Judo bitte in den zweiten Stock. Umkleidekabinen gibt es oben. Einen schönen Aufenthalt wünsche ich.«

»Danke.«

Schräg hinter ihr öffnete sich eine Bürotür. In ihr erschien ein wahrhaftiges Riesenbaby von Mann. Er trug einen elefantengrauen Anzug.

»Gertrud? Könntest du mal bitte …« Das Elefantenbaby knetete sich mit Wurstfingern die weichen Backen und nickte mir dabei freundlich zerstreut zu. Gertrud versicherte sich, dass die Kasse verschlossen war, und stand auf. Wobei sie mir einen äußerst griffigen Hintern in blauen Leggins zeigte.

Man hatte die alte Schlachterei ausgebeint und mithilfe von hellblauen Stahlträgern und hellen Hölzern zwei Stockwerke in die Halle gezogen. In den Ober- und Seitenfenstern fing sich die Abendsonne und sprang über die stählernen Züge und Stangen der Kraftmaschinen, in denen sich die Gewichte hoben und senkten, bewegt von schweißig oder textil glänzenden Armen, Schultern und Beinen.

Ein blonder Herkules in blauen Hosen und gelbem Shirt stand der Kundschaft zu Diensten. Mit knapp hundert Mark monatlich lagen die Tarife im Snob-Bereich. Das Publikum lag knapp darüber: Consulting-Manager, Akademiker, Gattinnen, Leistungsästhetik.

Die zentrale Treppe war ein luftiges Gebilde aus blondem Holz und hellblauem Gestänge. Auf der dritten Stufe stand ein Muskelkerl in rostrotem Mikrofaserfreizeitanzug mit klaffender Jacke und ließ den Feldherrenblick über die widerstreitenden Kräfte im Maschinenpark schweifen. Seine Hand klimperte nahe dem Geschlecht mit einem Schlüssel in der Hosentasche.

Er machte keine Anstalten zu weichen, als ich auf die Treppe zusteuerte. Sein Blick ruhte unverschämt taxierend auf meinem Gesicht und dem schwarzen Leder meiner Jacke.

Das also war Fritz Schiller. Sally hatte ihn mir beschrieben: groß, schwarzer Schnauzer, Latino-Augen, Goldkettchen im Brusthaar.

Seine Mimik bereitete sich auf den ersten Kontakt vor, doch da fiel ein Schatten in seine Augen. Es war der Führungsflegel, Dr. Weber, der um die Ecke bog, jetzt in schlabberigen Baumwollhosen und einem kecken Trägershirt, das seine glatten, muskelrunden Schultern voll zur Geltung brachte.

In den Feldherrn kam Bewegung. Die beiden umrundeten sich auf der Treppe steifbeinig wie zwei Rüden vor dem Törchen einer läufigen Hündin. Schiller wandte sich ab und verzog sich in den Saal. Dr. Weber stieg die Treppe hinauf, als sei er es gewohnt, dass die Leute vor ihm Leine zogen.

Auf der zweiten Ebene herrschte hitziges Treiben. Männliche Kraft auf der einen Seite, Bauch-Beine-Po auf der anderen Seite eines verglasten Bistros, an dessen Tischchen ein paar gestylte Damen und Herren sich bei Orangensaft und Mineralwasser regenerierten. Männer mit Nierengürteln wuchteten vor der Spiegelwand die blanken Hanteln. Die Geräte mit den wirklich schweren freien Gewichten, die Drückbänke und Langhantelstangen, parkten in einem Separée hinter der Spiegelwand. Dorthin begab sich Dr. Weber, nahm ein Springseil vom Haken und verschwand zum einsamen Kampf mit sich selbst hinter der Wand.

Die Damen auf dem Aerobicparkett hatten die Problemzonen mit Pullovern kaschiert und rissen vor ihrem Spiegel die Arme hoch. »Zwei, drei, vier, fünf, sechs, sieben, acht und eins, zwei, drei, vier, fünf, sechs, sieben, acht …«, keuchte lächelnd die Vorturnerin, eine lange Schwarzhaarige mit weißem Stirnband, die sich bis ins letzte Glied der ausfahrenden Hände Mühe gab, fürs Fernsehaerobic entdeckt zu werden. Das also war Marianne, die Neue, die Sally aus Gründen, die mir noch nicht klar waren, so missfiel.

In den Vitrinen an der Treppe turnte Sportswear zwischen Dosen mit Elektrolytgetränken.

Noch ein Stockwerk weiter oben, unter den gekalkten T-Trägern des Hallendachs, bestimmten die Farbe Weiß und die Kirschblüte mit japanischer Kalligraphie die Philosophie. Obgleich das Gewummer der Aerobicstunde heraufdrang, ließ man jegliche Hektik unter sich zurück. Die drei mit Matten ausgelegten Trainingsräume besaßen Glastüren, die im Moment alle offen standen. An einer kurzen Getränketheke lehnte ein ungefähr dreißigjähriger Mann im Karateanzug mit dem schwarzen Gürtel des Meisters. Sein Gesicht war bemerkenswert zerklüftet und entstellt von einer einstigen Pubertätsakne. Er musterte mich durch eine Stahlbrille.

Katrin Schiller stand in weißem T-Shirt und Judohose am Spülbecken hinter der Bar und säuberte Gläser.

»Guten Abend«, meldete ich mich, »ich heiße Lisa Nerz. Ich komme zum Probetraining.«

Katrin Schiller blickte auf, zog die Hand aus dem Spülwasser und kam an die Theke. Die Sehnen ihrer kräftigen Hände wurzelten in prallen Unterarmmuskeln unter glatter gebräunter Haut. Am Haken hinter ihr hing über der Judojacke ein rotweißer Gürtel. »Freut mich«, sagte sie. »Haben wir uns nicht schon mal irgendwo gesehen?«

Mein Gesicht vergaß man leider nicht. »In Pforzheim bei den Landesmeisterschaften«, schlug ich vor. »Ich war für den *Stuttgarter Anzeiger* dort: Mädchen und Kampfsport, eine Reportage.«

Katrin Schiller war das, was Journalisten gemeinhin als zierliches Persönchen beschrieben, dem man all das nicht zutraute, was es verkörperte. Ihre Augen waren blau, die rotblonde Mähne zu einem Zopf geflochten, der ihr bis zum Po baumelte.

»Und nun wollen Sie es auch mal mit dem Judo versuchen?«

»Ich bin mit meinen Versuchen bereits bis zum braunen Gürtel vorgedrungen«, antwortete ich und zückte das blaue Mitgliedsheft des Württembergischen Judoverbands.

Sie lachte wieder und duzte: »Dann zieh dich mal um.«

In der Umkleide fluchte eine kompakte Brünette, weil sich das Band ihrer Judohose im Hohlsaum so verschlungen hatte, dass es sich nicht herausziehen ließ. Auf dem weißen Kimono lag der Gelbgurt der Anfänger. Judoanzüge besaßen weder Haken noch Knöpfe, nichts, was den Gegner verletzen konnte.

Als ich nackt bis auf den Schlüpfer dastand, riss eine langgliedrige Blonde die Tür auf und grüßte munter, während die Kompakte aus dem Augenwinkel meine Titten und Schenkel abschielte, offensichtlich zufrieden, dass auch ich nicht zu den Grazilen gehörte.

Ihr Kimono war eine zerknautschte Billigvariante, nicht zu vergleichen mit meinem *Competition*, einem teuren Kampfexemplar, dessen Verstärkungen an Schultern, Brust und Rücken dazu dienten, dem Gegner das Fassen zu erschweren.

Die lange Blonde schlang sich einen Orangegurt um die Hüften. Sie gehörte zu den Eleganten.

Im Dojo kickten schon ein paar Jungs mit einem weichen Ball. Sie trugen blaue, grüne und braune Gürtel. Ein massiger Schwarzgurt zog sich in einer Ecke die Socken von den Füßen. Er war auch schon über dreißig, nicht groß, aber breit, mit kurzen Haaren und dickem Hals, im Judoanzug eine lächelnde Kampfmaschine und in Zivil vermutlich ein unangreifbares Phlegma.

Ich verbeugte mich in der Tür.

Nur Unwissende lachten über den Verbeugungsernst der fernöstlichen Ritter, der dem Training ein meditatives Korsett verlieh. Hing im Dojo das Bild des Judogründers Kano, dann verbeugte man sich sogar vor dem leeren Saal. Ansonsten: Verbeugung voreinander, Abknien und Verbeugen vor dem Meister zu Beginn und zum Schluss des Trainings, Verbeugung voreinander vor und nach jeder Trainingseinheit. Auf diese Weise erkannte man die Regeln an, erwies dem Gegner Respekt und beendete jedwede im Kampf entstandene Feindseligkeit. Obgleich man die Gürtelfarben durch Prüfungen erwarb, waren sie weniger Trophäen als vielmehr Ausdruck der Offenheit dem Gegner gegenüber. Ich durfte nicht nur Braun tragen, der letzte Grad vor dem Dan – dem Schwarzgurt –, ich musste sogar, damit die Gelb- oder Orangegurte wussten, mit welchen Fähigkeiten sie bei mir zu rechnen hatten und wie sie mich behandeln mussten. Der rotweiße Gürtel, mit dem Katrin die Matte betrat, verbot es uns beispielsweise, sie zu werfen. Sie war eine Meisterin so hohen Grades, dass sie sich keinem Kampf mehr stellen musste.

Budo ist das japanische Wort für den »militärischen Weg«.

Ju-do heißt »der sanfte Weg«. *Ju* bedeutet »nachgeben«. Man unterläuft die Kraft des Gegners und nutzt sie für sich aus, beispielsweise, um ihn zu werfen. Vor über hundert Jahren entwickelte der Japaner Kano aus dem Jiu-Jitsu, das Knochenbrecher kennt, den sanften Weg für den Wettkampf, bei dem es am Ende keine Toten geben sollte. Für mich war Judo die unterhaltsamste Art von Krafttraining und die zivilste Art, Kampfgeist zu wecken und zugleich in kultivierte Bahnen zu lenken. Beides hatte ich nach meinem Unfall dringend nötig gehabt.

Zum Aufwärmen taugte alles, was Ausdauer, Beweglichkeit, Reaktionsvermögen und Kraft schulte, von Liegestützen bis zu Ballspielen. Dann übten wir Seoi-nage, einen Wurf, der zur Grundausstattung des Gelbgurts gehörte. Man fasste den Gegner frontal an Kragen und Ärmel, drehte sich mit dem Rücken vor seinen Bauch ein, nahm ihn Huckepack und schwuppte ihn über die eigene Schulter auf die Matte, wo er ausgestreckt halb auf der Seite liegen blieb. Es knallte immer, wenn im Judo einer fiel. Denn man schlug dabei mit der flachen Hand auf die Matte. Die abschlagende Hand fing immerhin dreißig Prozent des Aufpralls ab. Den Rest absorbierte die totale Körperspannung.

Nach einer halben Stunde erlaubte ich mir die Hoffnung, dass man mir die Initiation ersparen würde. Katrin Schiller schien es nicht darauf anzulegen, einen Neuling auseinanderzunehmen. Selbstverständlich machte ich alles verkehrt, den Griff, den Eingang, den Wurf. Aber das war zu ertragen. Der lächelnde Schwarzgurt, den Katrin Wolf nannte, warf mich so schnell, so perfekt, dass ich lag, ehe ich wusste, dass ich nicht mehr stand. Auch das war okay. Aber dass Katrin mich zum Randori, dem Übungskampf, am Boden mit der Kompakten mit dem Gelbgurt paarte, war die Tücke, auf die ich nicht gefasst war.

Sie kniete vor mir wie ein Mehlsack. Während die anderen Paare sich bereits am Boden kugelten und um Oberlage, Armhebel und Würgegriff rauften, besichtigte sie lustlos einen blauen Fleck am Arm. Ehe sie reagieren konnte, hatte ich sie beidseitig am Kragen gepackt, trat ihr das Knie weg, ließ mich rückwärts fallen, zog sie dabei auf mich und drehte ihr die Fingerknöchel in die Halsschlagadern. Sie klopfte ab, ehe der Würger kam. Ich musste den Regeln gemäß loslassen. »Dein Vergewaltiger wird's dir danken.«

Augenblicklich hatte ich ihre Faust im Gesicht, zwar regelwidrig, aber durchschlagend. Sie hechtete sich auf mich. Der Haltegriff eines Gelbgurts war auch für einen Braungurt nicht selten das Ende. Auf einmal wurde es ernst.

»Vicky, halt durch!«, schrie Katrin, herankommend. »Dreißig Sekunden. Stell dir vor, sie will deinen Kindern was tun!«

Das Gewicht auf meinem Brustkorb verdreifachte sich. Mein Schlüsselbein knirschte im Klammergriff, aus dem ich mit keiner der erlernten Befreiungstechniken herauskam, sosehr ich auch zappelte. Vicky hasste, ich keuchte. Nie werde ich die rote Stoppuhr über mir vergessen, welche die dreißig Sekunden abtickte, die eine regelrechte Niederlage dauerte. Die andern grinsten. Ich rang um den aufrechten Gang. Am meisten wurmte mich, dass Katrin mich durchschaut hatte: viel Kraftmeierei und nichts dahinter. Sie hatte nicht einmal einen Blaugurt auf mich ansetzen müssen.

Die Deos, die sich die Girls vom Karatekurs hinterher in der Umkleide unter die Achseln sprühten, trieben mich ungekämmt hinaus. Katrin stand lächelnd und kühl hinter ihrer Theke. Aber ihr Lächeln galt natürlich nicht mir, sondern dem Führungsflegel, Dr. Weber, der in seinem kecken Trägershirt und mit gekämmten Haaren die Art von Konversation pflegte, die Eindruck auf Katrin machte. Die beiden passten gut zusammen, beide hübsch, glatt, kühl und kultiviert.

Ich ging abschiedslos und entschlossen, Katrin Schillers Dojo nie wieder zu betreten.

Im Stockwerk darunter ordnete Fritz Schiller die Fausthanteln der Größe nach auf dem Ständer vor dem Spiegel. Pure männliche Kraft. Er schaute in die Ecken, als gelte es, abgefallene Arme und Beine in die Tonne für herrenlose Klamotten zu sammeln.

Im Bistro war eine minderjährige Kuh im nabelfreien Top mit Schlaghosen schon beim Gläserwegstellen, aber sie schraubte für mich dann doch noch mal die Orangensaftflasche auf. Es roch nach Rauchverbot, auch wenn die hübsche Kuh nicht nach Nichtraucherin aussah.

»Na, zum ersten Mal hier?« Fritz Schiller stand plötzlich so dicht neben mir, dass ich seine Aura aus angeschwitztem Irish Moos und Nikotin roch. Sein Latinoblick drang tief in mein Fett- und Muskelgewebe. Der brauchte Frauen nicht erst auf die Waage zu stellen, die mithilfe von elektrischem Strom die Verteilung von Fett und Muskeln maß. Beim weiblichen Körper sollten 25 Prozent aus Muskeln und 25 Prozent aus Fett bestehen, während Männer sich auf 40 Prozent Muskeln und 10 Prozent Fett hochpäppeln mussten. »Irgendwann muss man ja mal anfangen, was zu tun, nicht«, nudelte Fritz seine Geschäftsanbahnung herunter.

»Sind Sie der sportliche Leiter hier?«, störte ich. »Staatlich geprüfter Sportlehrer?«

Er blinzelte. »Und wer bist du?« Seine Stimme war wie flüssige Schokolade.

»Lisa Nerz. Ich war zum Judo bei Ihrer … äh, deiner Frau.«

»Hallo, Lisa, freut mich. Ich bin der Fritz.« Er quetschte mir die Handknochen zusammen. Zu viel Kraft beim Händedruck war als Dominanzgeste kalkuliert, aber die Fältchen um Fritz' Augen verrieten, dass er nervöser war, als er aussehen wollte. »Aber, wenn du mir die Bemerkung erlaubst, ich glaube, Judo ist nichts für dich. Du solltest Ausdauersport machen, Quickstepp, Laufband, den Puls nie über 120. Und dazu eine kleine Ernährungsumstellung. Dann siehst du die ersten Ergebnisse schon nach drei Wochen.«

Seine dunklen Augen schälten mir fünf, sechs Kilo meiner Selbstsicherheit vom Leib, und ich blickte zu ihm auf wie eine siebzehnjährige Schülerin zu ihrem ersten Mann. »Aber Diäten sind nicht mein Ding!«

Unter Fritz' Schnauzer blitzte ein Lächeln. »Wer redet denn vom Hungern? Wir kurbeln nur deinen Stoffwechsel ein wenig an. Das ist kein Hexenwerk. Viel Fisch, Fleisch, Gemüse, wenig Kohlehydrate.«

»Ach!« Der Gedanke war im vergangenen Jahrhundert brandneu, und es dauerte danach noch Jahre, bis die Krankenkassen und Frauengazetten aufhörten, Anti-Fett-Kampagnen auszurufen. »Und ich dachte immer, viele Kohlehydrate, kein Fett!«

»Das war vielleicht für den Steinzeitmenschen richtig, der täglich vierzig Kilometer zu Fuß zurückgelegt hat«, belehrte mich Fritz. »Aber bei uns führt das nur noch direkt zur Diabetes, der Schokoriegelkrankheit, wie ich immer sage. Denn ganz verheerend: die Kombination von Fett und Kohlehydraten, sprich Zucker!« Er dehnte die Brust.

Aber ein bisschen schien er sich mit mir zu langweilen, denn seine Augen unter den langen Wimpern rutschten zu der Kuh hinüber, die in trotziger Teeniepose mit eckig vorgeschobener Hüfte hinter der Bistro-Bar darauf wartete, dass ich mein Glas leerte.

Richtig, sagte ich mir, es geht um Schönheit! Ich schwang mich in den siebten Himmel: ich eines Tages schön, blond, jung und narbenfrei. Hoffnungsvoller hätte ich Fritz Schillers Diagnose, »Schokoriegelfigur«, und die Erklärung meines völligen physiologischen Bankrotts kaum entgegennehmen können.

Seine Hand lag warm und schwer auf meiner Schulter, sein Atem ging mir ins Ohr. »Ich habe schon viele Frauen glücklich gemacht. Dich kriegen wir auch hin!«

Noch ein kurzer Händedruck, dann hatte er sich von mir

gelöst und abgewandt. In der Linie seines Nackens kurvte eine Selbstsicherheit in seine Schultern hinab, die in mir eine närrische Mischung aus Grimm und Gier zum Schwingen brachte. Das musste es sein, was auch Sally benagte: Schlank werden ist unvernünftig, aber einfach zu schön!

Durfte man sich auf Schiller einlassen oder nicht? Das war die entscheidende Frage, die ich Sally beantworten musste. Womöglich hatte sie sich in ihn vergafft. Er war so einer. Und Sally war so eine, die sich immer in die Männer verguckte, die sie eigentlich nicht riechen konnte.

Ich bezahlte bei der jungen Kuh meinen Saft mit sechs Mark fünfzig und schulterte meine Sporttasche. An der Treppe stieß Fritz soeben mit Vicky zusammen, die herabschusselte, aufschreckte, auflächelte und ihr Herz hingab. Auch so eine. Wahrscheinlich hatte ich Fritz eben genauso vertrauensinnig angelächelt wie sie – und wie Sally.

Ihr Sieg über mich hatte Vickys Selbstvertrauen so gefestigt, dass ich nicht einmal in den Genuss eines eifersüchtigen Blicks kam, als Fritz sein Lächeln teilte. Ich blieb stehen.

»Also gut, ich mach's«, sagte ich zu ihm. »Wann fangen wir an?«

»Am Montag, wenn du willst«, antwortete er. »Ich bin hier.«

Nun wurde Vicky doch etwas missgünstig. »Ich war ja früher auch so fett wie ein Walross. Aber Fritz, der versteht sei' Sach', gell?«

Ich fand, dass das Auch bei meinen siebzig Kilo Kampfgewicht gewiss nicht angebracht war. Aber solche Nadelstiche würden mich bald nicht mehr treffen, wenn ich, perfekt bis in die Titten, im nabelfreien Kurzshirt über die Königstraße schlenderte.

»Aber ein bissle Disziplin ghört halt au dazu«, schwäbelte Fritz leutselig.

»Klar doch!«

Was für Verabredungen traf ich da? Als ob ich es nicht eilig genug haben könnte, meinen ausgelatschten Körper loszuwerden und mich in neuem Leder wiederzufinden. Von dem Mann ging etwas aus, das einen zwang, sich mit fliegenden Fahnen aufzugeben. Dass er schon wieder die Hand auf meiner Schulter hatte, merkte ich erst, als er sie wegzog.

Die Treppe erbebte, und in trauter Phalanx kamen Katrin, Dr. Weber und der Karatemeister herab. Katrin trug schwarze Hosen und eine gemusterte Bluse, der Karatemeister war in Jeans und Hemd und der Führungsaffe immer noch in seinem eitlen Sportdress. Fritz hob das Kinn und blickte beiseite wie ein Hund, der nicht angegriffen werden will. Seine Frau Katrin presste die Lippen zusammen und kräuselte die Mundwinkel.

Diese Ehe war im Eimer!

Und wie war das? War da nicht vor kurzem erst die Aerobiclehrerin Anette auf dem Parkett liegen geblieben? Zum Beispiel, weil sie etwas mit Fritz Schiller gehabt hatte.

Die drei Dämonen aus dem Kampfsportstockwerk zogen an uns vorbei. Vicky trudelte ihnen hinterher die Treppe hinunter. Fritz gewann rasch seine hypnotische Selbstsicherheit zurück, aber nicht ganz vollständig.

»Hier finden die Aerobickurse statt«, erklärte er mir, während er zum Lichtschalter ging, »jeden Morgen halb acht und abends um acht, außer sonntags.«

»Ach ja«, sagte ich, »arbeitet Anette eigentlich noch hier?«

»Nein.« Er knipste das Licht aus. Das Parkett verlor seinen Schimmer, die Spiegel erloschen. »Nein, sie hat uns verlassen.«

»Ach, warum denn?«

Der nächste Lichtschalter befand sich an einem Pfeiler im abgetrennten Geviert der Langhantelgeräte mit den wirklich schweren Gewichten. Etwas abseits stand eine Flachdrückbank in erstaunlich derangiertem Zustand. Die Beine verbogen, die Haltegabeln geknickt, als ob sie ein Dinosaurier plattgemacht hätte.

»Gott, was ist denn damit passiert?«, rief ich.

Das Licht erlosch, und ich hätte mich in den Arsch beißen können. Anette entglitt mir, ehe ich sie packen konnte, entschwand und verging.

Fritz lachte. »Die neue Bank ist schon bestellt. Hoffentlich ist sie stabiler. Man sollte nicht glauben, dass eine Firma derartigen Schrott zu verkaufen wagt. Aber heutzutage stellen ja alle, die sonst nix können, Fitnessgeräte her. Die Bank ist zusammengekracht, als sich unser Hundertzwanzig-Kilo-Mann ein Gewicht von hundertzwanzig Kilo auflegte. Zum Glück ist ihm nichts passiert.«

In den schwarzen Spiegeln blitzten die Reflexe der Beleuchtung aus dem Untergeschoss, heraufgesiebt von den luftigen Treppenstufen. Fritz und ich stießen zusammen, als wir uns beide dem Treppenabstieg zuwandten. »Hoppla!«

Unten trat der blonde Herkules zu uns, ein Muskeltier, noch stärker als Fritz, noch kühler, auch beschränkter und schwerfälliger als sein einfühlsamer sportlicher Chef. Der Herkules versuchte ein Lächeln. Aber Fritz biss ihn sofort weg. »Horst, vergiss nicht wieder das Licht in den Duschen!«

Mit verfrorenem Lächeln bog Horst zu den Umkleideräumen ab. Hinter uns fiel die Dunkelheit wie ein Rollladen.

Am Empfang hatte Gertrud den Computer auch bereits abgemeldet. Sie fachte aber ihr Lächeln noch mal an, als Fritz mich ihr als neue Kundin präsentierte, und versprach mir eine Ausweiskarte bis Montag.

Fritz gab mir die Hand. »Ich freue mich schon auf unsere Zusammenarbeit, Lisa.«

So entließ man mich aus einem allseits falschen Lächeln.

3

Auf dem dunklen Parkplatz sah ich Vicky an einem weißen Audi mit einem Mann streiten. Ihre Hände sichelten seine Argumente nieder. Er sackte zusammen. Halbglatze, krumme Schultern, mager, ein Hädele, wie man in Schwaben sagt. Ein Autoschlüssel wechselte von seiner in ihre schnappende Hand. In der Absicht, wütend zu erscheinen, stakte er gedrückt vom Platz. Vicky winkte mir mit dem Schlüssel zu. »Soll ich dich irgendwohin mitnehmen? Ich habe das Auto! Wir könnten doch noch was trinken gehen. Oder hast du Kinder?«

»Nein.«

»Dann musst du also nicht gleich nach Hause!«

Ich hätte gern gemusst.

»Steig ein!« Vicky steuerte das Familienauto vom Parkplatz auf die Wangener Straße, bog in die Talstraße ab und rammelte dann bergauf in die verschlungenen Gassen von Gaisburg. Ich schloss die Augen und halluzinierte krachende Außenspiegel.

»Angst?«, hörte ich Vicky triumphieren. »Deine Narbe, hast du die von einem Autounfall?«

»Hm.«

»Wer war schuld? Du?«

»Nein.«

»Aber du fährst nicht mehr Auto seitdem?«

»Doch!«

»Du willst wohl nicht darüber reden?«

»Richtig.«

Vicky warf mir einen Blick zu. Lächelnde Seelenverwandtschaft zweier Frauen mit schlecht verheilten Verletzungen. Ich überließ ihr das Gefühl der Überlegenheit.

»Verstehe schon«, sagte sie gönnerhaft. »Eine Männergeschichte, was? Ich bin auch mal vergewaltigt worden. Da konnte ich jahrelang nicht drüber reden.«

Vicky neigte zum indiskreten Auch.

»Ist jetzt zehn Jahre her. Damals war ich total fertig, wie tot. Aber jetzt, wenn mir noch mal einer käme oder wenn ich den Kerl noch mal erwischen täte, dann würde ich ihn umbringen.«

Sagte sie einfach so, während sie den Wagen den Bordstein hinauf auf eine Straßenecke rammte.

»Auch keine Lösung«, bemerkte ich.

»Was kann man denn sonst tun?«

»Ihn anzeigen.«

»Ha, längst verjährt! Außerdem bekäme er höchstens zwei Jahre auf Bewährung. Aber ich habe lebenslänglich.«

Auch wieder wahr. Ich kämpfte gegen innere und äußere Lähmung. Unangenehme Themen lösten in starken Muskeln manchmal eine Schreckschwäche aus.

Vicky stieg aus. Die *Bäckerschmide* bemühte sich um mittelalterliche Winkeligkeit und kultivierte auch etwas Fachwerk in der Hotelfassade.

»Anfangs«, nahm Vicky ihren Faden wieder auf, während wir die Straße überquerten, »habe ich mich nicht mal mehr alleine auf die Straße getraut. Gezittert habe ich, sobald ein Mann auftauchte. Dann kam Hans. Der ist kein Mann, der ist ein Versager. Aber das habe ich damals gebraucht. Hans konnte sich als mein Beschützer aufspielen. Das hat er gebraucht. Leider rafft er jetzt nicht, dass er mich nicht mehr abholen soll wie ein eifersüchtiger Trottel. Lässt einfach die Kinder daheim.«

Wir stiegen sechs Treppenstufen hinauf.

»Dann habe ich mit Karate angefangen, damals bei Waldemar. Das ist der mit dem pockennarbigen Gesicht. Das war noch in Katrins Sportschule. Ein Tritt in die Eier, dachte ich, und schon ist die Sache erledigt. Aber so einfach funktioniert das leider nicht. Im Karate übst du eine Kata nach der anderen, aber Vollkontakt hast du praktisch nie. Und warum solltest du dann im Ernstfall zuschlagen? Ist doch alles eine Sache der Reflexe. Und wenn du immer lernst, beim andern kurz vorm Kinn zu stoppen, wie soll das dann gehen? Und bei Gericht heißt es dann:

›Sie können doch Karate. Warum haben Sie sich denn nicht gewehrt?‹«

Wir tasteten uns durch Rauchschwaden an einen Tisch in der erstaunlich weitläufigen Restaurantanlage.

»Hier musst du unbedingt Gaisburger Marsch essen«, befahl Vicky und bestellte für sich ein Viertele. »Oh, gibst du mir eine?«, fragte sie, als ich die Zigarettenschachtel zog. »Eigentlich rauche ich ja nicht mehr. Wegen der Kinder.«

Ich gab Feuer und bestellte den Gaisburger Marsch.

»Jedenfalls«, fuhr Vicky fort, »war es dann so, dass Katrin gesagt hat, ich solle es mal mit Judo probieren. Wenn dich einer von hinten umreißt, dann gibt es ja immer noch den Bodenkampf.«

Sie grinste, und ich grunzte voller unangenehmer Erinnerungen. Meine Beiträge zum Gespräch beschränkten sich dann aufs Zigarettengeben und auf »Oje!«, »Du meine Güte!« und »Verstehe«. Der Eintopf lenkte mich nur unwesentlich ab.

Vicky erzählte ihr Elend: Mutter arbeiten, Vater abgehauen, sie in der Schule gescheitert, mit sechzehn schwanger und abgetrieben, mit siebzehn im Stadtpark vergewaltigt, mit achtzehn den Versager geheiratet, dann zwei Kinder, einen Jungen und ein Mädchen, Abtreibung des dritten, Sterilisation und Schuldgefühle. Sie war erst siebenundzwanzig.

»Wenn irgendwo eine Taube vom Dach scheißt«, sagte sie, »dann sitz ich garantiert drunter.« Sie schluckte auch ordentlich. Beim dritten Viertele und der siebten Zigarette innerhalb von anderthalb Stunden blickte sie sich um, beugte sich über den Tisch und raunte: »Sag mal, bist du eigentlich auch in Fritz verknallt?«

»Was heißt hier auch?«

Sie kicherte. »Alle sind in ihn verknallt. Alle! Auch die Männer.«

»Ich bin lesbisch, im Prinzip!«, bollerte ich dagegen.

»Oh!« Vicky riss die nussbraunen Augen auf und beäugte

mich. »Aber so wie du Fritz angeschaut hast, da ist doch was! Er hat ja auch was Weibliches, nicht?«

»Der?« Jetzt riss ich erstaunt die Augen auf. »Dieser Moschusochse?«

»Na, so wie der mit einem redet, so einfühlsam und verständnisvoll, so zartfühlend.« Sie kicherte venusfeucht. »Er kann echt zuhören. Aber ... tja ...« Sie hielt sich resigniert ans vierte Viertele. »Vermutlich ist er schwul. Männer, mit denen du über alles reden kannst, sind meistens schwul.«

»Aber hatte Fritz nicht was mit Anette?«

»Wie kommst du auf Anette?« Vicky wirkte alarmiert. »Woher kennst du die überhaupt. Du warst doch noch nie vorher im Schlachthof.«

Ich beugte mich vor und wisperte über unsere Gläser hinweg: »Ich habe gehört, dass sie gestorben ist, plötzlich und unerwartet.«

»Das ist ja auch in der Zeitung gestanden«, sagte Vicky.

Vielleicht sollte ich ab und zu mal mein eigenes Blatt lesen.

»Herzversagen«, fuhr Vicky fort. »Aber davon, dass sie was mit Fritz hatte, hat da nichts gestanden. Woher weißt du das?« Sie fragte ziemlich eifersüchtig.

Ich versteckte mich hinter Feuer und Zigarettenrauch.

»Fritz steht nämlich nicht auf dürre Frauen. Und Anette hat es echt übertrieben. Magersüchtig, würde ich sagen. Wahrscheinlich war der Herzmuskel zum Schluss auch angegriffen. Die Aerobicstunde hat sie jedenfalls kaum noch durchgehalten.«

»Auf wen steht Fitz denn nun, auf muskulöse Männer oder auf dicke Frauen?«

Vicky zuckte mit den Schultern, hob sich den Weinbecher vors Gesicht und leckte die Neige aus dem Glas. Entweder sie warf Nebelkerzen oder sie wusste es tatsächlich nicht, und folglich hatte sie mit ihm auch nichts gehabt.

»Auf muskulöse Frauen steht er jedenfalls nicht«, hakte ich nach. »Sonst würde er Katrin ja nicht betrügen.«

»Hm«, machte Vicky wortkarg und pflanzte das Glas wieder auf den Bierdeckel. »Und du … lebst du mit einer Frau zusammen? So richtig, in einer eheähnlichen Gemeinschaft?«

»Nein.«

Vickys Blick wurde verträumt und schräg. »Das stelle ich mir echt toll vor: mit einer Frau leben! Keine offenen Schubladen und Schranktüren mehr.« Sie fokussierte mich. »Kennst du den? Frau wirft Mann aus dem Fenster. In welcher Zeitung steht das?«

»Bildzeitung?«

»Nein: *Schöner Wohnen*.« Sie lachte hemmungslos.

Ich lachte nett mit. Der Abend endete damit, dass ich mich gegen halb elf hinters Steuer des Familien-Audis setzte und Vicky, angefüllt mit vier Vierteles und erleichtert um zehn Gramm Traumata, in die Abelsbergstraße, keine zehn Minuten zu Fuß vom Schlachthof entfernt, chauffierte.

4

Oma Scheible schloss gerade von innen die Haustür ab, als ich von der Straße hineinwollte.

»Ah, das Fräulein Nerz. Sooo, kommet Sie vom Schport? Aber übertreibet Sie's nett! I hen in dr Zeitung gläse, dass a jongs Mädle gschtorbe isch, annem Herzinfarkt.«

Oma Scheible besaß eine schöne Sammlung von Schauergeschichten über Krankheit, Siechtum und Tod. Zwischen ihren bläulichen Lippen blitzten feuchte Mäusezähnchen, und ihre Augen schillerten wie fette Aalsuppe. »Übrigens, i hen noch Kässpätzle ibrig. Wenn Sie wellet … Sie hen doch sicher wieder nix gesse!«

»Doch, einen Gaisburger Marsch«, beruhigte ich sie.

Ich hatte nicht verhindern können, dass die Alte mit ihrem

unerschöpflichen Vorrat an Neugierde und Schlüsseln auch in meine Wohnung eingedrungen war. Zunächst hatte sie noch behauptet, es habe brenzlig gerochen, inzwischen hielt sie meine beiden Zimmer und die Küche in Ordnung, ohne Ausreden zu benutzen.

Ich knarrte die Holztreppen in den dritten Stock hoch und füllte die Kaffeemaschine. In der Neckarstraße herrschte Nacht, wenn sie es auch schwer hatte, zwischen der Lichtinsel der Haltestelle Stöckach und dem von Strahlern erleuchteten Bunker der Staatsanwaltschaft meinem Fenster genau gegenüber zur Dunkelheit zu finden.

Die Neckarstraße war eine der Problemzonen Stuttgarts. Hier kam die U-Bahn hoch und nahm mit ihren Hochbahnsteigen und ihrem Schienendamm den Fahrbahnen die Luft. Arbeitsamt, Deutsche Verlagsanstalt und Landespolizeidirektion I klotzten damals noch gegenüber alten Wohnzeilen mit ihren Klinkerfassaden, in deren Untergeschossen sich Parfümerien, Autofilialen, Pfennigmärkte und Schilderdruckereien anpriesen, die inzwischen Selbstbedienungsbäckern, Handyläden und einem Biomarkt gewichen waren.

Der fünfstöckige gelbliche Ziegelbau, den ich seit einigen Jahren bewohnte, war Altbau in seiner unromantischen Form. Die Dielen spreißelten, der mit Gas beheizte zentrale Kachelofen blies Staub unter die Decken. Den Stuck hatte man wegrenoviert. Als ich einzog, hatte sich die Badewanne noch in der Küche unter der Spüle befunden, was so viel hieß wie erst abwaschen, dann baden. Doch schon bald hatte der Hausbesitzer aus steuerlichen Gründen, und um uns die Miete erhöhen zu können, den Wirtschaftsraum zu einem Badezimmer umkacheln lassen.

Einen Flur besaß die Wohnung nicht. Man fiel direkt von der Wohnungstür in meinen Salon. Die Fenster von Küche und Schlafzimmer wiesen zur Straße, das Fenster des Wohnzimmers zeigte auf einen Hinterhof mit einem mageren Bäumchen und der Schrott- und Reifenrumpelkammer einer Autowerkstatt.

Ich hätte mir längst eigene Möbel leisten und den alten Kneipentisch und die harten Holzstühle auf den Sperrmüll stellen können, aber ich war nicht der Mensch, der seinem Leben aktiv Gestalt verlieh.

Ich holte den Kaffee aus der Küche und stellte den Fernseher an, damit etwas Farbe in den Raum kam.

Der Wetterbericht sagte ein kühles Aprilende voraus. Ich schluckte den Kaffee und dachte über den Freitagabend nach, der mir bevorstand. Erst mal unter die Dusche. Dann band ich mir die gestreifte Krawatte um und legte den dunklen Nadelstreifenanzug an. Einen Diamanten ins Ohr, und die Haare, dieses Jahr an den Schläfen blond, sonst braun, gelte ich nach hinten. Fertig war der Bube.

Seit mich die neue Belegschaft einmal als Mann aus dem Frauencafé *Sarah* gejagt hatte, wusste ich, dass ich mich so der Realität stellen konnte.

Die Straßenbahn brachte mich zum Charlottenplatz. Ich entstieg dem unterirdischen Bahnhof ins Bohnenviertel. In den Gassen gingen Fresskultur, Künstlerszene und Junkstrich nahtlos ineinander über. Im *Tauben Spitz* nahe dem alten Pulverturm versammelten sich, je später der Freitagabend, desto mehr Theaterpublikum, Journalisten und Schriftsteller. Sally zapfte hinter dem Tresen.

»Inner Stunde habe ich Schluss«, versprach sie mir.

An den blanken Holztischen unter Kupferlampen saßen im Stimmengeröhr die Leute mit dem Scheitel im Qualm und den Nasen über den Bier- und Weingläsern.

»Alles muss ich wieder selber machen«, machte Sally auf unentbehrlich. »Karola sitzt schon seit Stunden auf dem Klo. Schick siehst du aus. Wohin gehen wir nachher? Übrigens glotzt dich da hinten ein Typ an.«

»Wo?«

»In der Ecke neben der Tür. Nicht umdrehen!«

Ich suchte das wellige Spiegelbild in den Vitrinen hinter der

Theke ab. Als Sally mit einer neuen Runde Getränke abzog, konnte ich mich dann einigermaßen unauffällig umdrehen.

Der Herr im braunen Dreiteiler mit Schlips und Kragen kürzte seinen asymmetrischen Blick rasch auf sein Gegenüber, eine Frau mit langem rotblondem Zopf im Rücken auf der gemusterten Bluse. Gleichzeitig hob der mit der Stahlbrille das Gesicht.

Was suchten die hier? »Das ist doch Katrin Schiller«, wisperte ich Sally zu, als sie wiederkam. »Und dieser Karatelehrer aus dem Schlachthof, Waldemar heißt er.«

Sally feixte. »Dann warst du also schon dort! Sauber!«

»Und dieser Affe im Anzug, das ist ein Kunde, der Krafttraining macht. Ein Herr Doktor.«

»Ein Richter oder so«, sagte Sally. »Er kommt manchmal hierher. Trinkt nur alkoholfreies Bier.«

In diesem Moment drehte sich Katrin um, erfasste meine Gestalt in ihrer ganzen Nadelstreifenpracht, unterdrückte ein Grinsen, machte Sally ein Zeichen, dass sie bezahlen wollte, und wandte sich wieder ab.

Sally nahm den Geldbeutel. Offenbar zahlte Katrin für alle. Die Herrschaften rückten sofort die Stühle. Dr. Weber half Katrin in einen eleganten Mantel. Währenddessen mäanderte Sally zwischen den Tischen hindurch und begab sich zur Ausführung neuer Bestellungen an den Zapfhahn. Nur Dr. Webers Blick streifte mich noch einmal. In seinen Mundwinkeln zuckte ein sehr sparsames spöttisches Lächeln. Ich nickte ihm zu. Gleich darauf schepperte die Tür in die Schlossfalle.

»Und?«, fragte Sally.

»Was und?«

»Na, du warst doch im Schlachthof.«

»Ich komme von dort. Was willst du denn wissen? Anette war magersüchtig und starb an Herzversagen. Schiller soll schwul sein oder auch nicht, jedenfalls hatte er nichts mit Anette oder vielleicht doch. Außerdem stinkt er nach Schweiß und Irish Moos.«

Sally kräuselte die Nase. Der Wein schoss über den Glasrand hinaus.

»Sally, du verschweigst mir doch was.«

Sie machte einen ehrlichen Blick. »Was denn?«

»Was wollten die drei vom Schlachthof heute hier?«

»Vermutlich was trinken. Das ist meistens so, wenn Leute hier reinkommen. Was willst du trinken?«

»Ein Pils.«

»Kommt sofort.« Sally schusselte geschäftsmäßig an die Zapfhähne. Inzwischen kam Karola vom Klo, eine ausgemergelte Dauerwellenblondine mit hohlen Wangen und grauen Tränensäcken, die ohne die halbstündigen Auszeiten auf dem stillen Örtchen keine acht Stunden auf den Beinen durchhielt. Sally stellte mir das Glas mit Schaumhaube hin. »Und nun sag mal, findest du nicht auch, dass irgendwas nicht stimmt im Schlachthof?«

»Hör mal, Sally, dieser Fritz Schiller ist nichts für dich!«

Sie lachte auf. »Ich bin doch nicht bescheuert und fange was mit einem verheirateten Mann an. Und zudem mit so einem schönen. Den hat man doch nie für sich allein. Nee, im Ernst, mit Fritz will ich nichts mehr zu tun haben. Der hat einen Schuss, aber wirklich. Der ist nicht ganz sauber.«

»Er soll auf dicke Frauen stehen«, bemerkte ich. »Deshalb will er nichts von dir.«

Es war als Kompliment gedacht, aber Sally nahm es nicht so auf. Es war ein ganz ähnliches kopfscheues Gedruckse hinter Nebelkerzen wie vorhin bei Vicky.

»Oder hat er dir einen unsittlichen Antrag gemacht?«, erkundigte ich mich ernst von Freundin zu Freundin.

»Quatsch!« Sally zeigte mir ihre Augen nicht. »Vergiss es einfach, ja? Ich gehe sowieso nicht mehr in den Schlachthof!«

5

Wenn der Journalist nicht wusste, wo er anfangen sollte, ging er damals nicht ins Internet, sondern erst einmal ins hauseigene Pressearchiv.

Im bombensicheren Keller des *Stuttgarter Anzeigers* herrschte Karin Becker, eine hagere Mittfünfzigerin in blauem Faltenrock und rosa Bluse mit dezenter Perlenkette, der Schrecken aller Volontäre und so mancher gestandener Redakteure, die mit Fettfingern und mangelhafter Kenntnis des Alphabets an die Hängeregale wollten.

Mein Fachgebiet war eigentlich Frau, Gesellschaft und modernes Leben. Ein verflossener Lover hatte mich in die Redaktion gebracht, ehe er selbst zu einer Motorsportzeitschrift wechselte. Mein Lehrgeld hatte ich im Emanzenblatt *Amazone* gezahlt.

»Schlachthof?« Karin Becker runzelte die Stirn. »Den gibt es nicht mehr. Er ist drei Jahre nach der Privatisierung pleitegegangen. Die Anlagen stammten aus dem Jahr 1957. Da waren Sie noch gar nicht auf der Welt. Alles denkmalgeschützt. Aber dann hat man doch das meiste abgerissen. Nur die Kopfschlachterei steht noch, glaube ich, und die Politik streitet, wie das Gelände verwendet werden soll. Die einen wollen Wohnungen, die anderen Gewerbe und Kultur. Seit wann schreiben Sie über Stadtgeschichte?«

»Es geht um das Fitnesscenter. Über die Einweihung haben wir doch berichtet.«

Frau Becker begab sich an die Hängeregale. Der Motor surrte und schaufelte Aktenmappen aus den Tiefen des Schranks herauf. Becker fischte einen Artikel aus der Mappe.

Auf dem Foto gruppierten sich lächelnde Leute in der Sonne vor dem Eingang, im Zentrum das Elefantenbaby. »Gotthelf Fängele und sein sportliches Team«, lautete die Bildunterschrift. Der Herkules, Horst Bleibtreu, und sein angestrengtes Lächeln in der Hackenschmidtmaschine war ein Extrafoto wert gewesen.

Fritz Schiller ging dagegen im Gruppenfoto unter. Außerdem – fürs Männerauge – noch eine Gruppe von Frauenkehrseiten auf dem Aerobicparkett. Anettes Antlitz war nur millimetergroß, erkennbar immerhin die dunkle Lockenpracht und eine Ahnung von Schönheit. Ihre hochgereckten Arme schienen mir so magersüchtig auch wieder nicht.

»Gotthelf Fängele sollten Sie aber kennen«, sagte Becker. »*Fängele-Olympia*, die Sportgerätefirma aus Untertürkheim, gehörte seinem Vater.«

»Ach!« Ich erinnerte mich durchaus an die verquetschten olympischen Ringe auf den Pferden und Böcken in den Turnhallen der Schulen meiner Kindheit. Alles Holz und Leder.

»Der Junior übernahm das Geschäft Ende der achtziger Jahre, stellte auf Studiogeräte um und machte Pleite, soviel ich weiß, vor fünf Jahren etwa.« Becker kratzte sich die hohe Stirn unter dem nach hinten zum Dutt gezüchtigten Haar und kramte in den Zeitungsschnipseln. »Nein. Es war nicht er, der Pleite machte, übrigens studierter Biologe, sondern ein gewisser Klaus Schulze, der das verschuldete Unternehmen von Gotthelf Fängele gekauft hat. Da schauen Sie her. Die Staatsanwaltschaft erhebt Anklage gegen Klaus Schulze, einen Wirtschaftsprüfer namens Hans Stenzel und gegen Fängele selbst. Denn Fängele führte damals eine Finanzierungsfirma mit dem Namen *German Invest*. Laut Anklage lief die Sache wohl so ab: *Fängele-Olympia*, das inzwischen *Olympic* heißt, hat Absatzschwierigkeiten. Die Studiogeräte sind falsch konstruiert ...«

Ich dachte an die zusammengebrochene Drückbank im Schlachthof.

»Schulze verspekuliert sich überdies mit Derivatgeschäften an der Börse, um das Defizit zu decken. Der Wirtschaftsprüfer testiert die Jahresabschlüsse, die mit gefälschten Rechnungen aufgeblasen sind, gegenüber den Banken falsch, so dass die Firma das Bild eines ertragreichen Unternehmens abgibt. In Wahrheit belaufen sich die Schulden auf 12 Millionen. Nun kommt

German Invest und kauft *Olympic* Forderungen aus Exporten ab, die gar nicht existieren. Dafür verschuldet sich *German Invest* bei den Banken mit 8 Millionen. Da es die Käufer im Ausland nicht gibt, bezahlt niemand die Rechnungen. *German Invest* steht als betrogen da und ist pleite. Das Gericht verurteilt Schulze und den Wirtschaftsprüfer zu vier beziehungsweise zweieinhalb Jahren Haft. Aber es gelingt der Staatsanwaltschaft nicht, das Gericht davon zu überzeugen, dass Fängele von den betrügerischen Machenschaften seiner ehemaligen Firma gewusst hat, auch wenn es gar nicht anders sein kann.«

»Und wie hieß der Trottel von Staatsanwalt?«

»Moment. Hier haben wir es. Oberstaatsanwalt Richard Weber.«

»Wie bitte?«

Becker hob ihren Puzzleblick aus den Zeitungsausschnitten. »Dr. Richard Weber.«

Genau der Führungsflegel, der im Schlachthof seine Gewichte stemmte, der Judomeisterin Katrin in den Mantel half und den Sally für einen Richter gehalten hatte. Becker stand auf und brachte die Mappe W.

Bis vor einigen Jahren hatte der *Stuttgarter Anzeiger* sich noch eine Kolumne über »Menschen der Stadt« gehalten. Autor des Porträts über Dr. Richard Weber war Pit Hessler: »Schlagfertig vor Gericht und auf dem Tennisplatz. Gestatten, Oberstaatsanwalt Dr. Richard Weber, geb. 1949 in Balingen, 169 cm groß, 68 Kilogramm schwer ...«

Vermutlich war die Reihe deshalb wieder eingeschlafen, weil die Leute ihr Gewicht preisgeben mussten.

»Am liebsten mag der promovierte Wirtschaftsjurist den hart erkämpften Sieg auf dem Tennisplatz und schwierige Indizienprozesse gegen Verbrecher im weißen Kragen. In seiner spärlichen Freizeit hört der leidenschaftliche Rechtsstaatler, wie er sich selbst nennt, am liebsten Bach, den er auch auf seinem Bechsteinflügel zu spielen versteht. Er ist für die Polyphonie in der Gesellschaft, sagt der polyglotte Schwabe und Wahlstuttgarter, der lange Zeit in Argentinien lebte, gern spanisch kocht und Mercedes fährt. Was er an sich schätzt: die Fähigkeit zuzuhören. Dass er eitel ist, räumt er ein. Dass man ihn für arrogant hält, ärgert ihn mitunter.«

Kotz, spei!

Das Foto zeigte den Herrn in Schlips und Kragen mit dem lebhaften Blick des selbstsicheren Karrieristen.

Ich machte Kopien von den Druckerzeugnissen, bedankte mich unterwürfig bei Frau Becker, die gern gewusst hätte, wozu ich das Zeug brauchte, und stieg mit dem Gefühl, mehr als erhofft und im Grunde gar nichts herausgefunden zu haben, ins Großraumbüro der Redaktion hinauf, wo ich seit einem Jahr mein Kabuff hatte.

Ich redigierte den täglichen Polizeibericht über Unfalltote und Handtaschenräubereien, telefonierte einem Hausbrand in Heslach hinterher und grübelte darüber nach, wie ich den Lokalchef Pit Hessler davon überzeugen könnte, mir einen Rechercheauftrag für den Schlachthof zu erteilen, der es mir erlaubte, allerlei garstige Fragen zu stellen, die man als Privatkunde nicht stellte. Doch was wollte ich eigentlich herauskriegen? Wenn Sally mir nicht sagen wollte, warum sie sich vor Fritz Schiller fürchtete, dann hätte ich das unbedingt respektieren müssen. Leider mangelte es mir grundsätzlich an Respekt.

Gertrud saß auch an diesem Montagabend wieder hinter der Empfangstheke mit dem Computer, der Pinnwand, der Schachtel mit Chips und dem Kartenlesegerät und strahlte mich mit getuschten blauen Augen an.

»Freut mich, Frau Nerz, dass Sie sich für uns entschieden haben. Sie werden es nicht bereuen. Die Squash-Halle wird zwar erst im Sommer fertig, aber schon jetzt stehen Ihnen neben den Kursen Aerobic, Quickstepp, Karate und Judo und selbstverständlich allen Maschinen auch Solarium und Sauna zur Verfügung, das heißt, die Sauna ist auch noch nicht ganz fertig. Massage nach Voranmeldung.«

Blieb die Kleinigkeit zu klären, wie ich zahlen würde. Ich protzte mit meiner goldenen Kreditkarte. Wer Geld hatte, konnte immer noch was sparen. Auf das halbe Jahr im Voraus gab es drei Prozent Skonto. Gertrud händigte mir feierlich die Mitgliedskarte aus und dazu einen der Blechchips aus der Schuhschachtel. »Für die Schließfächer«, sagte sie, dirigierte mich am Arm in Richtung Maschinensaal, ging mit strammen Pobacken vor mir her und führte mich dem blonden Herkules zu. »Horst wird sich um Sie kümmern.«

Horst Bleibtreu lächelte kantig. »Hallo, Lisa.«

Seine Muskeln spielten unter glatter brauner Haut wie ein Wurf junger Raubtiere, die zu streicheln es mich drängte.

»Hallo«, antwortete ich. »Aber eigentlich war ich heute mit Fritz verabredet.«

Horst lächelte angestrengt. »Der kommt sicher gleich. Aber vielleicht können wir uns schon mal kurz miteinander unterhalten.«

Er führte mich in ein Kabuff mit Schreibtisch, das am Gang zu den Umkleideräumen lag, bot mir den Stuhl vor dem Schreibtisch an, setzte sich selbst dahinter und schlug einen Fragebogen auf. Die Art, wie er überaus freundlich, aber bestimmt meine persönlichen Daten abfragte – Gewicht, Größe, Sportarten, Verletzungen –, erweckte den Eindruck, es ginge um meine Aufnahme in eine Sekte.

»Beruf?«

»Was tut das zur Sache?«, wehrte ich mich endlich.

»Nur für die Statistik. Aber wenn du zum Beispiel einen eher sitzenden Beruf ausübst, dann könnten wir ein spezielles Ausgleichstraining anbieten.«

»Journalistin«, sagte ich.

Horsts Kugelschreiber stutzte. »Grund, ein Sportstudio aufzusuchen?«, las er fast besorgt die nächste Frage ab.

»Ich möchte abnehmen.«

Horst lächelte verzwickt und musterte die nächste Frage: »Warum haben Sie sich ... äh, warum hast du dich für den Schlachthof entschieden?«

»Auf Empfehlung. Von Anette, genauer gesagt. Sie gibt hier doch Aerobic.«

Horsts Augen schockten hoch. »Anette ist ... nun, sie ist nicht mehr bei uns.« Er gab sich einen Ruck. »Leider muss ich sagen, dass Anette plötzlich und unerwartet an einem Herzanfall verstorben ist. Es war für uns alle ein Schlag. Soviel ich weiß, stand es auch in der Zeitung.«

»Ach? Nun, Anette hat ziemlich krank ausgesehen, als ich sie das letzte Mal sah. Nur noch Haut und Knochen. Beängstigend geradezu.«

»Die Ärzte haben aber nichts gefunden.«

»Auch keinen Virus? Irgendeinen Infekt?«

»Das kann ich wirklich nicht sagen.« Horst blickte zur halboffenen Tür. »Aids war es jedenfalls nicht. Das steht zweifelsfrei fest. Außerdem sind unsere hygienischen Standards selbstverständlich die allerhöchsten.«

Ich verstand schon: Krankheit gehörte nicht in dieses Institut.

Horst schlug die Kladde zu und eroberte sein Lächeln zurück. »Ich zeige dir jetzt, wo du dich umziehen kannst. Okay?«

Wir traten wieder in die Halle. Die Gewichte klapperten leise in den Zügen. Hier und da mischte sich ein menschliches Ächzen unter das geölte Surren der Fahrradergometer, das Schleifen der Schwungräder und Laufbänder und das Patschen der luftgepolsterten Gummisohlen. Mein Puls beschleunigte sich.

Die Umkleide der Frauen befand sich am Ende des Gangs. Drinnen herrschte das feuchte Klima nebenan gelegener Duschen. Die Schließfächer, großzügig fünfzig an der Zahl, nahmen die ganze Wand ein. Hier kam der Chip aus der Schachtel am Empfang zum Einsatz. Man warf ihn in einen Schlitz über vier Knöpfen, mit denen man eine vierstellige Zahl eigener Wahl einstellte. Dann legte man einen Hebel um, stopfte Wertsachen ins Fach und schloss die Tür wieder. Nach dem Training musste man sich dann nur an die eigene Geheimzahl erinnern. Das enthob einen der Frage: Wohin während des Trainings mit dem Schlüssel?

Ich präsentierte mich Horst am Fahrradergometer in roten Radlershorts und blauem Body. Er lächelte mir in die Augen statt an meinem Körper hinab. Eine feine Art, mir zu signalisieren, dass er kapiert hatte, dass nicht er, sondern Schiller für meinen Körper zuständig war. Auf dem Desk des Fahrradergometers tippte er einen gemäßigten Bergkurs ein und kam mir dabei mit einer geruchlosen Unbefangenheit so nahe, dass sich mir die Härchen stellten.

Der Weg zu den Kraftmaschinen führte stets über ein Ergometer oder übers Seilspringen. Es kam darauf an, den Puls auf über 120 zu bringen. Ich bereute jede Zigarette. Auf dem Standrad neben mir schwitzte ein Familienvater mit sechs Kilos zu viel. Als er abstieg, musste Horst die Maschine abtrocknen. Etwas weiter drüben kicherten zwei Mädchen auf Treppenergometern. Irgendwie hatten sie den Bogen raus, sich nicht anzustrengen, aber gut auszusehen. Als ich mich gerade bergauf quälte, huschte etwas Rostrotes durch mein seitliches Gesichtsfeld. Fritz Schiller. Er eilte mit Riesenschritten die Treppe hinauf. Er rannte geradezu.

Ein paar Sekunden später bog Weber um die Ecke und verschwand in Richtung Umkleide: brauner Dreiteiler, lila Sporttasche. Es war halb acht, Dienstschluss höherer Beamter und Selbständiger.

Als Horst mich nach einer Viertelstunde vom Bergpass holte, zeigte das Display den Verbrauch von gerade mal 27 Kalorien an. Wer auf diese Weise einen 250-Gramm-Becher Joghurt neutralisieren wollte, musste mindestens anderthalb Stunden strampeln. Horst führte mich zu den Beinmaschinen. Eine sehnige

Frau mit Stirnband spreizte in der Adduktorenmaschine die Beine. In der Hackenschmidtmaschine, welche die freie Kniebeuge simulierte, stöhnte ein Mann mit schwellendem Beinstrecker im Orgasmus der Selbstfolter. Die Beinpresse war frei.

»Ich will aber Krafttraining machen«, sagte ich, als Horst sich über die Eisenplatten beugte.

»Dazu sind wir ja da.« Er steckte den Stecker bei fünfzig Kilo.

»He! Müssen wir die Gewichte schonen?«

Der Herkules fuhr sich durch die blonden Stoppeln. Die meisten Trainer empfahlen Frauen kleine Gewichte und viele Wiederholungen. Das förderte Ausdauer und Durchblutung. Hohe Gewichte und wenige Widerholungen dagegen schufen nicht nur Kraft, sondern auch unschönes Muskelvolumen. Ausdauer und Kraft konnte man niemals gleichzeitig trainieren. Die unterschiedlichen biochemischen Prozesse in der Muskulatur schlossen einander aus. Ein Grund, warum Mehrkämpfer gut im Wurf und in Kurzstrecken und so schlecht im Langlauf waren.

Ich steckte mir siebzig Kilo.

»Du kommst zurecht, wie ich sehe«, sagte Horst und wandte sich ab.

Ich legte mein Handtuch auf dem plastikbespannten Sitz aus, klemmte mich mit angezogenen Knien hinter die senkrechte Platte, stemmte die Füße gegen die Gummierung und schob den Wagen nach hinten. Der Stahlzug hob die Eisenplatten. Auch dieses Gerät simulierte die Kniebeuge, nur dass man weiter in die Hocke kam, ohne die Knie zu schädigen, den Rücken schonte und die Gesäßmuskeln forderte. Nach den ersten sechs Wiederholungen stellte sich die existenzielle Frage: Warum tut man so was?

Weber erschien in der Halle, diesmal in taubengrauem Sportdress. Wieder stieg er sogleich die Treppe hinauf, nur dass diesmal Schiller auf dem Treppenabsatz fehlte. Die feindselige Begegnung der Rüden würde oben stattfinden.

Ich entstieg der Beinpresse und begab mich zum Beincurler. Handtuch drauf, dann ich auf den Bauch, den Kopf abwärts, den Hintern oben, die Unterschenkel unter die gepolsterte Stange geklemmt und dann die dreißig Kilo an den Hintern gezogen.

»Du darfst das Bein nicht ganz strecken«, sagte Horst. »Der Muskel darf nicht entspannt werden.« Die Belehrung hatte einfach sein müssen. »Es ist, weil der Muskel die größte Kraft entwickelt, wenn er das Gewicht bremsen muss, also bei der Extension, also wenn er sich ausdehnt.« Er meinte den physiologischen Gummibandeffekt, der die Springer vom Fleck katapultiert, wenn das Sprungbein zuvor den Anlauf abfängt.

Ich wischte mir den Schweiß aus den Augen. »Ich glaube, ich gehe dann jetzt mal Fritz suchen.«

»Wie du willst.« Horst lächelte nett, wandte sich der Frau mit dem Stirnband zu, die den Stöpsel nicht mehr aus den Gewichtsplatten bekam, und wurde im selben Moment von einem Muskelmann angesprochen, der etwas von »Schließfach« und »Zahl vergessen« murmelte. Horst streute ein leicht gestresstes »Moment« nach allen Seiten.

Ich begab mich in den ersten Stock.

Vor dem großen Spiegel sprang ein Dutzend Frauen wie besessen über kleine rote Plastikpodeste dem rasanten Techno-Takt hinterher, dass der Boden bebte. Im Bistro war Erschöpfung zugange. Die nabelfreie Kuh verteilte auf Plateauschuhen Getränke an vier Tischen. Ganze drei Männer befanden sich in der Abteilung mit den Kurzhanteln. Einer sinnierte mit knittrigem Gesicht vor dem Spiegel über seine erschlaffte Haut auf festem Fleisch. Der andere riss Vierzehnkilohanteln hoch. Seine Schultern waren schon steile Rutschbahnen. Der dritte war Dr. Weber, der friedlich an der Seitenwand auf einer Matte mit Liegestützen beschäftigt war.

Wo war Schiller? Hinter der Zwischenwand in der Abteilung der schweren freien Gewichte schraubte er zwischen brachliegenden Langhantelgeräten einsam eine neue Drückbank zusammen, so absorbiert und vermutlich halbtaub vom Musikgewummer, dass er mich nicht bemerkte. Männer mit Schraubenschlüssel störte man besser nicht.

Ich nahm eine Matte vom Stapel, warf mich neben Weber in die Waagrechte und begann bei eins. Als er bei mutmaßlichen fünfzig aufhörte, hatte ich immerhin meine zwanzig Liegestützen absolviert. Er setzte sich auf, zog die Beine an, legte die Hände an die Ohren und begann mit Bauchaufzügen. Horst hätte seine Freude daran gehabt. Weber fing fachgerecht aus dem Sitzen an und hielt die Beine angewinkelt. So blieben die Beinanzieher in Ruhe, nur die geraden Bauchmuskeln kochten. Nach einer Weile ging er überdies nur noch ein Stück hoch. So bekam man den Waschbrettbauch am besten hin. Ich hielt mit.

Als er sich auf den Bauch drehte, streifte mich zum ersten Mal sein Blick: milchkaffeefarbene Augen mit grünen Einsprengseln. Sehr dichtes braunes Haar. Seine fünfzig Jahre sah man ihm nicht an. Doch eines war ihm trotz jahrelangen Trainings nicht gelungen: sich die begehrte V-Form zuzulegen. Webers Hüften waren einen Tick zu breit. Vermutlich litt er tiefste Seelenqualen deswegen, aber mir gefiel es.

Und damit zur Folter des Rückens, bis sich Krämpfe im Gesäß ankündigten. Weber konnte es sich leisten, die Rückgratstränge zu stärken, denn seine Bauchmuskeln konnten gegenhalten. Beim Durchschnittsbürohengst war normalerweise der Lendenbereich bockelhart und die Bauchdecke watteweich. Die vom Sitzen gestärkten Beinanzieher taten ein Übriges, ihm eine gorillaähnliche Hohlkreuzhaltung zu verleihen. Wer Rückgrat zeigen wollte, musste immer zuerst den Bauch stärken.

Nach einer halben Stunde Zweikampf in der intimen Ecke unseres Keuchens, absorbiert vom Ringen mit schmerzenden Muskeln, riskierte der Mann den zweiten Blick. Er hatte etwas kriminell Asymmetrisches.

Ich zwinkerte ihm zu.

Er schaute weg, wenn auch keineswegs eilig. Als Balinger Pietist, Schwabe und Staatsanwalt in leitender Stellung war er gegen meinen Leichtsinn immunisiert durch Langsamkeit, Eigensinn und Fleiß.

»Ach, hier sind Sie, Frau Nerz!« Gertruds Turnlehrerinnenstimme riss mich aus der stummen Konversation mit dem Oberstaatsanwalt.

»Hätten Sie wohl einen Moment Zeit? Herr Fängele hätte Sie gerne mal gesprochen. Ganz kurz.«

Webers Blick fluppte von ihr zu mir zu ihr und endete wie meiner auf Gertruds Pobacken, die stramm wippten.

6

Der Elefant reichte mir eine knochenlose Pranke über den Schreibtisch. Er betonte seine Massen mit einem hellgrauen Anzug. »Darf ich Ihnen was anbieten, Frau Nerz? Kaffee, Cola? Oder bevorzugen Sie ein Elektrolytgetränk? Ich für meinen Teil halte es mehr mit Winston Churchill: Clubsessel, Zigarre und no sports.«

»Dann sind Sie ja die ideale Besetzung für ein Fitnesscenter«, bemerkte ich.

Fängele lachte gutmütig. Seine Linien veränderten sich schnell, nicht nur im Gesicht, sondern auch in seinem Doppelkinn und Anzug. Ein faszinierendes Faltenspiel. Und er schwitzte gehörig. Das kleine Büro war aber auch ziemlich überheizt. Dicke froren an sich leicht, weil Fettschichten schlecht durchblutet waren. Aber auch ich hätte gefroren, denn in meinen Textilien erkaltete der Schweiß vom Wettkampf mit Weber.

Das Bürofenster war vergittert.

»Mir reicht es vollauf, wenn ich den Telefonhörer halten

kann«, erläuterte Fängele. »Dabei kommt man wenigstens nicht außer Atem.« Er knetete sich Dellen in die Wangen. »Frau Nerz, warum ich Sie zu mir gebeten habe ...« Seine Linien flackerten in die Senkrechte. »Sie sind Journalistin.«

»Nicht der Rede wert.«

»Für welche Zeitung, wenn ich fragen darf?«

»Für den *Stuttgarter Anzeiger*.«

»Wir freuen uns natürlich immer über das Interesse der Presse.«

»Keine Sorge, ich bin privat hier.«

»Oh, ich mache mir da keine Sorgen.«

»Aber«, piekste ich, »ich weiß natürlich von dem plötzlichen Todesfall hier im Haus.«

Fängeles Linien bekamen Häkchen. »Tragisch, wirklich tragisch. Allgemeines Organversagen, sagen die Ärzte. Diese Hungerei kann ja auch nicht gesund sein. Leider kommt das vor in der Branche. Und nicht nur in dieser. Sie verstehen?«

Ich nickte.

»Am Montag vor einer Woche brach Anette vor dem Training zusammen. Am Mittwoch starb sie im Krankenhaus. Sie hatte buchstäblich kein Gramm Fettgewebe mehr. Das Gehirn war auch schon angegriffen, sagen die Ärzte. Und das Herz. Wissen Sie, das Herz besteht ja fast nur aus Cholesterin. Ich dürfte Ihnen diese medizinischen Details gar nicht mitteilen, aber ihr von der Presse habt ja sonst immer gleich den Eindruck, es würde was vertuscht.«

Fängele schien geradezu erpicht, darüber zu reden. Angriff ist die beste Verteidigung, nannte man das in Unternehmerkreisen.

»Stimmt es, dass Anette Schillers Geliebte war?«, fragte ich, um etwas zu fragen.

»Das weiß ich nicht. Ich kümmere mich nicht um die Privatangelegenheiten meiner Angestellten. Aber Schiller hat sie mitgebracht, als wir hier vor einem halben Jahr anfingen. Er ist mein sportlicher Leiter. Ich verstehe ja gar nichts von all dem Zeug.«

»Und das bei Ihrer familiären Vorschädigung?«

Fängele lachte glatt. »Sie haben sich also doch bereits ein bisschen vorinformiert. Dachte ich es mir doch. Vermutlich eine Berufskrankheit. Aber wie Sie dann wohl auch wissen, habe ich die Firma meines Vaters nicht geführt.« Er lauerte.

Ich lehnte mich zurück und versuchte, in Radlershorts und feuchtgeschwitztem Body souverän auszusehen. »Läuft ja nicht schlecht, Ihr Laden, nicht? Wie haben Sie es eigentlich geschafft, die Schillers für sich zu gewinnen? Soviel ich weiß, hatten die doch eine eigene Sportschule?«

»Stimmt, das *Lotus*. Eine Judoschule. Aber Schiller hat sich verrechnet. Eine Deutsche Meisterschaft macht noch keine Kunden. Unser Glück. So konnten wir Katrin Schiller gewinnen. Selbstverteidigung ist der Renner. Die Frauen wollen den Männern ja heutzutage keine Chance mehr geben. Lauter kleine Alice Schwarzeneggers, nicht?«

Ich lachte nicht mit. »Kein Wunder, dass die Ehe der Schillers am Ende ist.«

Fängele zog nicht vorhandene Brauen ins Stirngerunzel. »Wieso?«

»Na ja, er richtet ihre Sportschule zugrunde, und sie muss bei Ihnen in Stellung gehen. Das ernüchtert doch. Und dann Schillers unverhohlenes Interesse für mollige Frauen ...«

»Sie wollen es aber ganz genau wissen, Frau Nerz.«

»Neugierde ist das Kapital des Journalisten. Mit welchem Kapital arbeiten Sie, wenn schon nicht mit Sachverstand?«

»Mit Geld, verehrte Frau Nerz, mit Geld! Das ist das Einfachste von der Welt. Man muss nur die richtigen Leute treffen. Fritz hatte das Konzept: schöne Menschen, glänzende Maschinen, Parkett, das Bistro, Kampfsport, Solarium, Sauna. Ein Schwimmbad ist geplant. Der Kurzurlaub, Wellness mit risikofreiem Abenteuer und Grenzerfahrungen. Sie verstehen?«

»Also eine Abschreibungsgeschichte.«

Es zeigte sich, dass die Elefantenqualle auch Konturen annehmen konnte. »Wir zielen auf Gewinn, dass wir uns da richtig verstehen, auch wenn wir jetzt natürlich noch rote Zahlen schreiben.«

Ah! Der Staatsanwalt saß ihm im Genick, dieser Dr. Weber, der mit argloser Miene im Trägershirt seine Liegestützen machte und danach ein Stockwerk höher mit Katrin flirtete.

»Wo haben Sie denn das Kapital her, nach Ihrer *German-Invest*-Pleite?«, fragte ich weiter.

Fängele blubberte förmlich vor Erleichterung, dass ich endlich auf den Punkt kam, auf den er die ganze Zeit zugesteuert hatte. »Selbstverständlich bin ich Ihnen keinerlei Rechenschaft schuldig, Frau Nerz. Aber um Ihre Neugierde zu befriedigen: Für die Pleite von *Olympic*, die auf betrügerische Bilanzfälschung zurückging, bin ich nicht verantwortlich und musste ich mit meinem persönlichen Vermögen auch nicht haften. Außerdem hat meine Frau was mit in die Ehe gebracht.«

»?«

»Gertrud.«

Beinahe hätte ich aufgelacht. Die strammen Pobacken der Turnlehrerin in den Händen des Elefantenbabys? Diät heiratete Faltenwurf.

»Gibt es sonst noch was«, fragte ich, mich erhebend, »was mich nichts angeht und das Sie mir darum unbedingt mitteilen wollen?«

Fängele schaute auf die Uhr und stand auf. »Sie wollen unter die Dusche, ich verstehe. Nun, ich hoffe, wir können Sie hier zufriedenstellen. Wir wollen es uns ja mit der Presse nicht verscherzen, nicht? Auch wenn ich, ehrlich gesagt, nicht verstehe, wie sich intelligente Menschen schinden können wie die Esel, nur um sagen zu können, ich bin stärker und schöner. Als ob wir die Balz wieder in den Dschungel verlegt hätten, mit langen Federn und Paarungskämpfen von der ganz primitiven Sorte.«

Die Spiegel überall waren sicherlich nicht Fängeles Idee gewesen, sondern Schillers. Aus jeder Wand sprang man sich entgegen mit Pickeln und Bauch. Der reine Nervenkrieg. Wer mochte sich schon, außer diesen kleinen Männern mit den großen Muskeln, die es vorzugsweise vor dem Spiegel taten. Die Frau als solche war im Spiegel immer zu dick.

Zwanzig vor neun. Der Maschinenpark hatte sich jäh geleert. Im Hintergrund rauschte noch eine einsame Dusche. Was für ein Aufwand an Gebäude und Personal für im Grunde zwei Stunden zwischen Büroschluss und Abendessen. Das konnte sich nicht rentieren.

Ich stieg die Treppe hinauf. Schließlich war ich heute nur wegen Schiller gekommen.

Im Bistro saß Weber vor erloschener und verlassener Bar, wartend. Horst sammelte im Aerobicsaal die roten Plastikpodeste des Quickstepp aufeinander und trug sie nach irgendwo hinter dem Bistro. Er rückte ein paar Fausthanteln im Gestell zurecht und begab sich hinter die Zwischenwand in den Raum für die wirklich schwere Langhantelarbeit. Das Konzept der Intimität des eigenen Kampfs mit dem inneren Schweinehund war sicherlich auch Schillers Idee.

Ich stand noch unschlüssig auf dem Parkett, da stürzte Horst auch schon hinter der Zwischenwand hervor, rannte mich fast um und hastete die Treppe hinab. Es war unvermeidlich, dass Weber und ich uns anschauten. Eine Art von Fatalismus spiegelte sich in seinen Augen. Angst eigentlich.

Ich ging nachschauen.

Fritz Schiller lag im rostroten Trainingsanzug rücklings auf der nagelneuen Flachdrückbank. Arme und Beine hingen so haltlos überstreckt zu Boden, dass es mich in den eigenen Sehnen schmerzte. Quer im Hals steckte in erkaltetem Gleichgewicht die Langhantelstange, die mit großen grünen Scheiben bestückt war. Etwas blutiger Schaum plusterte sich auf seinem Schnauzer. Die Augen, diese unverschämt suggestiven dunklen

Augen, standen für die Ewigkeit halb offen, blutunterlaufen. Der Siegelring an seiner linken Hand berührte das Parkett.

In den drei Sekunden absoluter Stille, ehe das metallene Beben der Saaltreppe das Kommen anderer ankündigte, sah ich zum ersten Mal den Raum, in den ich schon zweimal hineingeschaut hatte: fünf Stemmgeräte, drei Bänke unterschiedlicher Neigung, zwei Galgen mit Stangenlaufschiene, eine freie Langhantel, zwei vergitterte Fenster, eine blaue Tür mit dem Notausgang-Zeichen und dem automatischen Türschließer in der Ecke.

»He, was machen Sie da!« Gertrud zog mich weg, doch ihre Hand rutschte ab, als sie den Toten sah. »Ein Unfall, mein Gott, ein Unfall!«

Fängele knetete sich die weichen Backen.

Gertrud wandte sich um. »Horst, hol Katrin!«

Horst stieß vor der Treppe mit einem breitschultrigen Kerl zusammen, der von unten heraufkam.

»Oh Gott, Christoph«, sagte Gertrud. »Ein Unfall. Ein schrecklicher Unfall!«

Das Konzept der Intimität erwies seine Nachteile in puncto Sicherheit.

»Nichts anfassen!«, sagte Christoph in einem Ton, der mir ins Rückenmark fuhr. So sprachen Polizisten. Doch auch einen Bullen, der schon viele Tote gesehen haben mochte, erwischte diese Leiche kalt. Die Hand des breitschultrigen Kerls mit dem Stoppelschädel zitterte, als er das Handy entgegennahm, das Fängele in den Taschen seiner Elefantenhaut herumtrug.

Während Christoph sich vertippte, langte Katrin an, barfüßig und im Judokittel. Sie starrte auf ihren toten Mann, die Lippen zusammengepresst.

Weber zog sie weg, ohne selbst hinzuschauen.

Vier schwarz gegürtete Judoschüler pfropften auf der Treppe. Waldemar bahnte sich gelassen den Weg durch sie hindurch.

7

Chefredakteur Hermann Elsäßer kam um halb zehn. Ich ließ ihm fünf Minuten Zeit, sich mit Kaffee zu versorgen, dann stand ich bei ihm im Büro. Er schaute von der Zeitung auf. Ich hatte gestern Nacht noch einen Fünfzeiler diktiert.

»Frau Nerz. Was kann ich für Sie tun?«

Elsäßer war ein Großer von Mitte fünfzig mit Kinnbart und Pfeife, ein Golfer, Tennisspieler und Kommentator. Seine von langen Wimpern umflorten dunkelblauen Augen straften sein gesamtes Bemühen um Unerschütterlichkeit und Überlegenheit Lügen.

»Im Schlachthof«, sagte ich, »hat es gestern einen Toten gegeben. Übrigens schon den zweiten.«

»Sehr schön.« Elsäßer neigte dazu, Frauen zu loben wie Kinder, die mit unverständlichen Zeichnungen ankamen.

»Der Tote heißt Fritz Schiller.«

Elsäßer feixte gebildet. »Das tragen Sie am besten nachher in der Konferenz vor.«

»Pit Hessler trägt vor, aber ich möchte die Story.«

»Da müsst ihr euch schon untereinander einigen.« Elsäßer hakte die Pfeife zwischen die Zähne. Sein Blick entwischte immer wieder auf die Zeitung vor ihm. Doch da die Dunhill nicht dampfen wollte und er nach dem Feuerzeug langte, konnte ich noch ein paar Sekunden seiner Aufmerksamkeit erhaschen.

»Es könnte eine große Geschichte werden. Das Personal ist prominent: eine deutsche Meisterin im Judo, ein Polizist, ein stadtbekannter Pleitier und ein Oberstaatsanwalt.«

Elsäßer stopfte die Pfeife und belichtete die Tabakkrume. »Ein Oberstaatsanwalt?«

»Dr. Richard Weber heißt er.«

Elsäßer nahm die Pfeife aus dem Mund. »Weber?«

»Ja, er hat damals die Anklage gegen Fängele geführt und verloren. Ich weiß nicht, ob Sie mit dem Fall vertraut sind.«

Elsäßer fuchtelte mit dem Pfeifenstiel ein abkürzendes ›Ich kenne den Fall‹ in die Luft. »Und wer ist dieser Schiller?«

»Der sportliche Leiter. Ich glaube, dass dieser Weber etwas mit Schillers Frau hat. Sie ist die Judomeisterin.«

Elsäßer lehnte sich im wippenden Chefsessel zurück. Im Fenster hinter ihm rasten Aprilwolken durch einen blauen Himmel. »Wie lange arbeiten Sie schon bei uns, Frau Nerz? Ein Jahr? Anderthalb? Verstehe. Aber bevor da was erscheint, legen Sie es mir vor. Einverstanden?«

Ich bereute es sofort. Wie konnte ich mir freiwillig Arbeit aufhalsen, und das unter den kritischen Augen des Chefredakteurs? Dass ich Journalistin geworden war, obgleich man mich nur zur Fremdsprachensekretärin ausgebildet hatte, war ein Grundirrtum meines Lebens.

Pit Hessler stand an der Kaffeemaschine und rührte drei Stück Zucker in seinen Becher. Er sah aus wie ein Abiturient, den die Hochbegabung zu früh zwischen Brillenbügel und in den Schlips gezwängt hatte. Hinter ihm klapperte das Großraumbüro bis unter die Decke.

»Du, sag mal«, sprach ich ihn an, »was hat der Elsäßer denn mit diesem Weber?«

»Mit wem?« Pit hatte auch schon dieses amüsierte Cheflächeln drauf.

»Du hast doch mal ein ›Gestatten‹ über ihn geschrieben!«, legte ich nach.

»Ach, du meinst Richard Weber. Tja, unser Hermann und sein Richard, das sind dicke Tennisbrüder. Treffen sich jeden Samstag im Club auf der Waldau. Weber ist eine richtige Tennissau. Muss immer gewinnen. Ein arrogantes Arschloch, hat aber wirklich was auf dem Kasten. Warum?«

»Es ist wegen des Toten im Schlachthof.«

»Doch nicht Weber. Oder gar Fängele? Hat's den endlich erwischt?«

»Nein, Schiller. Wie kommst du auf Fängele?«

Ich konnte grinsende Hochbegabte nicht leiden. »Fängele und Weber«, sagte Pit, »die sind Todfeinde. Da gab es mal einen Prozess.«

»Ich weiß.«

»Na, wenn du schon alles weißt ...« Pits Hand schwebte erneut über der Zuckerdose.

»Du hast schon drei drin«, warnte ich ihn.

Pit tauchte die Finger in die Würfel und ließ einen weiteren in seinen Kaffee plumpsen. »Übrigens, da fällt mir gerade ein, jetzt am Wochenende sind in Stuttgart die German Masters im Bodybuilding. Könntest du dich um die Weiber kümmern?«

Es artete tatsächlich in Arbeit aus.

Ich ging zum zentralen Faxgerät. Aber eine Mitteilung der Polizei zum Schlachthoftoten war noch nicht da. Also setzte ich mich mit der Pressestelle der Landespolizeidirektion II in Verbindung. Der Chef selbst war am Apparat. Er hieß Winfried Käfer.

»Lisa Nerz, *Stuttgarter Anzeiger*. Guten Morgen.«

Das zaudernde »Guten Morgen« verriet Käfers Irritation über eine ihm unbekannte Stimme und Person. Als Pressesprecher war ihm das unangenehme Phänomen von Unprofessionalität sehr wohl vertraut, das den Namen Volontärin trug.

»Ich rufe wegen der Sache im Schlachthof an. Es gibt ja noch keine Presseerklärung.«

»Sind Sie ... eine, äh ... sonst spreche ich immer mit ...«

»Pit Hessler hat Namen und Geschlecht gewechselt.«

Stille.

»Hat die Polizei eine Nachrichtensperre verhängt?«

»Wie kommen Sie denn auf die Idee?«

»Also gut«, sagte ich. »Ich gebe zu, ich bin die Volontärin.«

Käfer hüstelte. »Was wollen Sie wissen?«

»Wer hat Schiller ermordet?«

»Nicht so fix. Von Mord kann vorerst keine Rede sein. Die

Indizien deuten zunächst auf einen Unfall hin. Aber wir stehen noch am Anfang der Ermittlungen.«

»Sehen Sie«, sagte ich, »das ist der Vorteil von Presseerklärungen. Man muss keine Fragen stellen, um etwas zu erfahren, und weiß dann, was es noch zu fragen gibt. Da lese ich dann zum Beispiel: Eine grausige Entdeckung machte gestern Abend um 20 Uhr 45 der Angestellte des Fitnesscenters Schlachthof, Horst Bleibtreu, als er die Sektion mit den freien Gewichten im ersten Stock betrat. Er fand die Leiche des ... wie alt war Schiller?«

»Äh, 38.«

»Des 38-jährigen Fritz Schiller, der die Funktion des sportlichen Leiters innehatte, unter dem Gewicht von ... Wie schwer war das Gewicht, das ihn erdrosselt hat?«

»Hundert Kilo.«

»Und wann trat der Tod ein?«

»Schiller war bei Auffindung wohl über einer Viertelstunde, auf jeden Fall aber unter einer Stunde tot.«

»Hat seine Frau, Katrin Schiller, ein Alibi?«

»Die Ermittlungen haben gerade erst begonnen. Ich kann nur noch einmal sagen: Erste Untersuchungen des Fundorts haben zunächst keine Hinweise auf Fremdeinwirkung ergeben.«

»Der Fundort wurde doch abgesichert von ... wie heißt der Polizist, der vor Ort war?«

Die Antwort kam widerstrebend: »Kriminaloberkommissar Christoph Weininger.«

»Wer ist eigentlich der ermittelnde Staatsanwalt? Etwa Dr. Richard Weber?«

»Wie kommen Sie denn auf den?«

»Immerhin war auch er gestern Abend im Schlachthof anwesend.«

»Da wissen Sie mehr als ich.«

»Tja«, sage ich, »die Abteilung für Öffentlichkeitsarbeit erfährt halt immer zuletzt, was im eigenen Laden läuft, gell. Herr Käfer, wir danken Ihnen für dieses Gespräch.«

Ich legte auf.

Pit brachte mir die Einladung zu den German Masters im Hegel-Saal der Stuttgarter Liederhalle und einen alten *Spiegel*-Artikel mit dem Titel »Blond, stark, tot«, der das qualvolle Sterben des 31-jährigen österreichischen Bodybuilders Andreas Münzer beschrieb. Zu viele Präparate, zu wenig Kontrolle. Außen schwollen die Muskeln, innen zerfielen die Organe.

Ich begab mich ins Archiv hinab. Die Strategie wollte gut überlegt sein, es musste ein Abgleich der eigenen Faulheit mit der Abneigung Karin Beckers gegen Paulschalaufträge wie »alles über Bodybuilding, Fitness und Gesundheit« gemacht werden. Am besten, man kam der Archivarin mit ganz konkreten Daten und Namen, Katrin Schiller zum Beispiel, Richard Weber und Christoph Weininger.

Karin Becker legte die Schere auf die Zeitungen, strich den Rock glatt und sagte: »Was denken Sie sich eigentlich?«

»Das ist ein grundsätzliches Problem.«

Becker lächelte wider Willen und stand auf. »Da haben Sie was über Katrin Schiller. Wollen Sie auch gleich die Mappe Weber? Aber Christoph Weininger? Den Namen habe ich noch nie gehört. Ich weiß nicht, ob ich über den etwas habe.«

Eine Volltextrecherche über Computer war mangels Hardware damals noch nicht möglich.

Ich entnahm der Mappe mit Zeitungsausschnitten, die Becker mir vorlegte, dass Katrin Schiller jetzt 42 Jahre alt war – älter als ihr Mann – und ihre Meisterschaft in der Gewichtsklasse bis 61 Kilo gewonnen hatte. Mit Ende zwanzig. Zwei Jahre lang hatte sie dann die Damen des Deutschen Judo-Bunds zu internationalen Siegen geführt. Vor sechs Jahren hatte sie die Sportschule *Lotus* in der Hausmannstraße im Stuttgarter Osten eröffnet, gar nicht weit weg vom Schlachthof. Die Pleite war unbeachtet von der Presse über die Bühne gegangen.

»Da schauen Sie mal!« Becker legte einen Zehnzeiler aus unserem Polizeitelegramm vor. »Ich wusste doch, da war noch was.«

»Sie sind ein Schatz, Frau Becker! Was für ein Gedächtnis Sie haben!«

Sie nestelte sich eine Haarsträhne in den Dutt zurück, die sich immer hervorstahl, wenn Eifer sie anflog. Die Meldung stammte vom Januar vergangenen Jahres.

»Judolehrerin schlägt Ehemann krankenhausreif.« Die Namen waren abgekürzt worden. »Zu einem Familiendrama kam es am Samstagabend in der Hausmannstraße, als die Judolehrerin Katrin S. ihrem Mann mit einer Hantel bewaffnet hinter der Tür des gemeinsamen Sportstudios auflauerte. Nach Polizeiangaben ging sie auf den Ehemann los, als dieser zusammen mit einer 19-jährigen Kundin das im Hof geparkte Auto besteigen wollte. Demnach schlug sie mehrmals mit einer Hantel auf das Auto ein, beschädigte es erheblich und verletzte ihren Ehemann, als dieser einschreiten wollte, an Brust und Armen, so dass er im Krankenhaus behandelt werden musste.«

»Sieh mal an!«, sagte ich. »Katrin Schiller hat also schon einmal die Beherrschung verloren.« Ich überlegte, ob die 19-jährige Frau in Fritz Schillers Begleitung damals schon Anette geheißen hatte.

»Übrigens«, sage Becker, inzwischen mit roten Wangen, »Sie haben doch gestern nach Fängele gefragt. Da habe ich noch etwas Interessantes gefunden, was den Prozess betrifft.« Sie schlug vor sich auf dem Tisch erneut die Mappe Weber auf. »Da tauchten nämlich schwere Vorwürfe gegen die Ermittlungsbehörden auf, und zwar im *Spiegel*. Der Tipp kam wohl aus Stuttgart. Es ging um den Buchprüfer, Hans Stenzel. Er hat im Prozess sein Geständnis widerrufen, mit dem er zuvor Fängele als Mitwisser des *Olympic*-Betrugs belastet hatte. Auf diesem Geständnis hatte die Staatsanwaltschaft aber ihre Klage gegen Fängele aufgebaut.«

»Weber?«

»Ja, Weber. Und hier heißt es nun, Weber habe Stenzel unter Druck gesetzt und das Geständnis erzwungen. Es ist die Rede von Drohungen, Stenzels Frau wegen Beihilfe, zumindest als Mitwisserin anzuklagen. Stenzel habe sich auch körperlich bedroht gefühlt. Der *Spiegel* beruft sich auf Informationen aus Polizeikreisen in Stuttgart.« Becker stutzte. Die Strähne fiel ihr in die Stirn. »Da schau her, da haben wir ja auch den Namen Christoph Weininger!«

»Wie?«

Beckers und meine Hände gerieten sich kurz ins Gehege, als sie mir die Mappe zudrehte, nach der ich gleichzeitig langte. Sie tippte mit kaltem Knochenfinger auf den Schluss des *Spiegel*-Artikels im Packen Weber. »So weit habe ich gestern nicht mehr gelesen.«

Ich las: »Dass die Strafversetzung von Oberkommissar Christoph Weininger vom Elitedezernat Wirtschaft ins Dezernat Gewaltverbrechen im Zusammenhang mit diesen Vorfällen steht, wollte der Polizeisprecher weder bestätigen noch dementieren.«

»Eieiei!« Darum also hatte Polizeisprecher Käfer die Sache zur Chefsache gemacht und so gezögert, als er den Namen Weiningers nennen sollte. Darum hatte Pit bei dem Toten im Schlachthof sofort an Fängele gedacht. Schiller war einfach das falsche Opfer angesichts des Karrieredramas, das sich da vor vier Jahren abgespielt hatte. Nur, was wollten die jetzt alle im Schlachthof?

Das Porträt von Weber mit dem asymmetrischen Siegerblick fiel mir in der Mappe erneut in die Augen. Ich blätterte weiter. Ganz unten im Stapel lag ein Artikel aus der Bildzeitung, uralt, aus dem Jahre 1977. Eine Referendarin der Staatsanwaltschaft namens Rosanna Weber hatte mit einem Porsche, der nicht ihr eigener war, unter Alkoholeinfluss einen Unfall gebaut und Fahrerflucht begangen. Das jedenfalls wollte der Reporter herausgefunden haben, der nun vermutete, dass die Geschichte vertuscht werden sollte. Das Foto zeigte eine mit Weichzeichner geschönte junge Frau mit hagerem, zwar hübschem, aber ungemein disharmonischem Gesicht.

»Weber ist ja ein häufiger Name«, sagte Becker versonnen. »Aber finden Sie nicht, dass die beiden sich irgendwie ähnlich sehen?« Die Archivarin bekam diesen Kinderwagenblick, mit dem man beim Anblick eines Säuglings ›Ganz der Vater!‹ ausruft. »Was wohl aus der Schwester geworden ist?«

Ich sehnte mich nach einer Zigarette. »Ein bisschen was über Bodybuilding bräuchte ich dann auch noch. Und über Fitness und so.«

Becker reagierte nachsichtig. »Ich stelle Ihnen was zusammen und schicke es im Lauf des Nachmittags rauf.«

»Frau Becker, ich liebe Sie!«

Der Satz war gewagt. Becker lächelte halbbitter.

Mit einer stattlichen Ausbeute an kopierwarmen Artikeln stieg ich in die Gegenwart der Redaktion hinauf, fuhr den Computer hoch und rodelte auf den Stichworten »Body«, »Doping« und »Muskelaufbau« durchs Internet. Dann kam die Nachricht, dass eine Straßenbahn ungebremst die Weinsteige hinabgerast, in der Hohenheimer Straße aus den Schienen gesprungen und in einem Wartehäuschen stecken geblieben war, und ich begab mich zum Lokaltermin.

8

Fängele seufzte. »Kommen Sie in mein Büro. Eine unselige Geschichte ist das.«

Gertrud schaute uns besorgt hinterher. Die Temperatur ihres »Guten Abend« war bereits um zehn Grad gesunken, als sie mich und meine Sporttasche hatte hereinkommen sehen. Fängele ließ sich hinter den Schreibtisch in den Sessel fallen. Die Tischplatte hockte ihm auf dem Schoß wie ein Tablett bestückt mit Computerbildschirm, Tastatur, Bleistiftköcher und Telefon.

»Soll ich schreiben, dass es Mord war oder ein Unfall?«, erkundigte ich mich.

Das Elefantenbaby ächzte. »Ein Unfall wäre unter Sicherheitsaspekten fatal. Aber Mord? Wir sind doch hier alle wie eine große Familie.«

»Nirgendwo wird so viel gemordet wie in Familien. Zum Beispiel hat Katrin Schiller vor gut einem Jahr ihren Mann mit einer Hantel zusammengeschlagen. Wussten Sie das?«

»Nun lassen Sie uns doch erst mal ein bisschen Zeit, zur Besinnung zu kommen. Können Sie sich denn nicht vorstellen, dass wir wie gelähmt sind vor Erschütterung und Entsetzen? Was sagen Sie? Katrin hat ihren Mann erschlagen?«

»Zusammengeschlagen, vor einem guten Jahr.«

»Ach, warum denn?«

»Weil die Ehe im Eimer ist, Herr Fängele. Vermutlich hatte Schiller mindestens eine Geliebte.«

Fängeles kleine Elefantenaugen ließen sich schwer fixieren. »Wie gesagt, das Privatleben meiner Angestellten interessiert mich nicht. Ihr von der Presse seid immer schnell dabei, jemanden zu verurteilen.«

»Na, hören Sie mal!«, sagte ich gelinde amüsiert. »Ihr Unverständnis für Gewalt kann doch nicht so weit gehen, dass Sie sich nicht vorstellen können, dass auch eine betrogene Ehefrau mal die Wut kriegt.«

Fängele lächelte linienreich. »Wenn Sie das für zwingend halten. Sie verstehen wahrscheinlich mehr davon als ich.«

»Dann bleiben wir bei dem, wovon auch Sie etwas verstehen, bei Ihrer großen Familie. Gehört Weber auch dazu?«

Fängeles Dreifachkinn wallte leicht. »Hier kann jeder trainieren, der ordnungsgemäß bezahlt.«

»Ja, aber was will er wirklich hier?«

»Da bin ich überfragt.«

Ich war hingerissen von der Härte, die so eine Qualle wie Fängele ausstrahlen konnte. Die Oberfläche wallte und waberte inmitten eines unsichtbaren Netzes von Nesselfäden, das jeden strafte, der sich auf mehr als einen Meter näherte. Ich sah im Moment keinen Grund, mir Verätzungen zu holen. In dem Zeitraum, in dem Schiller zu Tode kam, hatte ich gestern im Büro Fängele gegenübergesessen.

Wir einigten uns darauf, dass meine Anwesenheit im Schlachthof auch weiterhin nur meiner Körperertüchtigung diente. Zum Beweis schulterte ich meine gepackte Judotasche, und Fängele wünschte mir mit einem weichen Händedruck viel Erfolg.

Draußen lächelte ich Gertrud in die blauen Augen. Befriedigt registrierte ich, dass mein Blick auch bei einer vierzigjährigen Turnlehrerin Verwirrung anrichten konnte. Sie war es zwar gewohnt, Kunden zu managen, aber sie hatte auch eine kleine Schwäche, nämlich die Eitelkeit, die sie offen machte für meinen begehrlichen Blick auf die Naht der Turnhose zwischen Nabel und Schenkel.

Am Fahrradergometer erklärte Horst einer sehnigen Frau das Programm des Hometrainers. Er nickte mir mit einer ernsten Sanftheit zu. Als ob wir beide momentan die Einzigen wären, welche die Hypothek fühlten, die auf dem Schlachthof lag.

Im Dojo unterm Dach unterwies Waldemar, der Karateka mit dem verwüsteten Gesicht, Gelbgurte. Sie standen sich paarweise gegenüber. Einer nahm mit langsam ausgestreckter Faust Maß. Die Knöchel berührten das Kinn des Gegenübers gerade eben nicht. Er wiederholte das Maßnehmen in höherem Tempo. Beim dritten Mal explodierte die Faust gegen das Kinn des Gegners, der zurückzuckte. Danach nahmen die Jungs und Maiden, hörbar die Luft ausstoßend, die Grundhaltung ein: Füße schulterbreit, Knie leicht gebeugt, das Becken vorgeschoben, angespannte Bauchdecke, die Fäuste seitlich vor den Schenkeln. An der Decke hingen Sandsäcke bereit für spätere Übung gezielter Schläge.

Katrin Schiller saß in T-Shirt und Judohose am Tischchen vor der Theke und aß Quark mit Orangen. Der dicke Zopf führte ein schimmerndes Eigenleben auf dem muskulösen Rücken unter dem dünnen Stoff. Sie hatte ein für eine Kämpferin feines Gesicht, das sie schminkte wie eine Geschäftsfrau. Doch ihre Fingergelenke waren verdickt von zahllosen Kapselrissen ihrer Kampfkarriere. Sie hob die gletscherhöhlenblauen Augen. Mir lief es kalt den Rücken hinunter.

»Du kriegst wohl nie genug.«

»Niederlagen sind der Weg zum Sieg«, sagte ich. »Mein Beileid!«

Sie lachte auf, nahm den Teller und die Orangenschalen und zog sich hinter die Theke zurück. »Danke. Aber mein Mann und ich standen kurz vor der Scheidung.«

Obgleich Judohosen immer unkleidsam bauschten, packte mich ihre kühle Mischung aus Kraft und Knittern mit voller Wucht. Ich hatte gelesen, dass Katrin Spezialistin der offenen Klasse gewesen war. Den Kampf gegen Hundertkiloweiber konnte man nur mit Technik und Schnelligkeit gewinnen. An so jemanden kam man nicht ran, jedenfalls ich nicht mit meiner eher halbherzigen Aggressivität. Ich musste schon jetzt all meinen Mut zusammennehmen, um nicht kaninchenstumm herumzustehen.

»Vor gut einem Jahr hat eine Judolehrerin in der Hausmannstraße vor einem Sportstudio ihren Ehemann tätlich angegriffen. Ich habe es in der Zeitung gelesen.«

Mit diesem Blick auf die Backenknochen musste Katrin einst ihre Gegnerinnen abgeschätzt haben. »So. Das hast du in der Zeitung gelesen. Dann muss es ja stimmen.«

Sie wandte sich dem Spülbecken zu. Die Unterarmmuskeln machten das Hantieren mit der Spülmittelflasche zu einem ästhetischen Ereignis.

»Mich wundert nur«, sagte ich, »dass der Judo-Bund …« Das Vereins-Du fiel mir wirklich schwer. »… dich nach der Schlägerei nicht relegiert hat. Selbst wenn du angegriffen wurdest und dich nur verteidigt hast, hätte es dich die Trainerlizenz kosten müssen.«

»Das musst du nicht verstehen«, sagte sie mit einem eisblauen Blick unter langen Wimpern hervor. »Sieh lieber zu, dass du anständig Judo lernst.«

Es war mir unmöglich, ihrem Blick standzuhalten. Erst als sie den Quarkteller ins Spülwasser tauchte, hatte ich wieder Luft. »Mir leuchtet aber nicht ein, dass ein sechster Dan einen Menschen mit einer Hantel angreift. Erstens steht zu viel auf dem Spiel und zweitens …«

Sie schaute auf. »Ja? Und zweitens? Du meinst, ein Seoi-nage mit anschließendem Armhebel sei eleganter?«

»Zumindest ehrenvoller.«

Katrin lachte hart. »Bei solchen Geschichten geht es doch nur darum, möglichst gemein zu sein. Da nimmt man eben eine Hantel und demoliert das Auto. Für den Richter macht es keinen Unterschied. Der denkt nur, eine Judomeisterin ist sowieso ein brutales Weib.«

Ich grübelte: Hatte sie nun oder hatte sie nicht?

»Ich will dir was sagen«, sagte sie und griff mit ihrer so männlichen Muskulatur so weiblich nach dem Handtuch. »Ich war bei der Verhandlung gar nicht dabei. Mich hat keiner gefragt. Ich habe nur einen Brief gekriegt: sechseinhalb Monate auf Bewährung.«

»Gegen einen Strafbefehl kann man Einspruch erheben.«

»Damit es zur öffentlichen Verhandlung kommt und alle Zeitungen darüber schreiben? Dann hätte ich meinen Beruf wirklich an den Nagel hängen können. Und beim Fritz war nichts mehr zu holen. Am Ende hätte er es noch so gedreht, dass ich ihm Unterhalt zahlen muss.«

»Warum wolltest du dich scheiden lassen?«

In Katrins Gesicht war der spöttische Zug dazu da, Distanz zu schaffen, wenn es um Bitterstes ging. »Warum wohl? Irgendwann ist das Maß voll. Es hat mich nicht gestört, dass er ständig andere Frauen hatte. Aber dann habe ich mal fünfzig Mark für eine neue Kaffeemaschine gebraucht, und da war nichts mehr da. Kein Pfennig, aber hunderttausend Mark Schulden. Wenn man eine Million Schulden hat, dann helfen einem die Banken, aber hunderttausend, da bist du pleite. Fritz hat immer auf meine Kosten gelebt. Immer!« Ihre blanken Augen wandten sich zur Treppe, der soeben Vicky und die lange blonde Judoschülerin entstiegen. Katrin zog den Stöpsel im Spülbecken und schüttelte die Tropfen von der Hand. »Du hast doch die Zeitung gelesen. Ich soll Fritz an Brust und Armen verletzt haben, aber nicht im Gesicht. Denk mal darüber nach.«

Dazu kam ich nicht. Die Judomädel langten bei uns an und flackten sich in die Stühle.

»Na, was geht?«, grüßte Katrin.

Es war überhaupt ein Häuflein der Tapferen, das sich im Dojo zusammenfand: René mit der Hasenscharte, Achim, der schmächtige Pizzafahrer, Figrid, der Kroate, in einem völlig vergrauten Anzug, Sabine, die Französischstudentin mit Rückenproblemen, Vicky die Hausfrau mit Essstörungen, ich, die Hyäne mit der Narbe, und der ewig lächelnde Schwarzgurt Wolf, der vermutlich in irgendeinem Amt stempelte. Es waren keine Schläger, die den Ausweg aus der sozialen Krise im Kampfsport suchten. Es waren liebe, hilfsbereite Menschen, denen sonst keiner half.

Die Stunde begann mit der Verbeugung und beendete all mein Grübeln. Katrin jagte uns durch die Fallschule über Bälle und Barrieren. Aus der Judorolle, die man wie einen Purzelbaum über Arm und Schulter machte, entwickelte sich der freie Fall, ein Salto, der mit einer knallenden Landung auf der Matte seitlich auf dem Rücken endete. Vicky bestand darauf, mit mir zu üben. Es fehlte ihr nach ihrem gestrigen Erlösungssieg nicht an Entschlossenheit, aber an Koordination. Beim Fassen am Revers kniff sie mir in die Brustwarze.

Wir übten Sumi-gaeschi, einen der klassischen Siegen-durch-Nachgeben-Würfe, bei dem man sich unvermittelt vor dem anstürmenden Gegner hinsetzte, ihn über sich zog und dabei mit dem Fußrist an der Innenseite seines Schenkels sein Gleichgewicht brach. Es war ein weit verbreiteter Irrtum, dass der Tritt zwischen die Beine nur den Mann zum Jaulen brachte. Vicky versuchte den einen Fehler durch einen zweiten wiedergutzumachen, reichte mir nicht nur die Hand zum Aufstehen, sondern packte mich sogar am Ärmel, um mich hochzuzerren. Ich schlug um mich.

Katrin unterbrach und ließ uns an der Wand Aufstellung nehmen. Sie führte zusammen mit Wolf den Wurf noch einmal vor und widmete sich besonders der Frage, wie der Geworfene seinen Fall kontrollieren konnte. »Es gibt keinen schlechten Wurf, es gibt nur ein schlechtes Fallen.«

Ich haderte mit dem Schmerz im Schambein. Klar war ich selber schuld.

Vicky wollte ihre zweite Chance von mir. Katrin kam herbei und nahm sie am Arm. »Und du, Vicky, kümmerst dich künftig nur um deinen Wurf. Vergiss das Mitleid. Im Judo ist jeder für sich selbst verantwortlich. Deshalb lässt du Lisa künftig alleine aufstehen, solange sie es noch kann. Das ist eine Frage des Respekts.«

Immerhin. So kam ich doch noch zu meinem Recht.

Beschwingt von der Hoffnung, in Katrins Spottskala von

minus 100 auf minus 99 gestiegen zu sein, begab ich mich unter die Dusche. Dort ölte sich eine der Karateka die Orangenhaut mit Orangenöl. Beweis eines fundamentalen Unterschieds der Geschlechter: Das Fettgewebe des Mannes liegt stramm gitterförmig unter der Haut, das der Frauen aber sackt halbkreisförmig ab und schafft Löcher. In den Duschen kamen weitere Körperlotions zur Anwendung. Rosenduft, Rosmarin, Vanille.

»Du«, schrie eine unter der Brause, »wo kriegst du den Stoff jetzt her?« Sie schaute mit tropfenden Haaren um die Ecke unter meinen Vorhang. »Oh, entschuldige.«

Benommen von all den Düften taumelte ich aus den Duschen. Was für Stoff?

Bei Katrin an der Theke hatten sich mittlerweile Waldemar und Weber versammelt. Sie hatten alle drei etwas von Pech und Schwefel, so wie am Freitag im *Tauben Spitz*. Krisensitzung, oder Kriegsrat. Am Montag darauf war Schiller tot.

In den Etagen darunter war die Rushhour vorbei. Vor den Spiegeln bei den Hanteln posierte noch ein Halbnackter, angetan mit dem Nierengürtel, der beim Reißen und Stemmen den Rücken stabilisiert, indem er den Bauchmuskeln hilft, die Innereien gegen die Wirbelsäule zu drücken.

Horst spielte mit der SZ-Hantel, das heißt, er ließ beim Hochreißen der Gewichte an der gewinkelten Stange vor der Brust die Schultermuskeln, den Kappenmuskel und Deltamuskel, spielen. Der blonde Mann mit den tiefliegenden stahlblauen Augen war weniger der Traum aller Frauen als vielmehr der Traum aller Männer, die glaubten, dies sei der Traum aller Frauen.

Zur Abteilung der schweren Langhanteln verwehrte ein rotweißes Absperrband den Zutritt. Ich beugte mich darunter hindurch. Da stand tatsächlich noch die nagelneue Flachdrückbank, auf der Schiller gestorben war. Die Hantelstange hing am Kopfende in den Haken, inzwischen ohne Gewichtscheiben.

Der hellblaue Plastikbezug der Bank war ohne Blutfleck, das Gestänge blitzte und funkelte.

In den Fenstern stand die Nacht. Das Notausgang-Zeichen leuchtete grün über der blauen Eisentür in der hinteren Ecke. Sie ließ sich, wie es sich gehörte, von innen öffnen. Kalte Nachtluft, ein Blick auf eine stählerne Feuertreppe, die nachträglich an das Gebäude gehängt worden war. Von außen war die Tür nur mit einem Schlüssel zu öffnen. Aber an der Fußleiste neben der Tür lag ein Holzkeil.

Ich stellte meine Sporttasche an der Flachdrückbank ab und legte mich unter das Fallbeil. An die Stange über der Nase langte man außen an den Haltegabeln vorbei. Das Metall war an diesen Stellen aufgeraut. Unvorstellbar, dass einer so hundert Kilo stemmen konnte. Schon die Stange hatte ein deutliches Gewicht, das ich ausbalancieren musste.

Ein Lufthauch streifte meinen Scheitel. Ich stieß die Stange in die Gabeln zurück und sprang auf. Da stand Horst, die mächtigen Arme vor der Brust gekreuzt, ein ernstes Lächeln im Gesicht, das verglichen mit der ausdrucksvollen Differenzierung seines Bewegungsapparats schlecht trainiert wirkte, hager, einfältig, nett.

»Was machst du hier?«

»Wie konnte Schiller hier nur eine halbe Stunde lang unentdeckt herumliegen?«, fragte ich zurück.

Horst zuckte mit den gewaltigen Schultern. »Ich kann leider nicht überall sein. Ich musste jemandem bei den Schließfächern helfen. Er hatte die Nummer vergessen. Ich habe Fritz immer gesagt, wir müssen jemanden abstellen, der das hier im Auge behält.«

Wenn so etwas wie die klammheimliche Befriedigung eines Untergebenen mitschwang, so war sie doch gut verpackt in der mächtigen Ruhe eines Kerls, der sich nichts mehr zu beweisen brauchte. In Wahrheit war diese Sorte Kraft statisch und unaggressiv, denn die aufgepumpte verkürzte Muskulatur schränkte den Bewegungsradius der Gelenke zuweilen erheblich ein. Manche Bodybuilder litten viehische Schmerzen, wenn sie nur in ein Auto stiegen.

»Aber«, sagte ich, »hier trainiert doch ohnehin kaum jemand.«

»Ja, die Leute arbeiten lieber mit den Maschinen. Da kann man ganz gezielt einzelne Muskelgruppen isolieren und trainieren. Aber wer es ein bisschen professioneller will … Christoph trainiert hier manchmal.«

»Der Polizist?«

Horst nickte.

Mir fiel auf, dass man vom Bistro aus keinen Einblick in diese Abteilung hatte. Die luftige Treppenkonstruktion versperrte den Blick. »Steht die Tür des Notausgangs manchmal offen?«, erkundigte ich mich.

»Wieso?«

»Da liegt ein Holzkeil, um sie offen zu halten.«

Fast besorgt setzte sich Horst in Bewegung. Er öffnete die Tür und schob den Keil mit dem Fuß vor den Rahmen. Kalte Nachtluft. Er sah mich ratlos an. »Offenbar haben einige manchmal …«, stammelte er, »obwohl … Wir haben eine Klimaanlage. Aber ich bin ja eher selten hier oben. Das ist … das war Schillers Bereich hier.«

Horsts Haltung änderte sich plötzlich. Wurde beflissen und verschlossen.

In der Öffnung der Zwischenwand war ein Halbnackter aufgetaucht, überflog mit dem Blick die Geräte, die für mich alle nicht handhabbar waren, und erkundigte sich harsch, wo die Klammern zu finden waren, mit denen man die Gewichtscheiben fixierte.

»An der Stange«, antwortete Horst, beugte sich unter dem Absperrband durch und verschwand.

Der Halbnackte schenkte mir den Blick eines Chefs, der in seinem eigenen Betrieb niemals dulden würde, dass Mitarbeiter herumstanden und schwatzten. Buhlerei um die Aufmerksamkeit der Trainer war nichts Besonderes, und dass halbnackte Männer demonstrierten, dass sie im anderen Leben Anzüge trugen, auch nicht, aber dass Horst sich wie ertappt beeilte, spiegelte den Führungsstil des Hauses wider, die Verbeugung vor Geld, auch wenn es Arschlöchern gehörte.

Mit säuerlichem Geschmack im Mund stieg ich zur Rezeption hinab. Auch der Staatsanwalt war mittlerweile geduscht und gekämmt. Gertrud ratschte seinen Ausweis durchs Lesegerät. Ich sprang ihm hinterher.

Auf dem verschwenderisch erleuchteten Parkplatz war Weber eben dabei, seine Sporttasche in den Kofferraum eines silberfarbenen Mercedes zu schwingen. Seine Socken hatten dieselbe Farbe wie seine Krawatte: Bordeauxrot.

»Fahren Sie zufällig in die Stadt?«, fragte ich.

Weber zögerte. In Schwaben geht niemand gern das Risiko ein, die Polster des eigenen Mercedes von Fremden verfusseln, die Fußmatten von ungeputzten Schuhsohlen eindrecken und sich selbst am Steuer vollquatschen zu lassen. Aber Weber war doch so höflich zu fragen: »Wo wollen Sie denn hin?«

»In die Neckarstraße. Ich wohne gegenüber der Staatsanwaltschaft.«

Er deutete mit einem Lächeln an, dass er wusste, dass ich wusste, dass er dort arbeitete. »Steigen Sie ein, in Gottes Namen.«

Er roch nach einem Gemisch aus Zeder und Zibet, das man nicht für drei neunzig im Drogeriemarkt kaufen konnte. An den kurzfingrigen Händen, die er mit viel Gefühl für den noblen Wagen auf den Lenker legte, steckte kein Ehering. Weber langte zuerst nach dem Schaltknüppel und dann nach einer schwarzen Schachtel Davidoff über dem Autotelefon. »Es stört Sie doch nicht.« Er schaffte es, das Auto vom Parkplatz zu manövrieren, den elektrischen Fensterheber zu betätigen und sich gleichzeitig die Zigarette anzuzünden.

»Sie sporteln auch nicht aus Gründen der Gesundheit«, bemerkte ich.

»Der größte Teil der Menschen«, erwiderte er, »lebt, gleich den Tieren, nach sinnlichen Trieben und erkennt die Dinge nur sehr oberflächlich. Dante.«

Es dauerte eine Weile, bis ich die gedrechselte Beleidigung begriffen hatte. Ich stammte aus einem Kaff am Albtrauf. Meine Lebensperspektive war einst Fremdsprachensekretöse gewesen, bevor mich ein Junior-Saftfabrikant heiratete, der kurz darauf seinem Leben und Auto an einem Birnbaum ein Ende setzte und mir ein stattliches Vermögen und ein vernarbtes Gesicht hinterließ.

»Und was wissen Sie über Schillers Tod?«, erkundigte ich mich.

»1805 in Weimar.«

Nicht schon wieder!

»Promovierte bekanntlich über den Zusammenhang der tierischen Natur des Menschen mit seiner geistigen.«

»Sind von uns beiden eigentlich Sie der Affe oder ich?«, fragte ich liebenswürdig.

Weber lächelte und schaltete. »Vor allem bin ich nicht der ermittelnde Staatsanwalt, Frau Nerz.«

Er kannte meinen Namen! Welche Ehre! »Aber Sie kennen sich mit Schillers aus. Die beiden wollten sich scheiden lassen.«

»Und was geht Sie das an?«

»Ich schreibe für den *Stuttgarter Anzeiger*.«

»Da muss man sich ja vor Ihnen in Acht nehmen!«

Ich schaltete auf Durchzug. »Wer ermittelt denn?«

»Ich schlage vor«, sagte Weber, »Sie rufen unsere Pressestelle an. Die Staatsanwaltschaft ist von Amts wegen verpflichtet, der Presse Auskunft zu geben.«

»Ach, wissen Sie was, Herr Dr. Weber? Es hat auch Vorteile, die Story ohne lästige Detailkenntnisse ganz groß aufzuziehen.

Oberstaatsanwalt hat Affäre mit Judomeisterin. Gatte und dessen Geliebte tot. Das kommt gut.«

»Ich schätze, es würde Ihrem Chef weniger gut gefallen, wenn er und sein Verlag sich einer Verleumdungsklage gegenübersähen.« Weber überholte einen Golf und bremste sich unmittelbar vor ihm in die Warteschlange an der Ampel ein.

»Vielleicht können Sie mir aber doch eine ganz andere Frage beantworten«, begann ich unverwüstlich von Neuem. »Was würden Sie machen, wenn Ihnen auf der Drückbank ein Gewicht zu schwer wird?«

»Ich stemme nie ohne Hilfestellung.«

»Aber wenn nun keiner dasteht, der Ihnen hilft, das Gewicht wieder in die Gabel zu heben, was tun Sie dann?«

»Abwerfen.« Weber zog den Wagen einhändig in die Linkskurve. »Ein Arm ist immer stärker als der andere. Meistens der linke, denn er ist für die großen Ausgleichsbewegungen zuständig. Die Stange würde seitlich fallen.«

»Dann war Schillers Tod doch aber kein Unfall. Einem geübten Sportler wäre das Gewicht nicht in den Hals gesaust, bestenfalls auf den Brustkorb gekracht. Oder?«

»Vielleicht ist Fritz der Kreislauf kollabiert. Schlecht aufgewärmt, überanstrengt. Das kann schon mal vorkommen.«

Wie bei Anette, dachte ich. »Nein«, sagte ich. »Die Lunge eines schon Bewusstlosen produziert im Todeskampf keinen blutigen Schleim mehr. Schiller hat sich noch gewehrt. Vielleicht hat ihm einer die Stange in den Hals gedrückt, zusammen mit den hundert Kilo Gewicht.«

Der Staatsanwalt warf mir einen prüfenden Blick zu. »Ziemlich riskant!«

»Ach was! In diese Abteilung ist doch praktisch nie jemand reingegangen. Und schreien konnte Schiller nicht mehr. Ein Röcheln wäre kaum aufgefallen, zumal der Quickstepp-Techno alles zugeballert hat.«

»Soso.«

»Waren hundert Kilo nicht überhaupt ein bisschen gesponnen?«

»Ein guter Sportler«, erklärte Weber, »stemmt mindestens sein eigenes Körpergewicht in zehn Wiederholungen. Schiller war gut trainiert.«

»Wie viel schaffen Sie?«

»Siebzig.«

»Und was meinen Sie als Experte? Hätte ein Mörder Schiller an Kraft ebenbürtig sein müssen?«

»Ich bin kein Experte, und dass es Mord war, ist eher unwahrscheinlich. Aber falls jemand eine Tötungsabsicht gehabt haben sollte, dann hätte es vermutlich vollauf genügt, Schiller zum Beispiel nur zu kitzeln. Der Körper steht unter solcher Anspannung, dass es bei geringster Ablenkung zu unkontrollierbaren Reflexen kommt.«

Es reizte mich ungemein, Weber unters Jackett zu langen und die Spannungsverhältnisse zu testen. Aber an der Hackstraße wurde die Ampel gerade grün. Er bog in die Neckarstraße ein und steuerte auf den angestrahlten Bunker der Staatsanwaltschaft zu.

»Seltsam ist nur«, bemerkte ich, »dass Schiller gar nicht vorgehabt haben dürfte zu trainieren.«

»Wie kommen Sie darauf?«, fragte Weber mit einem raschen Seitenblick.

»Sie zum Beispiel tragen keinen Ehering.«

»Ich bin nicht verheiratet.«

Ich musste lachen. Immer ehrlich und humorlos, der Schwabe. »Nein, ich meine, an der linken Hand des Toten steckte ein Siegelring. Wenn einer eine Stange umfassen will, um hundert Kilo zu stemmen, nimmt er den Ring doch ab. Sonst ist entweder der Ring platt oder der Finger kaputt. Zumindest kneift es ziemlich.«

»Hm.« Der Kühler mit dem Stern schob sich vors verrammelte Viereck der Einfahrt in den Hinterhof der Staatsanwaltschaft. »Kann ich Sie hier rauslassen?«

»Vielen Dank«, sagte ich artig. »Ich wohne übrigens gleich da drüben. Sie hätten nicht zufällig noch Lust, irgendwo was trinken zu gehen?«

»Nein.«

Blöder Affe!

9

Was tun mit dem angebrochenen Abend? Ich füllte meine Kaffeemaschine. Im Fernsehen interviewte irgendein Explosiv-Magazin das *Baywatch*-Starlett Pamela Anderson. »Wunderbar«, sprach die heißeste blonde Titte der damaligen Zeit, »ich habe alles im Griff. Meine Implantate schmerzen zwar gelegentlich, aber das ist ganz normal. Mein Arzt hat ein spezielles Vitaminprogramm zusammengestellt, vier rote, drei grüne, zwei schwarze Pillen. Dazu kann ich nur sagen, es sind Pillen, die mich von meiner gelegentlichen Fresslust abhalten und gleichzeitig aufbauen. Ich unterziehe mich einer vorbeugenden Elektro-Lipolyse und einer vorbeugenden Elektro-Ridopunktur gegen Falten. Dazu gehört einmal pro Woche das Beface-Lifting, Farb- und Aromatherapien und eine Frischzellenkur. Momentan beschäftige ich mich sehr intensiv mit den Hüften, weil die mein ganzes Erscheinungsbild beeinflussen. Als Frau um die dreißig muss man daran besonders hart arbeiten.«

Das erinnerte mich an Sally. Ich griff zum Telefon. Nicht daheim. Aber es war auch nicht einer ihrer *Tauber-Spitz*-Abende. Also war sie vermutlich im Sender. Sally arbeitete hauptberuflich in den Extremschichten einer aktuellen Redaktion. Ich rief dort an. »Du solltest eine Farbtherapie machen«, sagte ich, »wegen deiner Hüften.«

»Du«, raunte sie ganz dicht am Hörer, »ich habe jetzt gerade voll zu tun. Aber hol mich doch ab um zwölf, wie immer an der Funkhauspforte. Ja?«

»Okay.«

Ich holte den Kaffee und blätterte auf meiner alten Couch das Kilo Papier über Kraftsport durch, das mir Karin Becker im Lauf des Nachmittags aus dem Archiv hochgeschickt hatte. Vor hundert Jahren war alles schon mal da gewesen. Damals nannte man es »müllern« nach dem Dänen Müller, der ein populäres Kraftsporttraining erfunden hatte. Auch der schmächtige Franz Kafka hatte gemüllert, es seiner Verlobten empfohlen und zufrieden notiert: »Die Waden gut, die Schenkel nicht schlecht, der Bauch geht noch an.« Bis zum Ende der Weimarer Republik stellten Bodybuilding und Intellektualität keine unvereinbaren Gegensätze dar. Nun gut, heute joggte halt jeder.

Ich warf einen Blick aus meinem Küchenfenster.

Unten rasten die Tiefergelegten stadtwärts. Leer die Haltestelle Stöckach. Drüben im dritten Stock der Staatsanwaltschaft brannte ein Licht, und im Gebäude höhlte eine Einfahrt zu einem Hinterhof, dessen Rollgitter – ungewöhnlich um diese Stunde – hochgefahren war.

Das wollen wir doch mal sehen! Ich band mir eine Krawatte um, nahm Jacke und Schlüssel, treppelte hinunter auf die Straße, überquerte Straße und Bahngleise und bog in den Gebäudetunnel ein. In der Tat, jenseits der Schranke stand Webers bleigrauer Mercedes einsam im Flutlicht. Der Mann war mit seinem Beruf verheiratet.

In dem viel zu hoch gelegenen Pförtnerfenster erschien eine Glatze. Darunter arbeiteten Kaumuskeln. In einer Hand die Stulle. Ich setzte auf meinen Judopass, dessen Cover dieselbe hellblaue Farbe hatte wie die Dienstausweise der Steuerfahnder, schwenkte das aufgeklappte Portemonnaie an der Pförtnerscheibe vorbei und presste meine Stimme durch die Bänder: »Nerz zu Oberstaatsanwalt Weber, Mahlzeit!«

Der Türöffner summte. Ich rangelte mich durch zwei schwere Glastüren.

Die Verwaltung öffentlicher Gebäude kannte ihren Kafka. Die Beleuchtung erinnerte an Tiefgaragen um Mitternacht, der Wandanstrich an den Heizungskeller eines Krankenhauses und die Gänge an Umzug. Überall Kabelrollen, Kisten, Röhren und Rollwagen mit Akten. Ich stieg ein Nachkriegstreppenhaus mit rotem Plastikhandlauf hinauf. Im Gang des dritten Stocks wies mir ein Lichtschein unter einer Türritze den Weg.

Im Vorzimmer herrschte auch in Abwesenheit die Sekretärin. Unterm Waschbecken paarten sich goldbestickte Pömps. Topfpflanzen wucherten auf dem Fensterbrett. An der Telefonanlage miaute ein Porzellankätzchen neben bonbonfarbenen Haarspangen.

In der Kaffeemaschine dampfte eine pechschwarze Einbrenne. Ich knipste die Maschine aus, zog die Kanne von der Heizplatte und öffnete die nächste Tür.

Dr. Weber saß hinter einem Schreibtisch, der nicht einmal mehr auf dem Sperrmüll Liebhaber gefunden hätte, unter dem grünlichen Licht einer Sechzigwattbirne, hinter ihm das schwarze Fensterviereck, an der Wand Regale mit dem Purpur und Blau juristischer Werke, die Löcher von Leitzordnern wie Perlenschnüre, eine Karte von Baden-Württemberg. In einer dunklen Ecke stand außerdem ein grauschwarzes Schwergewicht von Tresor mit Zahlenkranz und Türhebel.

Weber legte den Kugelschreiber hin. »Können Sie nicht anklopfen?«

»Der Kaffee ist fertig.« Ich kellnerte ihm die zähe Brühe in die Tasse neben dem vollen Aschenbecher.

Er lehnte sich zurück. »Wie kommen Sie hier herein?«

Ich konnte mich gerade noch daran hindern zu prahlen, denn schließlich durfte ich den Pförtner nicht in die Pfanne hauen, und brachte erst einmal die Kaffeekanne ins Vorzimmer zurück. Als ich wieder in Webers Büro trat, hatte er die Akte zugeklappt, in der er geschmökert hatte. Während ich unaufgefordert auf einem der beiden steilen Stühle vor dem Schreibtisch Platz nahm, versuchte ich die Aufschrift zu lesen, aber er hatte den Unterarm über die Aktenmappe gelegt.

»Ich würde mit Ihnen gern über Katrin reden«, eröffnete ich.

»Aber ich nicht mit Ihnen.« Weber griff nach dem Telefon und gab den Blick auf den Aktentitel frei. Ich erhaschte das Wort »Schiller«.

»Katrin ist einschlägig vorbestraft«, sagte ich schnell. »Sie hat letztes Jahr einen Strafbefehl erhalten. Als Journalistin kann ich es nicht hinnehmen, dass ein Mord vertuscht wird, nur weil die Hauptverdächtige mit einem Staatsanwalt befreundet ist.«

Weber zog die Hand vom Telefon, fasste sich an den Krawattenknoten und fuhr mit der Hand über die Knopfleiste seiner Weste zum Hosenknopf. »Ihre Methoden«, sagte er, »finden sicherlich nicht die Billigung Ihres Chefredakteurs.«

»Ich weiß, Sie gehen mit Elsäßer Tennis spielen. Und Sie gewinnen meistens, erzählt man sich. Glauben Sie wirklich, mein Chef wird mich zurückpfeifen, wenn er damit in den Verdacht gerät, eine Vertuschungsaktion zu decken? Dann kennen Sie Elsäßer aber schlecht. Und selbst wenn, mir ist das egal«, fügte ich hochnäsig an. »Ich bin auf den Job nicht angewiesen.«

Weber zog die Brauen hoch. Schwer zu entscheiden, ob er sich über mein Gekläff amüsierte oder wunderte oder ärgerte.

»Jedenfalls hat Katrin ihren Mann schon einmal tätlich angegriffen«, fuhr ich fort, »und dafür sechseinhalb Monate auf Bewährung kassiert. Und sie hat keinen Widerspruch gegen den Strafbefehl eingelegt.«

»Katrin … Frau Schiller hatte ein verständliches Interesse daran, die öffentliche Verhandlung zu vermeiden.«

»Haben Sie ihr das geraten? Verstehe. Auch Sie trauen Katrin zu, dass sie mit einer Hantel auf ihren Mann losgeht.«

»Sie ist doch wohl eher auf seinen Wagen losgegangen, nicht?«

»Und die blauen Flecke hat Schiller sich dann hinterher selbst zugefügt, um seine Frau zu verleumden?« Mir fiel plötzlich die Denksportaufgabe ein, die Katrin mir aufgegeben hatte. Warum war Schiller an Brust und Armen verletzt gewesen, nicht aber im Gesicht? Klar, weil sich kein Mensch selbst das Gesicht demolierte. »Hieß Schillers Freundin eigentlich damals auch schon Anette?«

Weber blickte mich an. Dass er nichts sagte, war mir Antwort genug.

»Werden Sie Katrin als ihr juristischer Berater jetzt empfehlen, den Mord an ihrem Mann und seiner Geliebten zu gestehen, um weiteres Aufsehen zu vermeiden?«

»Auch wenn Sie es nicht glauben«, sagte Weber im unterkühlten Widerstreit von Rechthaberei und Stolz, »Staatsanwälte lieben Geständnisse nicht sonderlich. Sie schaffen oft nicht die gewünschte Klarheit oder sind falsch. Und sie verführen die Polizei dazu, schlampig zu ermitteln. Widerruft der Angeklagte sein Geständnis dann in der Verhandlung, steht man saudumm da. Ich ziehe den lückenlosen Indizienbeweis vor. Am Ende mag der Angeklagte dann unter der Beweislast zusammenbrechen und seine Schuld einräumen.«

»Mir scheint«, lächelte ich, »Sie lieben Ihren Beruf. Lieben Sie auch Katrin?«

Weber holte entrüstet Luft.

»Was sonst zwingt Sie«, unterbrach ich ihn, »Ihre Liegestützen in Fängeles Institut zu machen? Warum sind Sie Katrin aus der alten Sportschule in den Schlachthof hinterhergedackelt? Oder sind Sie mehr der Bullterrier, der Fängeles Hosenbein einfach nicht loslassen kann?«

Eine ferne Kirchturmuhr schlug eine nächtliche Stunde. Eine Fliege zog ihr Vieleck um den Lampenschirm. Die Gefängnisfrage: Warum fliegt die Fliege keinen Kreis? Die Antwort: Sie glaubt, dass sie an einer Wand entlangfliegt. Erst wenn der Festkörper aus ihrem Blickfeld verschwindet, korrigiert sie die Richtung.

Weber langte nach der Zigarettenschachtel. »Das sind gleich zwei Fragen«, sagte er, »eigentlich drei. Und keine werde ich Ihnen beantworten.«

»Dann beantworten Sie mir vielleicht eine vierte: Warum tut Katrin sich das an, unter der sportlichen Leitung ihres Mannes zu arbeiten? Okay, sie hat Schulden und muss arbeiten. Aber warum zusammen mit ihrem Mann, von dem sie sich scheiden lassen wollte?«

»Das müssen Sie Frau Schiller fragen.«

»Wie heißt das Spiel, das wir hier spielen? Fang den Hut oder Schwarzer Peter.«

»Es heißt Ene mene mu und raus bist du.«

Der Mann wirkte eigenartig furchtlos. Er hätte mich schon längst rauswerfen können. Vermutlich gab es sogar Alarmknöpfe in diesen Büros. Aber Weber hatte offenbar – auch wenn er es nicht zeigte – seinen Spaß an meinen Kapriolen.

»Hatte Schiller überhaupt eine reelle Chance«, fuhr ich mit meiner Show fort, »bei so viel versammelter taktischer Intelligenz, über die eine Judomeisterin, ein Karateka und ein Jurist verfügen?«

»Sie haben eine blühende Fantasie.«

»Und Sie? So wie Sie gestern im Bistro saßen, wussten Sie schon, dass Schiller tot auf seiner Drückbank lag, noch bevor Horst ihn fand und wir alle nachgeschaut haben. Sie mussten gar nicht hinschauen, als Sie Katrin wegzogen.«

»Oh!« Weber lächelte plötzlich entwaffnend. »Ich schaue nie hin. Ich kann nämlich keine Leichen sehen. Ich kippe sofort um. Deshalb bin ich auch nicht im Morddezernat. Der Staatsanwalt muss nämlich bei der Obduktion dabei sein.«

Ich musste lachen und deutete auf die Akte. »Dennoch interessiert Sie der Fall. Obgleich Sie gar nicht ermitteln.«

»Auch Sie waren zum Tatzeitpunkt am Tatort, Frau Nerz.«

»Ich habe ein lückenloses Alibi. Erst Gertrud, dann Training mit Horst, dann Wettturnen mit Ihnen, dann ein Gespräch mit Fängele.«

»Auch Frau Schiller hat ein Alibi«, sagte er. »Sie hat vier Schwarzgurte trainiert, von acht bis zum Leichenfund um Viertel vor neun. Das rechtsmedizinische Gutachten schätzt den Todeszeitpunkt aufgrund der vorgenommenen ersten Untersuchungen und der dabei festgestellten Leichenerscheinungen auf zwischen acht und halb neun.«

»Hat Katrin denn schlag acht mit dem Training begonnen, oder würde es das rechtsmedizinische Gutachten arg aus der Bahn werfen, wenn der Tod eine Minute vor acht eingetreten wäre?«

Weber unterdrückte ein Schmunzeln. »Solche Schätzungen schöpfen den äußersten Rahmen des Möglichen aus. Wahrscheinlich starb Schiller zwischen Viertel nach acht und halb neun. Waldemar Müllers Karateunterricht ging um Viertel nach acht zu Ende. Aber danach steht man ja immer noch mit den Schülern herum. Und Horst Bleibtreu befand sich nach eigener Aussage zwischen kurz vor acht und kurz nach halb neun in den unteren Umkleideräumen, um einem Kunden zu helfen, der die Nummer des Schließfachs vergessen hatte.«

»Ja«, sagte ich. »Sport macht vergesslich.«

Weber hob die Brauen.

»Fünfzigjährige Langstreckenläufer«, gab ich mein gerade erst vorhin angelesenes Wissen zum Besten, »weisen deutlich mehr Lücken im Kurz- und Mittelstreckengedächtnis auf als gleichaltrige Unsportliche.«

»Soso.«

»Jedenfalls kann ich bestätigen, dass kurz vor acht einer kam und Horst um Hilfe bei den Schließfächern bat. Wieso hat das aber so lange gedauert?«

»Das entzieht sich meiner Kenntnis.«

»Nun gut. Wir glauben also, dass Horst ein Alibi hat. Bleiben immer noch Sie selbst. Bis zehn vor halb neun kann ich Ihnen eines geben.«

»Sehr nett. Danke.« Weber faltete die Hände auf der Aktenmappe, die unangezündete Zigarette zwischen den Fingern.

»Und was ist mit Fingerabdrücken?«, erkundigte ich mich unverdrossen weiter.

»Sie meinen vermutlich die auf der Drückbank.«

»Sie war immerhin nietennagelneu. Schiller hatte sie kurz vor seinem Tod aufgebaut. Viele können da also noch nicht rangegangen sein.«

»Was Sie nicht alles wissen.«

»Gell.«

Weber zündete sich die Zigarette an. »Horst Bleibtreus Abdrücke sind auf der Bank, am Stahlrahmen. Er hat sie zusammen mit Schiller hochgetragen. Außerdem …«, Webers Blick bekam etwas Herausforderndes, »… außerdem befanden sich Schillers Abdrücke ordnungsgemäß an der Stange.«

»Das wundert mich aber«, sagte ich. »Die Stellen, wo man sie anfasst, um sie hochzudrücken, sind aufgeraut. Ich kann mir nicht vorstellen, dass sie verwertbare Abdrücke annehmen.«

»Aber Sie können sich vorstellen, dass Schiller die Stange beim Aufbauen angefasst hat und dass er sie mit Gewichten bestücken musste, bevor er sich darunterlegte. Das tat er den Abdrücken zufolge selbst. Es sind außer seinen keine anderen drauf.«

»Also doch bloß Selbstmord?«, seufzte ich.

»Eher wohl ein Unfall, nicht?«

»Und warum stöbern Sie dann hier wie ein Dieb in fremden Akten?«

Der Oberstaatsanwalt musterte mich mit seinen milchkaffeebraunen Augen vom Schlips bis zum Gürtel. »Frau Nerz«, sagte er mit ironischem Unterton, während er die Kippe im Aschenbecher tötete, »ich denke, Sie haben jetzt Ihre Show gehabt. Ich muss wohl nicht betonen, dass das, was Sie hier gehört haben, nicht den Weg in Ihre Zeitung finden wird. Und jetzt werde ich den Sicherheitsdienst rufen.«

Langsam, ganz langsam, zog ich, während Weber redete, das Telefon an der Strippe, die bei mir über die Tischkante hing, aus seiner Reichweite.

»Herr Dr. Weber, wissen Sie eigentlich, warum die Fliege da oben keinen Kreis fliegt?«

Er blickte tatsächlich hoch.

Ich zippelte noch ein Stück am Telefonkabel.

»Jetzt ist es aber genug!«, sagte Weber, mehr verärgert darüber, dass ich seinen Blick zu einer Fliege geschickt hatte, als über meine Anwesenheit. »Sie verlassen jetzt das Gebäude.«

Weber langte nach seinem Telefon, kam aber nicht hin. Er stutzte und schnappte erneut nach dem Hörer. Ich riss am Kabel, allerdings zu spät. Weber hatte die Hand schon auf dem Apparat. Das hielt das Kabel nicht aus. Es spratzte aus dem Telefon. Weber sprang auf, ich auch.

»Ich kann auch den Alarm auslösen«, sagte er, allerdings immer noch recht gelassen.

Da gab es also wirklich so einen kleinen Knopf unter dem Tisch für den Hausalarm, wenn ein Laboraffe randalierte. »Ich gestehe nur unter Folter, wie ich hier hereingekommen bin«, erklärte ich.

»Ach was! Sie sind zur Hintertür hereingekommen. Das kostet den Pförtner den Job. Und wenn Sie etwas Dienstausweisähnliches verwendet haben, dann kommt zum Hausfriedensbruch noch Urkundenfälschung und Amtsanmaßung.«

Er stand so dicht vor mir, dass ich nur die Hand zu heben brauchte, um ihn am Revers zu fassen. Der cognacfarbene Stoff fühlte sich italienisch an. Weber schloss die Finger um mein Handgelenk, machte aber keinen Versuch, den Griff zu lösen. Ein kluger Mann, der bei einer Frau eine gewisse kampftechnische

Versiertheit in Rechnung stellte! Die kleinen grünen Punkte in seinen Augen kreiselten um große Pupillen, die Lippen waren im gerechten Zorn halb geöffnet. Ich ließ mich zu einer weiteren Showeinlage hinreißen und zog ihn heran. Er blockte ab, und ehe ich ihn küssen konnte, hatte er mich von sich gestoßen. Die Schreibtischecke bohrte sich in meinen Schenkel, bevor ich zu Boden ging.

»Was fällt Ihnen ein!«, fauchte er.

»Ach Gottle, Sie stellen sich ja an wie eine alte Jungfer!«

»Raus!« Weber hatte nun überhaupt keine Stimme mehr.

Hurra! Ich hatte ihn geknackt! Wenigstens ein Erfolg an diesem Abend. Ein guter Tag zu guter Letzt – jedenfalls bis zu diesem Moment. Weber erlaubte es mir sogar, das Gebäude zu verlassen, ohne den Alarm für flüchtige Laboraffen auszulösen.

Hätte er es nur getan! Hätten sie mich doch eine Nacht in den Polizeigewahrsam gesteckt!

10

Es war höchste Zeit. Ich rannte zu meiner Wohnung hinauf, nahm den Schlüssel vom Brett, polterte die Stufen wieder hinab, hetzte die Urbanstraße hinauf und keuchte die achtzig Stufen hoch, um Sallys Schäferhündin Senta aus der Dachgeschosswohnung zu befreien. Senta kannte das Verfahren. Sie begrüßte die Junks an der Friedenskirche und schwänzelte mit leicht lahmem Hinterbein vor mir her die Stöckachstraße hinab Richtung Funkhaus.

Der Personeneingang lag von der Neckarstraße abgewandt gegenüber den stockfinsteren Grünanlagen des Parks der Villa Berg. Senta verkrümelte sich schnüffelnd im Gebüsch. Bis Mitternacht fehlten noch ein paar Minuten. Ich rauchte an ein parkendes Auto gelehnt, aber außer Sichtweite des Pförtners. Sally hatte einmal nur knapp verhindern können, dass der Pförtner die Polizei alarmierte, weil draußen ein Kerl mit Hund herumlungerte.

Die Straße schwang sich dunkel und einsam zwischen Park und Funkhausbeton entlang. Über den Parkplatz vor der Pforte kam eine Technikerin. Sie kannte mich inzwischen schon und grüßte. Zwei Minuten später trudelte Sally um die Ecke. Sie schüttelte die Locken, schwang sich die sackartige Handtasche vor den Bauch und kramte nach Zigaretten. »Hallo!«

Senta war wieder einmal verschwunden, hatte die Ankunft ihrer Herrin verpasst. Wir wechselten hinüber auf die andere Straßenseite. Das Grün wurde durch kniehohe Eisenbarrieren vor Aufparkern geschützt.

»Sally, ich muss ernsthaft mit dir reden.«

»Ja klar.« Sie kramte immer noch in ihrem Beutel. »Worüber denn?«

»Es hat einen zweiten Toten im Schlachthof gegeben. Es ist Schiller.«

Sally hatte endlich die Zigarettenschachtel gefunden. »Hast du Feuer?«

Jetzt fing ich an, in meinen Jackentaschen zu kramen. Aber, zum Teufel, so ging das nicht. »Sally, bist noch bei Trost? Du kannst Schillers Tod doch nicht so cool aufnehmen, nachdem du dich über Anettes so aufgeregt hast.«

»Ich habe es heute früh schon in der Zeitung gelesen.«

Es schillerten zu viele Straßenlaternenpunkte in Sallys Augen, als dass ich sie durchschaute. »Sally, du hattest nicht zufällig doch was mit ihm, nein?«

»Iiiiiich? Mit einem verheirateten Mann?«

»Du sagtest es schon. Aber hat man das immer so unter Kontrolle?«

Sally hatte endlich selber ein Feuerzeug gefunden und zuckte, während sie die Flamme springen ließ, mit den Schultern. »Ich sagte auch, vergiss es! Hat sich erledigt.«

»Was?! Was hat sich erledigt. Sally, was?«

Sie riss plötzlich die Augen auf und ließ die Zigarette sinken. Ihr Entsetzen galt nicht mir, sondern etwas hinter mir.

Sie kamen zu zweit, wuchtig bis monströs, leise, kraftvoll, eilig, schnell, zwei Schlägertypen in schwarzer Kluft, aber von der fiesen feigen Truppe mit Strümpfen überm Gesicht.

Zweierlei schoss mir durch den Kopf: Sie tragen Masken, wollen uns also nicht ans Leben, und: Angriff ist die beste Verteidigung. Ein Schaltfehler, denn sinnvoller wäre gewesen, sofort die Geldbeutel abzuwerfen und wegzurennen.

Aber anscheinend ging es doch nicht ums Geld. Der, der zuerst anlangte, fuhr sogleich den Turnschuh hoch und traf, da ich mich duckte, Sally am Kinn. Sie japste und fiel um. Ich wäre größenwahnsinnig gewesen, an mein bisschen Judo zu glauben. Aber es gab gar keine andere Wahl. Immerhin wusste ich aus jahrelangem Training, wie sich der Zusammenprall zweier Körper anfühlte.

Den Handkantenschlag gegen meinen Hals konnte ich abblocken. Mich darüber zu wundern, dass ich so schnell war, oder der andere eben ziemlich langsam, hatte ich keine Zeit. Reflex ist, wenn sich die Muskeln nur mit dem Rückenmark verschalten, nicht auch noch mit dem Hirn. Plötzlich hatte ich das Kickbein des Kerls unterm Arm. Ich hakelte ihm, als er sich balancierend wegdrehte, von hinten das Standbein weg. Er krachte aus Hüfthöhe der Länge nach auf den Asphalt. Die ausgestreckten Arme knickten unter ihm weg. Der Schädel knallte auf den Eisenpolder und dann auf den Bordstein. Das Geräusch brechender Knochen legte den Grundstein für meine künftigen Albträume.

Doch da kam auch schon der andere, ein wahres Monstrum, konturlos im Gefunzel der Straßenlaternen, knochenlos, aber muskelhart, packte mich, raubte mir den Boden unter den

Füßen. Ich krallte mich in eine raschelnde Mikrofaserjacke, roch Schweißmoleküle und Weichspüler. Das Entsetzen total in der Schwebe zwischen Sternen und Asphalt. Der Reißverschluss seines Blousons ratschte durch meine Klammerfinger. Dann fiel ich, fiel auf Gebein und Fleisch, auf den Kerl am Boden.

Sally schrie gellend: »Senta, komm, fass!«

Senta hechelte und schlappte mir übers Ohr. Ich sah die schwarze Ungestalt leichtfüßig zwischen geparkten Autos davonhuschen, griff Senta ins vertraut stinkende Fell und streckte den Arm aus. »Lauf, Senta, wo ist das Mäuschen?« Die Hündin machte ein paar optimistische Sätze die Straße hinab, schnüffelte unter ein paar Autos und kehrte dann zurück.

Wie Sally den Schrei überhaupt herausbekommen hatte, war mir ein Rätsel. Der Unterkiefer hing ihr irgendwie schief im Gesicht. Ich zerrte sie viel zu heftig auf die Füße. Sie schwankte. Vermutlich setzten eben die Schmerzen ein, und sie wurde sich ihrer schweren Verletzung bewusst. Ich legte den Arm um ihre Hüfte. Die Handtasche störte. Als echte Frau hatte Sally sie keinen Moment losgelassen.

Ich griff Senta ins Halsband, die von dem Bewusstlosen im Rinnstein nicht lassen wollte. Später rekonstruierte ich, warum ich nicht zweifelte, dass er noch am Leben war. Ein loses Blättchen zitterte vor der Strumpfmaske unter seinem Atem.

Zwar hätte die Funkhauspforte am nächsten gelegen, aber unter Schock gelten andere Ziele. Ich wollte aus der Straße fort, die sich feindselig krümmte, leer, verlassen, darum gefährlich. Die Frauenklinik Berg lag überdies um die Ecke, und dort endete meine Verantwortung für das jäh zertrümmerte Lächeln meiner Freundin.

11

Die Uhr der Friedenskirche schlug diverse Viertelstunden. Scheinwerfer unten vorbeifahrender Autos schwuppten über die Zimmerdecke. Wenn ich die Augen zumachte, dann sah ich zermatschte Leiber. Das Knacken von Knochen auf Asphalt nistete zwischen meinen Ohren. Niemals hätte ich diesem hüftlahmen Kickboxer das Standbein von hinten wegfegen dürfen. Einen solchen Sturz auf den Asphalt konnte nur ein hochtrainierter Jiu-Jitsuka abfangen. Im Judo wurde man dafür disqualifiziert. Sallys schiefer Kiefer mischte sich unter mein schlechtes Gewissen. Was hätte ich denn tun sollen? Die andern hatten angefangen.

Aber wer? Der Geruch von Schweiß und Weichspüler war nicht abzuschnauben, ein Weichspüler von der babyöligen Sorte, wie er einem aus Kinderwagen zuweilen entgegenschlug. Diese Mikrofaserjacken waren so verteufelt unverwüstlich, dass ich nichts davon behalten hatte als eine blutige Scharte vom Reißverschluss im Weichteil zwischen Zeigefinger und Daumen. Was hatten sie nur gewollt? Keine Messer, kein Geld oder Leben. Einfach nur Angriff und Flucht. Ein Spuk. Ein Ausbruch von Gewalt. Hatte ich den Ernst überschätzt? Der Treffer an Sallys Kinn war doch nur Zufall gewesen. Was war nun eigentlich passiert, außer dass einer von ihnen liegen geblieben war? Hätte ich nicht wenigstens den Notarzt verständigen müssen? Ich war drauf und dran aufzustehen. Wahrlich, den Verbrecher zieht es an den Tatort zurück.

Irgendwann fingen die Amseln an zu singen. Der Sänger in den Antennen der Staatsanwaltschaft schmalzte wieder besonders exzessiv.

Ich hatte mich doch nur verteidigt. Oder? Kann mir jemand sagen, warum ich mich trotzdem schuldig fühlte? Vielleicht haben wir uns den Ernstfall zu oft ausgemalt, haben so oft für ihn geübt, dass man ihn sich letztlich herbeisehnt: die finale Tötungstechnik, den Beweis, dass man es kann.

Das Telefon weckte mich. Der Schlaf, der alte Verräter, hatte mich am Ende doch um die Albträume gebracht. Es war zehn Uhr durch. Die Redaktionssekretärin des *Anzeigers* erkundigte sich, wo ich denn bliebe. Elsäßer habe nach mir gefragt.

Ein Sommermorgen war über die Stadt hergefallen. Die Leute auf der Straße trugen Bunt. Das war ein Tag für Rock, Bluse und Blazer. Ich war schließlich auch nur eine Frau und konnte mich nicht jeden Tag in Kampfausrüstung dem Bestiarium Mensch stellen.

Darum nahm ich diesmal auch nicht die Straßenbahn, sondern Emma, meinen Golf Cabriolet grünmetallic mit roten Ledersitzen und Alufelgen. Von der Weinsteige aus sah das Städtchen arglos aus: ein Häuserteich im Kessel der Wein- und Waldberge. Selten war mir das Pressehaus oben auf den Fildern unter dem wasserfarbenblauen Himmel vor den Pastelltönen der reifenden Felder so weltfern vorgekommen. Ein Flugzeug startete vor der blauen Kulisse der Schwäbischen Alb. Vielleicht in den Urlaubssüden. Auf dem Betriebsparkplatz blieb Emma nur die Feuergasse.

Kaum jemals war mir so klar gewesen, wie nötig ich meine Computeroase im Großraumbüro für meine seelische Stabilität brauchte. Elsäßer wollte eigentlich gar nichts. Dem Chefredakteur war nur quer durchs Hirn geschossen, dass wir gestern – erst gestern – über den Toten im Schlachthof gesprochen hatten.

»Da wird nichts draus«, sagte ich. Eine solche Gelegenheit, eine in einem Anfall von Arbeitswahn übernommene Aufgabe wieder loszuwerden, kam nie wieder. »Die Geschichte wird nicht rund. Es war wohl nur ein Unfall. Ich kann aber auch noch mal bei der Polizei anrufen.«

Elsäßer kratzte sich mit dem Pfeifenstiel den Bart. »Man muss eine Story auch fallen lassen können, wenn sie keine ist.«

Pit Hessler saß in Hemdsärmeln in seinem Kabuff und telefonierte. Sein Hemd spannte um die Hüften. Warum Männer im

Fall von Pits Umfang dann auch noch weite, steife Bundfaltenhosen trugen, deren Reißverschluss sich gewaltig unterm Bauch bauschte, habe ich nie begriffen. Ein vages Gefühl der Bedrohung rann mir vom limbischen System nahe dem Geruchszentrum durchs Hirn. Der Babyölweichspüler, da war er wieder, dieser Kinderwagenbrodem.

Pit schob mir ein Polizeifax zu, während er sein Telefonat beendete.

Überschrift: »Gewaltverbrechen am Park der Villa Berg«.

»Kümmerst du dich darum?«, fragte er. »Und die Bodybuilding-Weiber, die hätte ich gern für die Seite am Samstag. Den Bericht von den Masters dann für Montag. Schaffst du das? Hast du Primärpartnerinnen? Sonst lass dir vom Sport ein paar Namen und Adressen geben.«

Wenn die Kollegen so blöde lächelten und goldene Teppiche auslegten, wusste ich wieder, dass ich doch nur eine Fremdsprachensekretöse in zu großen Schuhen war. Alle andern, außer mir selber, hatten längst durchschaut, dass mein Mut zum Weglassen doch nur der Feigheit vor dem Text entsprang. Rock und Bluse waren schuld. Die schüchterten mich immer ein. Ich ging beim alten Wesel vorbei, der fürs Feuilleton seiner Rente entgegenschlummerte, und bat um einen Schluck aus seiner Flasche Wodka Gorbatschow. Dann begab ich mich an die Arbeit.

»Opfer eines schweren Gewaltverbrechens wurde ein zunächst unbekannter Mann in der Wilhelm-Camerer-Straße am Park Berg gegenüber dem Personeneingang des Funkhauses. Er wurde von einem Passanten gegen 0:30 Uhr in bewusstlosem Zustand aufgefunden und mit schweren Schädel- und Wirbelsäulenverletzungen in ein Krankenhaus eingeliefert. Sein Zustand ist lebensbedrohlich. Der ungefähr 25-jährige Mann von athletischer Statur führte keine Papiere mit sich. Er ist 178 cm groß, sehr muskulös, blond und blauäugig. Polizei und Staatsanwaltschaft haben die Ermittlungen aufgenommen. Mögliche Zeugen werden gesucht.«

Wenn er stirbt, dachte ich, dann kann er mich nicht verraten.

In den Toiletten stand Ruth Laukin und riss am Handtuchspender. »Grüß Gott.« Ich riegelte mich in der Kabine ein und hielt mir die Ohren zu, für drei Minuten Besinnung auf die Biologie und den Eigengeruch des Geschlechts. Dann die Beschriftung auf den Hygienebeuteln lesen: *Bag for Sanitary Pads – Prière de ne pas jeter dans le WC – bensi di metterle in cestino toilette. – Aus hundert Prozent Altpapier.*

Am Waschbecken kam dann die Erkenntnis: blond, blauäugig, sehr muskulös, athletisch: Horst Bleibtreu!

Konnte das sein? Der sanfte Herkules plötzlich ein Mordbube? Woher hatten er und der andere überhaupt gewusst, dass ich Sally um zwölf am Sender abholen würde? Oder waren sie mir entweder von meiner oder von Sallys Wohnung aus gefolgt? War es nun gegen Sally gegangen oder gegen mich?

Im Großraumbüro klapperten die Tastaturen und heulten die Telefone. Jemand lachte. In den fernen Fenstern hing Sonne. Ich schachtelte mich zwischen den grünen Wänden meines Kabuffs ein und fütterte meine Suchmaschine mich Stichworten wie Fettverbrennung und Bodybuilding. »Immer mehr Frauen sterben an Lungenkrebs und Herzinfarkt, weil sie rauchen. Aus Angst vor Gewichtszunahme gewöhnen sie es sich auch nicht ab. Zwei Schachteln Zigaretten am Tag verbrauchen etwa tausend Kalorien.« Oder: »Geheimnis des Llullaillaco-Erregers entschlüsselt. Impfstoff gefunden.« Das hatte mit Bodybuilding nichts zu tun, aber ich las es trotzdem. Ein Dorf in den Anden war vor zehn Jahren ausgestorben, weil ein Bakterium Muskeln, Organe und Gewebe auflöste und auffraß. Ekelhaft.

Dann doch lieber Muskelaufbau. Ein Foto zeigte sieben Bodybuilder, Männer und Frauen mit glänzenden Gliedern in knappen Badehosen und Bikinis in seitlicher Brustpose, bei den weiblichen Athletinnen nicht sonderlich beliebt, denn in der Wettkampfphase schwanden nun mal mit dem Fett auch die Titten. Tagelang vorher gab es nur Wasser und Eiweiß, aber kein

Fett, und Kohlehydrate gerade mal so viel, dass das Hirn noch funktionierte. Nur dann sprang beim Wettkampf jede Muskelfaser aus der Haut.

Woran erkannte man den Dopingsünder? An den Pickeln und – bei Frauen – an der tiefen Stimme. Oder daran, dass jemand im Jahr mehr als fünf Kilo Muskelmasse zulegte. Wer Androgene-Anabole-Steroide nahm, fühlte sich wie ein Jungbulle auf der Weide. Allerdings schrumpften den Männern die Hoden auf Erbsengröße. Frauen bekamen Zysten an den Eierstöcken und einen Bart. Der Leberstoffwechsel kam ins Trudeln, der Herzmuskel wurde brüchig, die Magenwände bluteten. Es herrschte innere Auflösung. Ja, Fitness war noch nie ein Synonym für Gesundheit gewesen.

Die German Masters, German Opens und World Championships zogen an meinem Auge vorbei. Arnold Schwarzenegger. Muskelmänner, Knubbelfrauen. Angestrengtes Lächeln über schwellendem Fleisch.

Und sieh an, da war auch Horst Bleibtreu. Vor zwei Jahren hatte er im Mittelgewicht auf der Bühne posiert. »Total sauber, echt gut definiert dank eines guten Trainings«, lautete der Kommentar. Der Tod des österreichischen Bodybuilders hatte die Branche damals zwar in Wallung gebracht, aber nicht dazu, Doping-Kontrollen einzuführen. Gemein, dass die Presse immer nur von Anabolika redete. Horst allerdings starb jetzt nicht am Dope, wenn er starb und falls es tatsächlich er war, den man am Park der Villa Berg auf die Trage gehoben hatte.

Ich ließ mich zum Polizeisprecher Winfried Käfer durchstellen. »Hier ist wieder die Volontärin. Ist die Identität des Schwerverletzten am Funkhaus inzwischen geklärt?«

»Äh …«, stotterte Käfer. »Von wo rufen Sie an? Sind Sie in der Redaktion?«

Seltsame Frage. »Sie schreiben in Ihrer Pressemitteilung«, fuhr ich mit meinem Frageprogramm fort, »das Opfer schwebe in Lebensgefahr. Wie geht es dem Opfer jetzt?«

»Das … das kann ich Ihnen im Moment nicht sagen.«

Dass der Pressesprecher etwas nicht wusste, war nicht alarmierend, aber mein Gewissen diktierte mir eine andere Interpretation. Im Grunde war es für die Polizei nicht schwierig, mich als Täterin zu identifizieren. Der Funkhauspförtner erinnerte sich an die Leute, die um Mitternacht das Haus verlassen hatten. Eine Technikerin hatte mich vor der Tür stehen sehen. Selbst wenn sie meinen Namen nicht wusste, sie konnte mein vernarbtes Gesicht beschreiben. Und wenn das Opfer tatsächlich Bleibtreu war, dann war die Verbindung zum Schlachthof und dem dortigen Todesfall schnell hergestellt und mein Name herausgefunden. Man sollte die Polizei niemals unterschätzen. Ich hätte unbedingt heute Nacht Anzeige erstatten müssen. Schließlich waren wir angegriffen worden, und ich hatte Sally und mich lediglich verteidigt. Wenn auch womöglich zu aggressiv, zu gewalttätig, zu maßlos.

Bevor ich mich aber diesem und dem Vorwurf der unterlassenen Hilfeleistung stellte, musste ich wissen, ob ich wirklich Horst Bleitreus Schädel geknackt hatte.

Ich meldete mich zur Recherche ab und fuhr zum Schlachthof.

Auf dem Parkplatz standen die Zweitwagen, Golfs und Polos, ein offener BMW. An der Rezeption saß niemand. Gertrud war im sonnigen Maschinensaal mit einer Gruppe von Frauen zugange. Gymnastik statt Mittagessen, so die Art. Da trainierte ein Schlag von Frauen, die nichts mit den geschürzten Träubleskuchen-Bäckerinnen gemein hatte, die sich später zu einer Oma Scheible entwickelten. Sie gehörten einem Geschlecht an, das sein Glück in fettfreier Bronzehaut und fester Muskulatur sah.

Gertrud richtete sich aus der Glutaeus-Maschine auf. Das Gerät isolierte den großen Gesäßmuskel durch einbeinige Arbeitsweise. Wahrscheinlich waren Gertruds Hinterbacken jetzt heiß und fest. Ihr Gesicht jedenfalls war gerötet, die Halsschlagader klopfte eifrig, in den blauen Augen stand feuchte Lust. Sie sah mich an wie eine frisch Verliebte, weich und offen, durchblutet von warmen Gefühlen, zu kraftvoll geschmeidiger Hingabe bereit. »Frau Nerz, kann ich Ihnen helfen?«

»Mir kann keiner helfen. Ist Horst da?«

»Der kommt erst am Mittag.« Mittag war das schwäbische Wort für Nachmittag. Immerhin hatte es noch keinen Hiobs-Anruf gegeben. Die kleine Hoffnung blieb, dass mein Opfer ein anderer war.

Ich stieg die luftige Treppe hoch. Die Stahlkonstruktion bebte bei jedem Schritt, schwang und sang. Am Treppenabsatz im ersten Stock puffte ich gegen Fängele. Sein Gesicht schwabbelte am Schädel, als er zurückprallte.

»Ach, Frau Nerz! Wie hübsch! Der Rock steht Ihnen. Sollten Sie öfter tragen. Was führt Sie hierher?«

Ein Hauch von Babyölweichspüler wehte mich an.

»Aber ein bisschen blass sehen Sie aus«, bemerkte er.

»Sie aber auch.«

»Ach, die plötzliche Frühlingswärme, der Wetterumschwung«, seufzte er.

»Sie sollten ein bisschen Sport treiben, Herr Fängele. Kraftsport bei niedrigem Blutdruck, Aerobic, wenn er zu hoch ist.«

Fängele schüttelte seinen Schädel unter den Wellen von Fleisch und wischte sich mit einem Taschentuch den Schweiß von der Stirn. »Ich würde sagen, Aspirin tut's auch. Schaltet den inneren Thermostat im Hirn auf Kühlung. Wussten Sie das? Biochemie, eine hochinteressante Sache. Ich habe mal ein paar Semester Pharmazie studiert. Wozu sich abrackern, wenn es Medikamente gibt. Hätten Sie nachher mal ein paar Minuten für mich? In einer halben Stunde? Auf einen Kaffee in meinem Büro?«

12

Katrin Schiller war auch nicht da. Theke, Spüle, Vitrinen mit Pokalen, grauer Teppich, die weißen Wände der Dojos, die offenen Glastüren, die geschlossenen Umkleideräume, trockene Klos, stille Duschen. Ich kam mir vor wie ein Einbrecher. Aber da war doch jemand.

Waldemar befand sich allein im Kampfanzug im Dojo und übte eine Kata. Er wehrte sich gegen mehrere imaginäre Gegner mit einer Choreografie aus Sprüngen, kickenden Füßen und vorschießenden Fäusten, untermalt von Schreien. Dann stand er plötzlich still und wandte mir das vernarbte Gesicht zu.

Ich stieß die Schuhe von den Fersen, verbeugte mich und betrat die Matte. Er machte einen Ausfallschritt, streckte die rechte Hand gegen mein Kinn, nahm dabei die Linke unter den Ellbogen und ließ sie dann als Faust unvermittelt aus der Drehung heraus gegen meinen Magen schießen, die Knöchel gerade mal den Hauch meiner Bluse von mir entfernt. Das ging so schnell, dass meine Reflexe nicht mal zum Zurückzucken reichten.

Waldemar lächelte so jung wie er war. »Das ist die neunte Bewegung der Kata Heian drei. Du hast doch sicher mal Karate gemacht.«

»Nein, nie.«

»Warum nicht? Frauen sind viel gelenkiger als Männer. Und im Karate hat man immer eine Chance, auch wenn der Gegner doppelt so schwer ist. Pass auf.«

Er nahm mit der linken Hand mein rechtes Handgelenk in die Zange. »Ziehen hat keinen Sinn, ich bin stärker als du. Aber du könntest dir meine Kraft zunutze machen. Hol sie aus mir. Du brauchst keine Angst zu haben, dass du mir wehtust.«

Ich bedachte, dass ein Tritt gegen das Schienbein zwar wirkungsvoll war, aber nicht die Lösung, die er erwartete.

»Benutz meine Hand als Drehpunkt!«, lächelte er. »Komm

hoch mit deinem Ellbogen. Genau. Und nun ramm ihn mir in den Solarplexus. Das tut so weh, dass der Gegner sofort loslässt.«

Ich rammte. Er ließ freundlicherweise los.

»Ich hätte allerdings was anderes versucht«, sagte ich.

»Dann zeig mir deine Lösung.« Er fasste mich erneut.

Ich drehte mich schulmäßig in ihn hinein, spürte aber sogleich, dass er mit der Hüfte gegenblockte, so dass ich ihn nicht nach vorne werfen konnte. Er stand wie ein Baum. Na gut, Nerven behalten! Nicht kämpfen! Ich gab nach, schmiegte mich an ihn, und strich schnell und leicht mit der Hand übers Gebammel zwischen seinen Beinen. Er sprang wie angestochen rückwärts.

Mir zwiebelte das Handgelenk.

Waldemar zog etwas verlegen den Knoten seines schwarzen Gürtels fester und kratzte sich am Nasenflügel. Die Frage hinter dieser Geste zielte darauf ab, wie ich als Frau mit der Narbe im Gesicht leben konnte, da er, obgleich ein Mann, an seinen Aknekratern verzweifelte. Unnahbar als Kämpfer, war Waldemar im Grunde ein schüchterner Junge. Er sah mir nicht mehr in die Augen, jetzt, da er seine Kampfhaltung aufgegeben hatte.

»Was würdest du machen«, fragte ich, »wenn du mich töten wolltest?«

»Warum sollte ich das wollen?«

»Vielleicht, weil … weil ich dich bedrohe.«

»Karate ist eine reine Selbstverteidigung«, sagte er befremdet. »Jede Kata beginnt mit einer Abwehrtechnik. Wenn du keine Waffe einsetzt, dann mache ich dich nur kampfunfähig. Ich breche dir einen Ellbogen oder zertrete dir das Knie.«

»Aber du könntest mich töten.«

»Glaubst du, wir Karatekas seien Killer? Leute, die ihre Minderwertigkeitskomplexe im Kampfsport aufmöbeln und dann losziehen und vor der Disco die Leute umnieten.«

»Alles schon vorgekommen.«

»Worauf willst du hinaus?«

»Ist der Ninja nicht der Unsichtbare, der für die Gerechtigkeit kämpft?«, sagte ich. »Disziplin und Gehorsam ist die Basis der Schulung im Schaolinkloster. Wenn du sagst, es dient einer guten Sache, da ist jemand, dem wir es mal zeigen müssten, hast du nicht ein oder zwei Jungs unter deinen Schülern, die dir blind folgen?«

»Warum nicht Mädchen? Wenn schon, denn schon!« Waldemar wandte sich unwillig ab und dem Ausgang zu.

Ich huschte hinterher. »Moment noch.«

Er fuhr herum. Ich wich zurück, stolperte aber über meine eigenen Füße und landete auf dem Hintern.

Er streckte die Hand aus. »Du hast ja wirklich Angst.«

»Gib mir einen Rat«, sagte ich. »Was mache ich, wenn mich zwei Kämpfer gleichzeitig angreifen?«

Waldemar behielt meine Hand. »Sie werden nie gleichzeitig kommen, denn einen Angriff von hinten gibt es nicht. Deshalb kommen sie nacheinander.«

Stimmt. Erst hatte mich der Athlet angegriffen, dann hatte mich das Monstrum auf ihn draufgehauen. Einen Angriff von hinten gab es auch im Judo nicht. Man fegte niemandem von hinten das Standbein weg, so dass er sich am Boden die Nase ins Hirn rammte. Ich versuchte, meine Hand Waldemars Fingern zu entwinden. Er lächelte freundlich.

»Ich würde dir nicht raten, dich noch einmal einzudrehen. Du bötest mir eine allzu gute Gelegenheit, dir ins Genick zu schlagen.«

Ich hatte schon kapiert, dass ich um Mitternacht keinem Meister gegenübergestanden hatte, auch nicht einem Karatekämpfer, und schon gar nicht einem Jiu-Jitsuka, der den Fall aufs Gesicht mit den Unterarmen abfangen konnte. Der Athlet war im Grunde langsam gewesen, aber dafür hatte das Monstrum eine ziemlich wirkungsvolle Technik eingesetzt.

»Hast du schon mal daran gedacht«, sagte Waldemar sanft,

»dass es außer Karate und Judo noch andere Kampftechniken gibt, Aikido und Taekwondo zum Beispiel, oder Ju-Jutsu. In der Bundeswehr und bei der Polizei lernen sie das. Ju-Jutsu bedient sich der Tritt- und Schlagtechniken des Karate, der Fallschule des Judo und einiger wüster Hebelgriffe des Jiu-Jitsu. Hinzu kommen Griffe, um einen Flüchtenden zu Fall zu bringen und einen Verbrecher abzuführen. Sie werden von hinten angesetzt. Lass dir das von Christoph erklären. Er trainiert zwar nicht mehr, aber er hat den schwarzen Gürtel im Ju-Jutsu.«

»Hatte er einen Grund, Schiller den Tod zu wünschen?«

»Das musst du ihn schon selber fragen.«

»Und du?«

Waldemar ließ meine Hand fallen und hakte die Daumen in den Gürtel auf seinen schmalen Hüften. »Was soll ich denn darauf antworten?«

»Du bist doch Katrin vom *Lotus* hierher in den Schlachthof gefolgt. Du hast das ganze Ehedrama mitbekommen, den Streit, die Pleite, die Hantelgeschichte im Hinterhof, Fritzens falsche Beschuldigung. Konntest du das ruhig mit ansehen, du, ein Ninja?«

»Ich bin kein Richter. Fritz hat mir nie etwas getan.«

Es klang sehr nach: Das hätte er nur wagen sollen! Fast bedauernd, dass Fritz es nie gewagt hatte.

»Glück gehabt«, bemerkte ich. »Denn selbst wenn du Fritz nach allen Regeln der Kunst die Kniescheibe zertrümmert hättest, wärest doch nur du selbst der Geschädigte gewesen: Verlust der Trainerlizenz, Ende der Karatekarriere. Du hättest ihn schon umbringen müssen.«

»Gewalt«, sagte Waldemar steif, »kann immer nur die letzte Option sein. Ein Karateka, der nicht zuallererst einen Streit zu entschärfen versteht, taugt nichts. Glaub mir, wir haben schon aufgepasst, dass Fritz Katrin nicht mehr zu nahe kam. Es war gar nicht so schwierig. Er ist … er war ein Feigling.« Waldemar starrte auf seine nackten Füße.

Mir juckte es in der Gurgel. Aber wozu ihm vorhalten, dass er Katrin liebte, dass sie auch ihn in ihren Bann geschlagen hatte. Eine Chance rechnete er sich bei ihr offensichtlich nicht aus. Waldemar hatte einmal zu oft in seinem Leben unten gelegen. Es waren nicht die Zähne und Rippen, die dabei zu Bruch gingen, sondern die Selbstachtung. Zwar lernte der Prügelknabe Karate, damit ihn keiner auf dem Schulhof mehr in den Schwitzkasten nehmen konnte, aber das Selbstwertgefühl kam nie wieder.

»Wenn es so stand«, sagte ich, »warum hat Katrin dann nicht woanders gearbeitet?«

»Ja, wo denn und wie denn? Fritz hätte ihr überall das Leben schwer gemacht. Andere Sportstudios finden es nicht so toll, wenn ständig ein eifersüchtiger Gatte vor der Tür herumlungert oder ins Treppenhaus scheißt. Hier wusste wenigstens jeder, was los ist. Hier konnte man ihn unter Kontrolle halten, solange er glaubte, er habe sie unter Kontrolle.«

»Verstehe«, sagte ich.

Waldemar nahm den Blick zurück und fasste mich fast liebevoll am Jackenkragen. »Dann sag du mir jetzt mal: Was kümmert dich der Tod von Fritz? Du spionierst uns hinterher, sogar bis in den *Tauben Spitz* bist du uns gefolgt.«

»Reiner Zufall«, sagte ich. »Das ist meine Stammkneipe. Außerdem war das noch vor Schillers Tod. Allerdings frage ich mich jetzt, ob ihr dort eure Alibis abgesprochen habt.«

»Was geht es dich an?«

Das war eine Frage des Prinzips.

Waldemars Griff an meiner Jacke war fest. Ich hakte meine Daumen ineinander, presste beide Handflächen auf seine Faust auf meinem Schlüsselbein, machte einen schnellen Schritt rückwärts und drehte mich dabei seitlich. Da er die Hand nicht losbekam, riss es ihn vorwärts und an mir vorbei. Er stolperte über die Matte. Nur dank seiner exzellenten Körperbeherrschung schlug es ihn nicht auf die Schnauze.

Ich verbeugte mich und wandte mich zur Tür.

Dort prallte ich mit Gertrud zusammen, in deren aufgerissenen blauen Augen sich eher Entsetzen spiegelte als schmeichelhafte Bewunderung.

»Waldemar«, sagte sie mit einem echten Knötern in der Stimme. »Kannst du mal runterkommen.«

»Ist was passiert?«, fragte ich, ohne zu überlegen. Mein Gewissen pochte mir bis zum Hals. Aber Gertrud schüttelte verlogen den Kopf. »Ist was mit Horst?«, hakte ich nach. Ich konnte mich einfach nicht bremsen.

In Gertruds Augen paarte sich blanker Schrecken mit der Entschlossenheit, mir keinerlei Einblick in die Schlachthofinterna zu gewähren. »Waldemar«, rief sie schrill an mir vorbei, »könntest du bitte sofort kommen. Es ist wichtig.«

Waldemar kam heran, ohne sich auch nur im Mindesten zur Hektik verführen zu lassen, fuhr an der Dojotür in japanische Schlappen mit Zehenteiler, sah mir prüfend ins Gesicht, löste den Gürtel, zog sich den Kittel von den sehnigen blassen Schultern – er hatte Sommersprossen auf dem Rücken –, hängte Gürtel und Kittel über den Stuhl an der Theke, zog sich ein weißes Sweatshirt über und setzte sich die Stahlbrille auf. Dann wandte er sich noch einmal zu mir um. »Das also hast du versucht mir zu sagen. Wenn ich dich richtig verstanden habe, waren es zwei, und es war Notwehr.«

Ich nickte.

In Waldemars Gesicht war keine Spur seines pockennarbigen Bubencharmes mehr, als er sich der Treppe zuwandte.

Wenn ich nicht einem Wahn erlag, dann saßen jetzt zwei Streifenpolizisten unten bei Fängele im Büro und teilten ihm mit, dass der Mitarbeiter Horst Bleibtreu nicht zum Dienst erscheinen werde.

Also doch Horst!

Umso weniger wollte ich den Bullen jetzt in die Arme laufen. Hier oben befand sich der Notausgang hinter den Duschen.

Ich tappte die Außentreppe hinab. Der Streifenwagen stand neben meiner Emma. Da das Fenster von Fängeles Büro auf den Parkplatz ging, wandte ich mich in die andere Richtung über die Politikbrache hinter dem Schlachthof. Die alten Hallen waren längst abgerissen, über die Neubauten stritten sich die Gemeinderäte. Inzwischen sprossen Gras und Kräuter aus den Erdhügeln. Links an der Mauer entlang der Wangener Straße standen die Bäume im ersten zarten Grün. Im Norden türmte sich der Gaskessel in den Himmel. Gen Osten an der Schnellstraße am Neckar würfelten sich Büros, Lagerhallen und Garagen einer Spedition. Sie öffnete ihr Rolltor zur Schlachthofstraße, die eher einem Dorfplatz ohne Dorf ähnelte, degradiert zum Zufahrtlieferanten der umliegenden Speditionen. Die ehrwürdigen Giebelhäuser mit Arkaden hatten ihren Denkmalschutz behaupten können.

Die Straßenbahnhaltestelle Schlachthof lag am Gaskessel. In der Frauenklinik Berg erfuhr ich, dass Sally ins Katharinen-Hospital verlegt worden war. Ich fuhr wieder zwei Haltestellen und erklomm die achtzig Stufen zu Sallys Wohnung, um den Katzen Wasser zu geben und Senta rauszuschaffen. Danach verfluchte ich Rock und Pömps. Bevor ich ins Katharinen-Hospital reiste, musste ich heim, mir was anderes anziehen.

13

Oma Scheible stand der Polizei nicht ablehnend gegenüber. Im Gegenteil. Ihr war jeder Besuch recht, den sie zwingen konnte, ihren Geschichten zuzuhören, in die sie, wenn bei den Beamten Ungeduld aufkam, ein paar Informationen über den Lebenswandel der Hausbewohner einstreuen konnte. Die Polizisten standen im Treppenhaus.

»Da isch se scho!«, sagte Oma Scheible.

Ich blickte auf die grünen Dienstausweise von Oberkommissar Christoph Weininger und Kriminalkommissar Helmut Heiliger. Heiliger war lang und dünn und trug eine rote Brille. Christoph Weininger trug im Dienst Jeans auf schmalen Hüften und ein zerknittertes grünes Hemd. Er war ein hellhäutiger Kleiner mit grauen Augen, auf dessen Gesicht die Biergemütlichkeit schnell in Strafbarkeitsvermutung umschlagen konnte. So wie jetzt. »Frau Nerz, Lisa Nerz? Wir müssen Sie bitten, uns zur Feststellung Ihrer Personalien zu begleiten.«

»Aber Sie haben meine Personalien bereits«, erklärte ich. »Ihre Kollegen haben sie am Montagabend im Schlachthof aufgenommen. Erinnern Sie sich nicht?«

»Jetzt geht es um etwas anderes«, antwortete Weininger. »Kommen Sie bitte mit.« Er fasste mich am Ellbogen.

Ich dachte an Waldemars Unterweisung, beschränkte mich aber auf einen Befreiungsruck. Es hatte sich sonst schnell mit Widerstand gegen die Staatsgewalt.

»Ich habe jetzt gerade gar keine Zeit«, verkündete ich. »Ich muss ins Krankenhaus.«

»Oh! Send Se krank?«, fragte Oma Scheible hoffnungsvoll.

»Frau Nerz, wollen Sie es wirklich auf eine Vorladung ankommen lassen?«, warnte Weininger.

»Na gut, aber wenn ich irgendwelche Einlassungen machen soll, dann nur in Gegenwart von Oberstaatsanwalt Weber.«

Die Polizisten blickten sich an, als hätten sie es mit einer Irren zu tun. Was so verkehrt nicht war. »Weber ist nicht der ermittelnde Staatsanwalt«, sagte Weininger.

»Ich weiß. Trotzdem! Es geht auch ihn was an.«

Der gelbliche Zivil-Audi stand am Straßenrand im Halteverbot. Grünliche Wolken hatten sich im Westen zusammengezogen. Ein garstiger Wind fegte an den Häuserfronten entlang.

Sie brachten mich gleich hinauf in die damalige Landespolizeidirektion II in der Hahnemannstraße am Pragsattel. Im Entree roch es nach Kantinen-Gurkensalat. Noch war das

Geschirrklappern nicht ganz verstummt. Der Fahrstuhl ähnelte einem Lastenaufzug und war verkratzt wie eine Gefängniszelle. Weininger ließ sich oben im Vernehmungsraum des Dezernats für Gewalt- und Tötungsdelikte meinen Ausweis geben und tippte die Personalien in ein Formular, ganz Konzentration auf zwei Finger und Tippfehler. Dann wandte er sich mir zu. Ich unterbrach ihn und wies ihn noch einmal darauf hin, dass ich nur dann etwas sagen würde, wenn Oberstaatsanwalt Weber dabei war.

Eine uniformierte Beamtin harrte über eine halbe Stunde schweigend bei mir aus. Ich studierte den Linoleumboden, die ausgelatschten Schuhe der Beamtin, die von nervösen Absätzen zerkratzten Stuhl- und Tischbeine, die Furniertische, das kleine Fenster, das ein drohender Himmel verhängte, und die alte Schreibmaschine auf dem Beistelltisch und dachte über Verhörmethoden und die karge finanzielle Ausstattung der Ermittlungsbehörden nach. Was verdiente so ein Oberkommissar Weininger eigentlich? Mit Sicherheit weniger als ich. Davon musste er womöglich eine Familie ernähren. Und dann hatte er es mit solchen Kotzbrocken wie mir zu tun, die den freiheitlichen Rechtsstaat und die gesamte Pressefrechheit hinter sich wussten.

Endlich kamen sie, Weininger, ein Hauptkommissar Keitle und – tatsächlich – Oberstaatsanwalt Dr. Richard Weber, bis in den Schlips korrekt und teuer. Er wich meinem um Verschwörung heischenden Blick aus. Seine Augen rutschten sofort von meiner Narbe ab und an Bluse und Rock hinunter bis zu meinen Pömps. Ich zwängte einen weiteren Mosaikstein in seinen Charakter: Er war nicht der Typ, der sich gern vereinnahmen ließ, aber er war neugierig, sonst wäre er nicht gekommen.

Niemand machte sich die Mühe, mir die Protokollbeamtin vorzustellen, die den Kaffee mitbrachte und an der Schreibmaschine zunächst nur Nägel kaute.

»Wenn es um die Sache am Funkhaus geht«, plapperte ich los, noch ehe Weininger seine Zigaretten auf den Tisch gelegt und Keitle sich eingehüstelt hatte, »so versichere ich Ihnen, dass ich aus purer Notwehr gehandelt habe.«

Weber schaute zum Fenster hinaus, und Weininger lehnte sich zurück, die Hand auf der Zigarettenschachtel. Die Feindseligkeit zwischen dem Polizisten und dem Staatsanwalt war unübersehbar. Eine Art gespannter Waffenstillstand.

»Es waren zwei Angreifer«, fuhr ich fort. »Ich weiß nicht, wer sie waren. Sie waren maskiert. Der eine zerschlug meiner Freundin Sally gleich beim ersten Angriff die Kinnlade. Das war der, der dann am Park verletzt gefunden wurde. Der andere warf mich zu Boden. Als Sallys Schäferhündin kam, ließ er ab und rannte weg.«

»Der Reihe nach«, sagte Weininger. »Könnten Sie das ein bisschen genauer schildern?«

Ich nahm mir Kaffee und schilderte es genauer.

Weiningers Miene blieb skeptisch, Webers verschanzte sich hinter schwäbischer Unerregbarkeit, während in mir das Grauen der Nacht wieder hochkam und mir die beklemmende Ahnung bescherte, ich könnte die Situation doch falsch eingeschätzt haben.

»Und Sie haben einfach einen Schwerverletzten auf der Straße liegen lassen«, sagte Weininger nicht nur tadelnd, sondern entrüstet.

»Sally war auch schwer verletzt und musste ins Krankenhaus. Außerdem wollte ich weg. Ich hatte Angst.«

»Warum haben Sie keine Anzeige erstattet? Sie wurden doch angegriffen, wie Sie sagen.«

Die Protokollbeamtin starrte aus dem Fenster.

»Eine gute Frage«, antwortete ich. »Ich weiß es nicht. Vermutlich der Schock.«

»Schock?« Weininger erlaubte sich ein ungläubiges Lächeln. »Wissen Sie, was ich vielmehr glaube? Sie hätten keine Anzeige erstatten können, denn Ihre Geschichte stimmt nicht. Warum haben Sie heute Morgen die Redaktion so hastig verlassen? Warum haben Sie sich im Schlachthof durch einen Hinterausgang abgesetzt, als Sie erfuhren, dass die Polizei unten wartete? Übrigens nicht wegen Ihnen.«

Weber gönnte mir einen verwunderten Blick.

»Frau Nerz«, legte Weininger nach, »ich kann mich des Eindrucks nicht erwehren, dass Sie sich der Strafbarkeit Ihrer Handlungen sehr wohl bewusst waren und sind.«

»Mein Bewusstsein befand sich schon immer in äußerst fragwürdigem Zustand«, erwiderte ich.

Ein Lächeln zuckte Weber an. Weiningers Miene verfinsterte sich. »Sie sprechen von einem Angriff zweier Personen und führen an, Sie hätten sich in einer Notwehrsituation befunden. Aber erstens, wo sind die Spuren des Zweiten? Und zweitens, Sie behaupten, die Angreifer hätten Strumpfmasken getragen. Aber wir haben bei dem Verletzten keine solche Maske gefunden. Außerdem frage ich mich, wie sich der Angreifer bei der einzigen Verteidigungsaktion, die Sie vorgenommen zu haben behaupten, das Genick brechen konnte.«

Mein Herz fing an zu galoppieren. »Was wollen Sie damit sagen?«

»Frau Nerz. Sie betreiben Judo. Warum? Aus Männerhass?«

Ich holte Luft. »Sagen Sie mal, Herr Kommissar, wessen beschuldigen Sie mich eigentlich? Ist das ein Verhör? Ich dachte, ich sollte hier als Zeugin aussagen.«

Weber blickte von seinen Fingernägeln auf. »Ja, haben Sie Frau Nerz denn nicht über ihre Rechte aufgeklärt?«, erkundigte er sich mit einer Nuance zu viel Erstaunen in der Stimme.

Der Polizist schluckte. Sein Chef Keitle vermied jegliche Bewegung. Am Fenster erschienen die ersten Regentropfen.

»Dann«, sagte Weber, »war's das wohl. Sie wissen ja, als Zeugin hätte Frau Nerz die Aussage nicht verweigern können, als

Beschuldigte aber sehr wohl. Da Sie ihr offenbar nicht gesagt haben, welche Rechte sie hat, ist alles, was sie uns eben erzählt hat, juristisch wertlos. Es kann bei keiner möglichen späteren Verhandlung gegen sie verwendet werden, auch dann nicht, wenn Sie, meine Herren, auf anderem Wege an dieselbe Information kommen.«

Regen prasselte gegen die Fensterscheibe.

Christoph Weininger saß versteinert vor den juristischen Scherben seines Versuchs, mich zu Verantwortung zu ziehen, und ich musste mir auf die Lippe beißen, um nicht in Triumphgelächel auszubrechen.

»Dürfte ich dann jetzt vielleicht erfahren«, fragte ich, »wer eigentlich das Opfer ist? Ist es denn tatsächlich Horst Bleibtreu?«

Weininger steckte seine Zigarettenschachtel in die Brusttasche seines Hemdes und sagte mit langen Zähnen und knotiger Stimme: »Er liegt im Koma. Sollte er überleben – was man ihm fast nicht wünschen möchte –, dann wird er nie wieder laufen können. Wahrscheinlich kann er nicht mal mehr die Arme bewegen, nicht mehr ohne Maschine atmen.«

Sein Fehler war, dass er das Schicksal seines Schlachthofkumpels nicht mehr professionell nehmen konnte.

»Ich glaube«, bemerkte ich leise, »der Angriff Horsts und des Unbekannten auf mich zeigt, dass Schillers Tod kein Unfall war.«

Man gönnte mir keine Reaktion. Mit denen hatte ich es mir wirklich gründlich verscherzt.

»Immerhin hat Schillers Frau –«, begann ich.

»Meine Herren«, fiel mir Weber ins Wort, »wenn Sie mir einen Vorschlag gestatten.«

Man blickte den Staatsanwalt an, eher skeptisch denn hoffnungsvoll.

»Leiten Sie ein erkennungsdienstliches Ermittlungsverfahren gegen Frau Nerz ein. Vergessen Sie die Prügelei am Park

Berg. Konzentrieren Sie sich auf Schillers Tod. Meines Erachtens besteht durchaus Tatverdacht gegen Frau Nerz im Fall Schiller. Lassen Sie ihren psychiatrischen Zustand begutachten, gegebenenfalls durch amtsgerichtliche Einweisung in eine psychiatrische Klinik. Die Gefahr, die von Frau Nerz für die Ermittlungen, für Dritte und für sich selbst ausgeht, scheint mir nicht unerheblich, wie der Vorfall am Park Berg zeigt.«

In aller Stille vernetzten sich die Blicke.

»Das können Sie nicht machen!«, fuhr ich auf. »Ich bin von der Presse.«

»Das wird Staatsanwältin Meisner entscheiden«, sagte Weininger mit angelegtem Kinn und warf Weber einen bösen Halbblick zu. Juristisch betrachtet, waren Polizisten nichts weiter als Hilfsbeamten der Staatsanwaltschaft. Sie waren nur dann nicht mehr weisungsgebunden, wenn eine Weisung das Recht beugte.

»Na«, sagte Weber, und es fehlte nicht viel, und er hätte sich die Hände gerieben, »dann bin ich ja hier nicht mehr vonnöten. Guten Tag.«

Er ging.

Die Protokollbeamtin zog das unbeschriebene Blatt aus der Schreibmaschine.

14

Ins Haus hatte man mich hineingeführt, den Weg hinaus musste ich alleine finden. Draußen ging schwerer Regen auf den Wengert nieder, an dem die Polizeidirektion lag.

Kalte Tropfen auf der Kopfhaut waren ausgesprochen ernüchternd. Ein Schleier hing über der riesigen Pragkreuzung. Irgendwo musste dort eine Straßenbahnhaltestelle sein. Bis ich dort war, würde ich klatschnass sein.

Da tippte mich jemand an den Arm. »Kommen Sie, mein Auto steht da drüben.«

Weber rannte los, ich hinterher. Kaum saßen wir in der Fahrgastzelle, waren die Scheiben zugedampft. Weber trocknete sich Gesicht und Hände mit einem Taschentuch und startete den Motor. Das Gebläse begann, den Dampf von der Scheibe zu lecken. Die Zungen wuchsen schnell nach oben. In Webers dichtem Haar glitzerten Tropfen.

»Aber Sie sind in Ordnung?«, erkundigte er sich.

»Wie meinen Sie das?«

»Na, wenn ich Sie richtig verstanden habe, dann haben Sie sich gestern Nacht immerhin auf der Straße geprügelt.«

Ich betastete die Scharte vom Reißverschluss in meiner Hand. »Und jetzt zweifeln Sie an meiner Zurechnungsfähigkeit?«

Er kurvte den Mercedes über die verschlungene Spurenführung in die Pragkreuzung hinein. »Nehmen Sie das nicht so tragisch. Ich musste mir doch etwas einfallen lassen. Sie waren drauf und dran, wilde Verdächtigungen gegen Katrin Schiller auszustoßen. Und so, wie ich Sie einschätze, hätten Sie auch vor mir nicht haltgemacht. Deshalb haben Sie mich doch zu dieser Veranstaltung bestellt, oder?«

»Nein, damit Sie den Herren das mit der Rechtsbelehrung erklären«, widersprach ich.

Weber hielt an der Ampel und blickte mich gutsherrenhaft amüsiert an. »Ich traue Ihnen ja einiges zu, aber dass Sie vorhersehen, dass Weininger eine Rechtsbelehrung versäumen würde, das nehme ich Ihnen nicht ab.«

»Ich habe es nicht vorhergesehen«, protzte ich, »sondern so arrangiert! Deshalb brauchte ich Sie als Zeugen. Außerdem wollte ich sehen, was passiert, wenn Sie auf Oberkommissar Weininger treffen.«

»Ach?« Es traf Weber tatsächlich unvorbereitet. »Und was ist passiert?«

»Nichts. Aber er hasst Sie und Sie hassen ihn.«

Weber blickte rasch zu mir herüber.

»Es ist grün«, sagte ich.

Er trat aufs Gaspedal. Wir rauschten im Regen vom Pragsattel hinunter Richtung Hauptbahnhof.

»Auf einen unbeteiligten Beobachter«, schwatzte ich vor mich hin, »wirkt es schon sehr seltsam, dass Sie im Schlachthof turnen, im Institut des Mannes, den Sie erfolglos wegen Betrugs angeklagt haben. Gut, Sie gehen hin wegen Katrin. Aber Weininger? Was zieht den dorthin, wo Sie sind?«

»Sie sind keineswegs eine unbeteiligte Beobachterin, Frau Nerz.«

»Dann anders gesagt: Im Zusammenhang mit dem Geständnis des Buchprüfers Stenzel, mit dem Sie Fängele überführen wollten, ist der Vorwurf bis in die Presse gelangt, Sie hätten das Geständnis mit Drohungen erpresst.«

»Diese Informationen haben Sie wahrscheinlich aus dem *Spiegel.*«

»Wenn Sie den Artikel kennen, dann wissen Sie sicher auch, wie er endet: ›Dass die Strafversetzung von Oberkommissar Christoph Weininger vom Elitedezernat Wirtschaft ins Dezernat Gewaltverbrechen im Zusammenhang mit diesen Vorfällen steht, wollte der Polizeisprecher weder bestätigen noch dementieren.‹ Bei dem Polizeisprecher, der nicht lügen konnte, handelte es sich vermutlich um Winfried Käfer. Und wenn Christoph Weininger mit seinen vierzig Jahren immer noch Kriminaloberkommissar ist, dann ist er seitdem nicht einmal mehr befördert worden. Da wäre ich an seiner Stelle auch ziemlich sauer auf Sie, Herr Doktor.«

Weber blinkte sich am Bahnhof schweigend auf die Linksabbiegerspur. Die Ampel wurde zwei Autos vor uns rot, gelb und wieder grün, ehe er wieder etwas sagte. »So wie Sie den Fall Schiller drehen, Frau Nerz, müsste eigentlich Fängele der Tote sein.«

»Oder er ist der Täter. Vielleicht wusste Schiller sehr viel mehr über Fängele, als diesem lieb war. Vielleicht hat er Fängele erpresst.«

»Was zu beweisen wäre.«

Ich war Weber dankbar, dass er es nicht auf Latein sagte.

»Aber es könnte auch sein«, stocherte ich weiter, »dass es zwar um Fängele ging, sich das Drama aber gar nicht zwischen Schiller und Fängele abspielte.«

»Sondern?«

Der Oberstaatsanwalt bewies erneut eine gewisse Freude daran, mich ins Gefecht zu treiben, wobei er die Rolle der Windmühle spielte und ich die von Don Quijote.

»Sondern zwischen Ihnen und Schiller«, antwortete ich brav. »Und es ging nicht um Katrin. Womöglich hat Schiller ja Sie mit einer fiesen Vermutung konfrontiert, warum Sie Ihre Muskelpflege ausgerechnet im Institut des Betrügers betreiben, der dank Ihres Ermittlungsfehlers freigesprochen wurde.«

»Worauf zielen Sie ab?« Weber bog am *Hotel Intercontinental* in die Neckarstraße ein.

»Auf Korruption, zu Deutsch: Bestechlichkeit. Warum haben Sie Fängele denn überhaupt wegen der betrügerischen *Olympic*-Pleite angeklagt, wenn Sie außer dem halbherzigen Geständnis des Buchprüfers keine Beweise hatten? Jetzt ist Fängele fein raus. Er kann wegen dieses Betrugs nie wieder vor Gericht gestellt werden.«

Weber bremste schroff am Straßenrand vor meinem Haus. Er ließ die Hand auf dem Schaltknüppel liegen, wandte sich mir herrenhaft zu und sagte: »Wenn Sie mir unterstellen wollen, dass Fängele mir seinen durch mein Ungeschick herbeigeführten Freispruch damit vergütet, dass er mich kostenlos im Schlachthof trainieren lässt, dann unterschätzen Sie meine finanziellen Möglichkeiten und meine Intelligenz.«

Die Sonne brach durch.

»Ach, wissen Sie«, lächelte ich, »der Schwabe an sich ist immer verführbar, wenn er ebbes schpare ka, gell. Außerdem verdirbt es den Charakter, wenn man wie Sie stets das Recht auf seiner Seite hat und die Macht, ihm Geltung zu verschaffen. Das erzeugt leicht den Eindruck, man stünde über dem Gesetz.«

»Und jetzt überschätzen Sie meine Macht.«

Ich platzierte meine Hand auf seiner Hand auf dem Schaltknüppel. »Jedenfalls vielen Dank, dass Sie mich da heute rausgehauen haben!«

Er zog die Hand zurück. Aber diesmal war er auf meinen Übergriff vorbereitet gewesen. »Frau Nerz«, sagte er, ganz autonomer Mann, »Sie überschätzen Ihren Charme gewaltig.«

Rums, Breitseite! Nicht sehr elegant.

»Außerdem bin ich zwanzig Jahre älter als Sie.«

»Fünfzehn!«, korrigierte ich und stieg aus.

Das Treppenhaus roch nach gedünsteten Zwiebeln. Die Kleinkinder der Matuscheks im Erdgeschoss rumpelten mit dem Dreirad über die Dielen gegen die Haustür. Schon auf dem Weg nach oben überfiel mich bleierne Müdigkeit. Ich kickte die Pömps gegen die Wand und gab der Wohnungstür einen Schubs. Der Knall blieb aus. Meine Alarmglocken schrillten.

Die Tür schwang langsam wieder auf.

Weber blickte erstaunt in meine zur Abwehr erhobenen Krallen. Sein Atem war vom Sprint die Treppen hinauf erhöht, aber nichts gegen mein Keuchen.

»Was wollen Sie denn noch?«, stammelte ich.

Er zauderte auf der Türschwelle. Nichts war für einen Mann ernüchternder, als einer Frau, die ihren Charme überschätzte, hinterhergelaufen zu sein und dann in ihr abgeschminktes Gesicht zu blicken. Vielleicht gefielen dem Herrn auch kurzhaarige Frauen nicht, die mit Löchern in den Strümpfen zwischen umgekippten Schuhen herumstanden.

»Ich wollte mich für meine Grobheit eben entschuldigen«, sagte er. »Das war nicht sehr gentlemanlike.«

Ich musste lachen. »Rein oder raus?«

Er zögerte.

Ich tappte auf ihn zu. Er wich mir aus und stand nun in meiner Wohnung. Ich schloss die Tür, ehe Oma Scheibles Aalsuppenaugen um die Ecke flutschten.

»Kaffee?«

Er nickte und musterte wortlos meine Mischung aus Kneipenmobiliar und Einrichtungsmangel. Auf dem Tisch lag ein Stapel Schlüpfer, die Oma Scheible aus meinem Trockner geholt und zusammengefaltet hatte. Dank Oma Scheible war auch meine Küche in allerbestem Zustand. Ich füllte die Kaffeemaschine. »Gibt es noch etwas, was Sie mir sagen müssen?«

Weber blickte interessiert aus dem Küchenfenster.

»Oder sind Sie nur gekommen, um zu sehen, ob ich von hier aus auf Ihren Schreibtisch blicken kann?«

Weber zog umständlich die Zigarettenschachtel aus dem Jackett. »Darf ich?«

»Bitte, gern.« Ich deutete auf den Aschenbecher, der in der Ecke hinter der Spüle stand, wo Oma Scheible ihn immer hinstellte, nachdem sie ihn gespült hatte. Weber machte einen Schritt in die Küche und griff danach. Ich auch. Seine Hand war warm und zuckte zurück.

»Wollten Sie nicht etwas sagen?«, lockte ich.

Vergeblich. Dr. Weber war nicht der Mann, der sich drängen ließ. Umso mehr Abstand schuf er. Er zündete sich die Zigarette an und hüllte sich in Wolken. Ich gab es auf und ging ins Wohnzimmer, um die Schlüpfer vom Tisch zu nehmen und ins Schlafzimmer zu tragen.

Als ich zurückkam, stand Richard Weber in der Küchentür.

»Sie sollten weniger rauchen«, sagte ich munter.

Ein eingefleischter Raucher ignorierte solche Sätze. Wahrscheinlich fürchtete er sich vor den sieben Kilo, die er zunehmen würde, wenn er das Rauchen ließ.

»Außerdem«, fügte ich an, »übertreiben Sie es mit dem Sport.

Jeden Tag Schlachthof und am Wochenende Tennis. Mir scheint, Sie sind eine Suchtpersönlichkeit.«

»Wie meinen Sie das?«, fragte er und hob herausfordernd das Kinn. Wenn diese Geste, bei der man das Kinn entblößte, auch immer eine Spur Angst signalisierte, ein »Wenn du es wagst, greif mich an, aber dann bist du im Unrecht«. Vermutlich war er sich dessen gar nicht bewusst. Der Oberstaatsanwalt konnte zwar Schiller und Dante zitieren, aber Kenntnisse über sein Seelenleben besaß er offensichtlich keine.

»Auch Sport kann zur Sucht werden«, erklärte ich. »Physische Hochleistungen erzeugen ein Überlebenskampfklima im Hirn, das das Schmerzempfinden ausschaltet und ein Hochgefühl auslöst. Die Hypophyse produziert Endorphin, körpereigenes Morphium. Man ist high.«

Was auch immer in seinem Hirn vorging, es ging nicht schnell. Der Schwabe an sich neigte zur Gründlichkeit, vor allem wenn er emotionale Dinge bewegen musste.

»Frau Nerz«, sagte er endlich, »ich möchte etwas klarstellen.«

»Das geht schief«, seufzte ich.

»Hören Sie, es stört mich nicht, dass Sie mich für korrupt und dumm halten, aber …«

»Da stehen Sie drüber, ich weiß! Aber was stört Sie dann an mir?«

Er deutete ein väterliches Lächeln an. »Sie haben eine durchaus amüsante und erfrischende Art. Aber mir scheint, Sie wissen noch nicht so recht, was Sie eigentlich wollen und wer Sie sind. Und dabei kann ich Ihnen nun leider gar nicht helfen. Ich weiß nicht, was Sie von mir erwarten, aber falls Sie eine Art Vaterersatz suchen, so bin ich der völlig falsche Mann.«

»Vielen Dank, dass Sie es unterlassen haben, auf meine Verunstaltung anzuspielen.«

Er blinzelte etwas bestürzt. »Es tut mir leid. Ich wollte Sie nicht kränken. Aber ich habe den Eindruck, dass Sie sich falsche Hoffnungen machen.«

»Ach, Sie wissen noch, was Hoffnungen sind?«

Leichter Unwille flackerte zwischen Webers Brauen empor. Er stippte seine Zigarette im Aschenbecher aus, sammelte sein Feuerzeug und die Zigarettenschachtel ein, verstaute sie in den Taschen seines Sakkos und blickte mich dann wieder an. »Übrigens, was Sie offenbar nicht wissen: Horst Bleibtreu hat Sie belastet.«

»Wie denn, wenn er im Koma liegt?«

»Nein, vorher. In Sachen Schillers Tod.«

»Inwiefern?«

Weber schwieg. Wahrscheinlich übten Staatsanwälte in psychologischen Nachschulungen dieses strenge, sich ausbreitende und von Sekunde zu Sekunde gewichtiger werdende Schweigen ein, stundenlang, tagelang. Ich war ihm dankbar, dass er sich auf Sekunden beschränkte. »Das«, sagte er mit einem Hauch von Triumph im Kehlkopf, »kann und darf ich mit Ihnen nicht erörtern.«

Warum fing er dann überhaupt davon an? Mir schien, auch Weber wusste nicht so genau, was er eigentlich wollte.

»Vermutlich hat er gesagt, er habe mich gesehen«, sagte ich. »Und das stimmt sogar! Ich war tatsächlich kurz vor Schillers Tod in der Abteilung der Langhanteln. Schiller schraubte gerade die Drückbank zusammen. Aber wenn Horst mich da hat reingehen sehen, dann stimmt auch sein Alibi mit dem Vergesslichen bei den Schließfächern nicht.«

»Horst suchte Schiller wegen des Hauptschlüssels für die Schließfächer. Dann fiel ihm aber ein, dass Schiller verboten hatte, den Kunden die Schließfächer aufzuschließen, weil einmal einer auf diese Weise ein falsches Fach für sich reklamiert und ausgeräumt hat, und zog unverrichteter Dinge wieder ab.«

Ich sah Schiller wieder vor mir, mit seinem Feldherrenblick auf der Treppe und in der Hosentasche mit dem Schlüssel klimpernd. »Hat man eigentlich den Schlüssel bei der Leiche gefunden?«

Webers Blick wurde asymmetrisch. »Nein. Soviel ich weiß, nicht. Aber das ist jetzt nicht das Thema. Frau Nerz. Sie waren offenbar die Letzte, die Schiller lebend gesehen hat.«

»Aber nicht die Erste, die ihn tot gesehen hat«, erwiderte ich. »Sie glauben doch nicht, ich hätte Sie gestern Abend nur deshalb im Amt aufgesucht, um herauszufinden, ob Horst mich gesehen und beschuldigt hat. Und hernach habe ich ihn dann zum Funkhaus bestellt und ihn gebeten, dass er Sally das Kinn zertritt, damit ich ihn zum Krüppel schlagen kann.«

Weber deutete mit keiner Miene an, dass er meine Konstruktion für absurd hielt.

Ich musste lachen. »Sie haben ja wirklich Angst, dass ich es gewesen sein könnte! Kommen Sie, geben Sie Ihrem Herzen einen Stoß, Herr Oberstaatsanwalt. Ich gehöre nicht zu den Bösen, sondern zu den Guten.«

Er richtete seine mit so viel Aufwand gepflegte Figur eines Leichtgewichtringers auf. »Schön für Sie. Wenn Sie mich dennoch jetzt entschuldigen würden. Ich habe keine Zeit mehr für Ihre Purzelbäume. Ich muss ins Amt. Schönen Tag noch.«

Zurück blieb der kultivierte Duft von Zeder und Zibet.

15

Ich schlief bis drei, dann trank ich einen halben Liter Kaffee und fuhr mit der Straßenbahn in die Redaktion.

»Und wo warst du wieder so lange?«, fragte Pit im Gang, mit dem Finger auf seine Uhr tippend.

»Ich bin einer Bodybuilderin hinterhergelaufen«, log ich. »Redet zwar mit Bassstimme, hat aber nie was genommen. Sauber wie eine schwäbische Speisekammer. Die schwarzen Schafe sind immer die andern.«

Pit lachte, und das Schlimmste war überstanden.

»Thais heißen die Anabolen-Steroide«, erklärte ich, »weil man sie zumindest früher kofferweise aus Thailand einflog. Inzwischen bestellt man sie per Internet, bekommt sie aber auch überall unterm Ladentisch. Richtiges Testosteron spritzt dir dein Arzt auch schon mal augenzwinkernd gegen Impotenz. Ganabol kommt aus der Kälbermast. Das kann auch der Muskelmast nicht schaden. Wenn du einen Pokal gewinnen willst, solltest du zusätzlich das Wachstumshormon Norditropin nehmen. Erfolgreich experimentiert wird auch mit einem insulinartigen Wirkstoff. Der Nachteil ist nur, du bekommst davon eine lange Nase und große Ohren. Dann brauchst du natürlich noch was zum Aufputschen, zum Beispiel Ephedrin oder schlichtweg Amphetamin. Nicht zu vergessen die Schmerzmittel. Ein paar Tausender müsstest du dafür monatlich allerdings hinblättern. Verboten ist das nicht. Einnehmen darfst du das Zeug. Verboten ist nur der kommerzielle Handel damit. Das fällt nicht unters Drogengesetz, sondern unters Arzneimittelgesetz.«

»Das kann doch nicht gesund sein!«, sagte Pit mit seiner brüchigen Pennälerstimme.

»Ja, was glaubst du denn, warum sich Arnold Schwarzenegger an der Herzklappe operieren lassen musste?«

»Das darfst du aber nicht ohne Beweis behaupten«, warnte Pit. »Und überhaupt, konzentrier dich mehr auf den weiblichen Aspekt, ja?«

Frau, Gesellschaft und modernes Leben! »Der weibliche Aspekt?«, grübelte ich laut. »Nun ja, das Abnehmen. Im Schlachthof ist eine Aerobiclehrerin an Unterernährung gestorben.«

»Ist das nicht wieder eine ganz andere Geschichte?«, ermahnte mich Pit.

»Ja, aber ich habe ein Foto von ihr gesehen. Da sah sie noch ganz rund aus. Sie hat nur ein paar Monate gebraucht, um sich wegzuhungern. Das geht nur mit Drogen.«

»Keine Spekulationen bitte! Konzentrier dich auf die German Masters! Damit hast du genug zu tun. Morgen Nachmittag will ich den Artikel sehen.«

Ich trollte mich in mein Kabuff. Das Interview mit der Bodybuilderin würde ich erfinden. Das gab mir Zeit für anderes, was wie Nichtstun aussah, aber nur äußerlich.

Vor meinem inneren Auge formierte sich das Bild, das Sally von Anette entworfen hatte. Sie saß im *Tauben Spitz* und spachtelte Kässpätzle, knochendürr mit wilden schwarzen Locken, neidvoll beobachtet von Sally. Nach dem Mahl zog Anette aus dem Rucksack eine große helle Flasche mit wasserheller Flüssigkeit, die sie in sich hineinschluckte. In ihrem Magen begann die chemische Auflösung der Nahrung, dann die der Magenwände. Die Organe lösten sich auf, die Muskeln. Ausgehöhlt von innen, in sich zusammenfallend, entschwand Anette aus allen Spiegeln des Schlachthofs. Ein Phantom.

Magersucht nannte man dieses Phänomen. Manche aßen und kotzten hinterher, manche hörten ganz auf zu essen. Nach sechs Tagen ohne Nahrung begann das Hirn, Endorphine auszuschütten, nach zwölf Tagen war man völlig high. So setzte die Biochemie den Körper in Gang, auch unter Entbehrungen Kraft für die Nahrungssuche aufzubringen. Magersüchtige nutzten ihr Gefühl der Stärke, um sich dem gedeckten Tisch völlig zu entfremden. Wie sagte der Bodybuilder? Ich kramte in meinen Papieren. »Ein guter Body stärkt dein Ego.«

Das Motiv der Magersucht war bekannt: Schönheitsdruck auf junge Mädchen. Nicht auffallen, nicht anecken, keinen Raum einnehmen, sich nicht durch Brust und Po als Frau demaskieren.

Warum ein Mensch das Hungern schön fand, war verhältnismäßig leicht zu erklären, handelte es sich doch um eine sehr starke körpereigene Droge, die dabei im Spiel war. Warum ein Mensch aber aß und warum er gar zu viel aß, das war viel schwieriger zu erklären. Darüber gab es so viele Theorien wie

Schlankheitsmittel, angefangen bei dem Darmhormon CCK, das Fresssüchtigen fehlte, bis hin zur astrologischen Konstellation zur Geburtsstunde des Unglücklichen. Es gab keine Menschen, die süchtig nach Flüssigkeit waren – von der Alkoholsucht abgesehen, die aber dem Alkohol galt –, aber Menschen, die ohne Bremse Nahrung einschoben, die gab es sehr wohl. Es schien, als erlägen sie den Stimulanzien, welche die Natur und unsere Kochkultur in Nahrungsmittel eingebaut hatten, um den Menschen die Anstrengung der Nahrungssuche und des Essens schmackhaft zu machen: Serotonin in Bananen, Opiate in Brotkrusten, Bratkartoffeln und Pfeffer, alles chemische Stoffe, die im Hirn kurzfristige kleine Lustgefühle auslösten.

Man konnte sie auch durch andere, kräftigere Drogen ersetzen: Kokain oder Amphetamin oder Nikotin. Oder aber durch Ausdauersport, was denselben Effekt hatte, nur dass er mit körpereigenen Stimulanzien und Hungerblockern arbeitete.

Für den Durchschnittsfaulpelz mochten Sport und Diät reichen, aber bei manchen setzte nach der ersten Freude über kleinere Kleidergrößen der Ehrgeiz ein, auch den Nackt-Vergleich im Umkleideraum zu bestehen. Schlankheit war eine mächtige Zieldroge, und auf dem Weg dorthin bediente man sich kleinerer Drogen wie Ephedrin, früher in allen Appetitzüglern drin, ursprünglich ein Asthmamittel, das entwickelt wurde, um das Adrenalin zu ersetzen. Das Nebennierenhormon löste bei Säugetieren die *Flight-or-fight*-Reaktion aus. Es beschleunigte den Herzschlag, erhöhte die Muskelkraft und erweiterte die Atemwege. Ein solches Überlebenskampfklima im Hirn bremste dann den Appetit, denn kein Tier denkt ans Fressen, wenn es alle Kraft braucht, sich zu retten. Ephedrin extrahierte man aus einer seltenen chinesischen Pflanze. Der künstliche Ersatzstoff hieß Amphetamin. Er schuf Wachheit und Glück. Doch alles, was glücklich machte, machte auch süchtig. Nahm die Konzentration des Wirkstoffs im Blut ab, verfiel man in eine verheerende Depression. Außerdem gewöhnte sich das Hirn an die Hormonzufuhr. Die appetitzügelnde Wirkung ließ bald nach.

Ich sah das Phantom Anette wieder vor mir mit der glasklaren Flasche am Hals. Hatte Fängele nicht tatsächlich etwas von innerer Auflösung der Organe angedeutet? War Anette nicht Schillers Freundin gewesen? Zumindest früher einmal. In meinem Hirn funkte es. Zum ersten Mal ahnte ich, warum Schiller tatsächlich getötet worden war.

Aber ich musste bis acht Uhr meine Zeit in der Redaktion absitzen. Dann war es zu spät, Sally im Krankenhaus mit hochnotpeinlichen Fragen vom Heilungsschlaf abzubringen.

16

Emma stand noch am Schlachthof, wo ich sie mittags bei meiner Flucht vor der Polizei zurückgelassen hatte. Als ich am gigantischen Gaskessel ausstieg, fiel mir Vicky ein, die ich unlängst in die Abelsbergstraße gefahren hatte. Gaisburg war ein altes Arbeiternest von immer noch dörflichem Charakter. Der Bäcker brachte morgens die Brötchen, beim Metzger tauschte man Familientragödien aus, in der Änderungsschneiderei neben der *Bäckerschmide* wurden Diäterfolge gefeiert, und auf den Wendeplatten der Sackgassen kloppten sich die Kinder. Derartig intim war selbst das Kaff unter der Schwäbischen Alb nicht gewesen, dem ich entstammte.

Aus einer Tür in der straßenlangen weißen Mauer von Reihenhäuschen kam die Treppe herab ein Mann, Vickys Versager. Der Kragen seiner rehbraunen Wildlederjacke krumpelte im Nacken. »Sie wollen zu meiner Frau?«, fuhr er mich auf dem Trottoir an. »Sie können sie haben. Ich scheiß drauf.«

»Nun mal langsam«, sagte ich.

Eine heimische Schreierei geisterte durch seine fischgrauen

Augen. »Sie können sie haben, sag ich, und das Haus gleich dazu. Es gehört mir sowieso nicht mehr. Sie können ihr ausrichten, wenn ich jetzt ins Auto steige, dann komme ich nicht wieder. Richten Sie ihr aus, dass ich mir damals nur darum keine Kugel in den Kopf gejagt habe, weil man ja Verantwortung hat für Frau und Kinder. Und das ist nun der Dank.«

»Hören Sie, es ist nicht so, wie Sie denken!«

»Scheiß drauf. Soll sie es doch treiben, mit wem sie Lust hat. Soll sie doch.«

Er drehte ab. Ich nahm davon Abstand, ihm zur Freude der Nachbarn hinterherzubrüllen, dass ich eine Frau sei. Das Auto, das vor seinem Audi stand, wackelte gehörig, als er ausparkte.

Ich stieg zur Haustür hinauf. Winzige Vorgärten – Tulpen in Beton gemauert, Efeupodeste, handtuchgroße Rasenstücke – zierten jeden Eingang der Wohnwand. Die Grünstelle an diesem Eingang war von Plastikschaufeln und einem Plastikbagger verwüstet worden. Die Türklingel schnarrte durch sämtliche Wände. Ein kleiner Junge erschien im Türspalt, bohrte sich in der Nase und schlug die Tür wieder zu. Ein paar Sekunden später öffnete Vicky.

»Ach, du bist's.« Die schwarzen Hasenaugen schwammen in rötlicher Soße.

»Störe ich?«

Im Haus hing dieser frisch gewaschene Kinderwagenbrodem und löste unangemessenes Grauen in mir aus. Unterm Telefontischchen in der Diele zerpflückte ein zweijähriges Mädchen eine leere Schachtel Cornflakes. In der Küche quakte eine Tomatensoße auf dem Herd. Die Kacheln waren rot gesprenkelt. Aus dem Spaghettitopf quoll der Stärkeschaum und brannte sich am Plattensaum unter den Topf. Der Junge machte sich über das Mädchen her, das, der Schachtel beraubt, loskreischte. Vicky schrie: »Martin, lass Bellinda in Ruhe. Hört endlich auf, oder es gibt keinen Nachtisch!«

Ich war wirklich im richtigen Moment gekommen. Die Blagen waren voll daneben, und Vicky war offensichtlich bereits ziemlich zu. Im Wohnzimmer, dessen gesamtes Mobiliar sich auf einen riesigen Fernseher konzentrierte, hatte ich auf dem Tisch eine Flasche Brandy und ein Glas stehen sehen.

»Ich habe deinen Mann vor der Tür getroffen«, sagte ich.

Vicky verbrannte sich die Finger beim Härtetest der Spaghetti, fluchte und goss die Pampe ab. Martin forderte Milchschnitten und protestierte gegen die Tomatensoße, mit der Vicky die Nudeln ertränkte. Als der Junge anfing, die blutigen Würmchen über den Küchentisch zu schnipsen, ließ Vicky Topf, Sieb und Löffel in die Spüle knallen und stürzte aus der Küche. Bellinda klaubte die Nudeln vom Küchenboden und klebte sie gegen die Tischbeine.

Ich fand Vicky heulend auf dem Sofa. »Tut mir leid, manchmal weiß ich einfach nicht mehr, was ich tun soll.«

»Dann sind wir schon zwei«, sagte ich und räumte Glas und Flasche außer Reichweite.

»Hans ist auch überhaupt keine Hilfe. Wenn die Kinder sich streiten, brüllt er herum. Dann tut es ihm wieder leid und er kauft ihnen Eis. Sonst sitzt er nur vor dem Fernseher und tut sich selber leid. Oder er will ins Bett. Versager wollen nämlich immer.«

Sie hielt nach der Flasche Ausschau.

»Aber ich kann doch nicht auch immer nur im Haus sitzen. Das halte ich gar nicht aus. Er redet doch nichts. Und wenn, dann streiten wir nur. Er will nicht, dass ich in den Schlachthof gehe. Ich könnte ja mal einen andern Mann kennen lernen. Aber mir tut das eben gut. Ich habe schon fünfzehn Kilo runter. Hans sagt, dass ich mich vor dem Bett fürchte. Aber ich finde, da muss sich immer alles beweisen, die ganze Ehe und Liebe. Und was ist denn schon noch davon übrig. Ich habe viel zu lange nicht gewusst, wie gut das ist, wenn man hinsteht, einfach nur hinsteht, und nichts kann einen umwerfen. Als ich noch so fett war, habe ich mich immer gefühlt wie ein Blättchen im Wind.

Ein Mann schaut dich schief an, und du verkriechst dich. Aber jetzt schauen sie mir schon mal hinterher, und ich fühle mich wie ein Fels. Mir kann keiner was, auch der Hans nicht, dieser Versager.«

»Ich hoffe«, sagte ich, »du hast nicht versucht, das deinem Mann zu erklären.«

»Soll ich mich lieber gleich umbringen, oder wie?« Vicky bekam diesen Kullertränenblick, den ich von meiner Mutter kannte, wenn ihr Lebensunglück zur Frauenfrage wurde.

»Dein Mann wollte sich auch schon eine Kugel in den Kopf schießen«, sagte ich.

»Dazu ist er doch viel zu feige. Außerdem ist er an allem selber schuld. Mein Gott, ich sitze zwei Jahre allein mit den Kindern da, der Mann im Gefängnis. Und jetzt kriegt er natürlich keinen Job mehr. Fängele denkt ja gar nicht daran, sein Versprechen zu halten.«

»Wie bitte? Was hat Fängele damit zu tun? Oh Gott!« Plötzlich war es mir klar: Hans Stenzel, der Buchprüfer, der *Olympics* Bilanzen falsch testierte, der sein Geständnis widerrief und behauptete, Weber habe es von ihm durch Drohungen erpresst. Der war Vickys Mann. »Was hat Fängele euch denn versprochen?«, fragte ich.

»Weißt du, was ich glaube? Ich glaube, er hat gar nichts versprochen. Hans hat ganz umsonst die Schuld auf sich genommen und gesagt, Fängele habe von dem ganzen Betrug nichts gewusst. Aber wer glaubt einem Versager so was, frag ich mich. Der Hans hat doch immer nur gemacht, was Fängele gesagt hat. Selber einen Betrug anzetteln, dazu ist er gar nicht intelligent genug. Wahrscheinlich haben sie ihn auch im Gefängnis verklopft, damit er Fängele nicht in die Pfanne haut. Und jetzt behauptet er einfach, Fängele schulde ihm was, aber der schuldet ihm natürlich gar nichts.«

»Und trotzdem gehst du in den Schlachthof? Da muss dein Mann doch hohldrehen.«

Vickys verwischte Lippen fanden zu einem kleinen schlauen Lächeln. »Na, irgendwie muss Fängele doch blechen, finde ich. Und da kommt er noch billig weg, wenn er mich bei sich trainieren lässt.«

Ich betrachtete den pompösen Fernseher und das Videogerät. »Und das Haus? Dein Mann sagt, es gehört euch nicht mehr.«

In der Küche brach scheppernd ein Geschirrberg zusammen. Ich sprintete hinüber. Martin stand verwundert vor den Scherben in Tomatensoße. Bellinda kroch zielstrebig auf den Schmodder zu. Ich klaubte sie vom Boden und ließ mir von Martin zeigen, wo die Schokoriegel versteckt waren. Bellinda ließ ihren umgehend runterfallen. Ich nötigte Martin mit einem in Aussicht gestellten Eis das Versprechen ab, sich und seiner Schwester Schuhe und Jacke anzuziehen. Dann kehrte ich ins Wohnzimmer zurück, nahm Vicky die Flasche weg und schlug einen Spaziergang zum Schlachthof vor, um Emma abzuholen und ein Eis zu essen. Vicky blieb apathisch auf dem Sofa hocken, während ich den Kindern in ein sauberes T-Shirt und in die Jacken half. Bellinda bekam kurz die Krise, als sie ihre Hausschuhe mit Hasenohren gegen Straßenschuhe vertauschen sollte. Ich schickte Vicky ins Bad, sich das Gesicht waschen. Martin knallte die Haustür auf und zu und verlangte, dass wir gingen. Bellinda begann, sich die Schuhe wieder auszuziehen. Vicky saß neben dem Waschbecken auf dem Schmutzwäschekorb und stierte vor sich hin. Unten veranstaltete Martin ein Sturmklingeln. Ich zog Vicky die Treppe hinab, half ihr in eine grüne Jacke, die sich mit den orangeroten Schlabberleggins biss. Nun wollte Martin sich von seinem Plastikraumschiff nicht trennen. Dennoch geschah das Wunder, dass wir endlich auf der Straße standen, Bellinda im Buggy, Vicky an dessen Griffen, Martin mit dem Raumschiff und ich völlig erschöpft.

Eine sanfte Dunkelheit lag in den Gassen. Mücken zwirbelten

um die Straßenlaternen. Vorn tobte der Autoverkehr die Talstraße hinauf und hinunter.

»Vicky? Sag mal …«

»Ja?«

»Hattest du was mit Schiller?«

»Gott, was ist schon Sex? Dem ging es immer um ganz was anderes.« Vicky gluckste vor sich hin. »Fritz wollte keinen Sex, nicht wirklich. Der wollte eigentlich nur das eine.«

Ich kam mir vor wie ein Volleyballspieler auf einem Fußballfeld. »Was denn?«

»Was Männer im Grunde immer wollen: Macht. Geld und Macht. Frauen in totaler Abhängigkeit.« Vickys Glucksen ging nahtlos in Schluchzen über.

Die Fußgängerampel an der Kreuzung wurde grün. Martin stürzte seinem Raumschiff hinterher auf die Fahrbahn. So wie er rannte, würde er ungebremst über die Fußgängerinsel hinausschießen und auf der anderen Fahrbahn unter die Räder kommen. Ich verfluchte solche Ampelschaltungen und sprintete hinter dem Jungen und seinem mit Lichtgeschwindigkeit fliegenden Raumschiff her. Als ich ihn an der Schwelle zur Fußgängerinsel am Kragen erwischte, leuchtete drüben das kleine grüne Männchen auf. Vicky kam mit dem Kinderwagen vergleichsweise gleichmütig vor sich hin heulend hinterher.

Ich erklärte Martin, dass es für den Piloten seines Raumschiffs sicherlich eine Herausforderung darstellen würde, dicht an den Häuserwänden entlangzufliegen. Auch wenn Martin durchschaute, dass ich ihn vom Verkehrsfluss am Straßenrand weghaben wollte, überzeugte ihn der Gleit- und Sturzflug entlang von Wänden, Schaufenstern und Hauseingängen. Dafür schlingerte Vicky nun gefährlich mit dem Buggy. Tränen rollten über ein halbtotes Gesicht. Ich versuchte einhändig, den Buggy in der Spur zu halten. Alle Versuche, Vicky zu einer Erklärung ihres Zustands zu bewegen, schlugen fehl. Als die Lichter des Schlachthofparkplatzes auftauchten und wir auf den heimelig erleuchteten Eingang zuhielten, gewannen ihre Augen eine gierige Glut zurück.

Gertrud saß klein und blass hinter der Theke, auf vierzig Jahre Frust zusammengeschlurrt, die Augen glasig, das Lächeln pure Selbstüberwindung. »Aber wir schließen in einer halben Stunde«, sagte sie.

Den Kinderwagen durften wir im Gang zum Klo abstellen. Mütter mit Kindern entsprachen nicht dem Stil des Hauses, aber es gehörte sich auch nicht, Mütter auszuweisen. Über dem Anblick des Maschinenparks und der wenigen noch in den Geräten ächzenden Leiber vergaß Martin zunächst sein Raumschiff. Dann half ihm das Flugobjekt, sich in Loopings und Kurven den gigantischen Raumstationen zu nähern. Bellinda nahm ich vorsichtshalber auf den Arm. Sogleich sackte Vicky an meiner Seite zusammen. Ich konnte sie gerade noch halten. Der Schweißfilm auf ihrem madenbleichen Gesicht wirkte beängstigend. Gertrud eilte von der Rezeption herbei. Wir stützten Vicky in den Gang zum Klo, wo hinter einer Tür in einem kleinen Raum eine Liege stand. Gertrud eilte fort, um nach einem anwesenden Arzt zu schauen. Auch ich musste Vicky verlassen, um nach Martin zu suchen. Mit Bellinda auf dem Arm hetzte ich die Treppe hinauf.

Das Raumschiff mäanderte über die Fausthanteln vor dem Spiegel.

Auf der Flachdrückbank, die jetzt in der vorderen Parzelle stand, die man vom Bistro aus einsehen konnte, lag ein schwitzender Typ auf dem Rücken, die Beine angewinkelt, um den Rücken zu entlasten, den Kopf zwischen den Gabeln, und hob eben die Langhantelstange aus der Halterung. Die Gewichtscheiben waren orange. Ich las 25 KG. Martins Raumschiff musste dem Stemmer vorkommen wie eine gigantische Hornisse im Sturzflug auf seine Achselhöhle. Das Gewicht geriet ins Schwanken. Ich riss Martin aus der Gefahrenzone. Der Mann brüllte aus voller Lunge, schaffte es aber, die Stange in die Halterung zurückzuwuchten. Dann sprang er auf, plusterte sich auf und schrie.

Und ich hatte die Kinder am Hals. Die Spiegel rundum warfen das Bild der Rabenmutter auf mich zurück. Bellindas Jäckchen war schief geknöpft, Martins Schuhbändel hing offen. Dazu ich, gestylt in Markenjeans, 300-Mark-Gürtel, Lacoste-Polo, Bogner-Sakko und Haargel wie die personifizierte Rollenverweigerung.

»Wir sind doch keine Affen im Zirkus!«, tobte der Kraftsportler.

Plötzlich war Weber zur Stelle und pufferte. Ein paar beschwichtigende Worte unter Männern, glatte saubere Muskeln gegen den haarigen Schwitzer, der sich schließlich maulend zurückzog.

Weber wandte sich mir zu. Er war heiß und lächelte entspannt. Martin lutschte nachdenklich am Bug seines Raumschiffes. Weber fuhr ihm über den Haarschopf und Bellinda über die Backe. Sie drehte verschämt feixend das Gesicht gegen meine Schulter.

»Das sind doch nicht Ihre?« Er klang, als hätte er es sich gewünscht.

»Nein, Vickys. Sie ist aus den Latschen gekippt und liegt im Ruheraum.«

Manchmal fanden gestandene Männer ohne Familienanschluss überraschend schnell einen Draht zu den Rotznasen. Martins Augen hingen bewundernd an der aus seiner Zwergensicht großen kräftigen Gestalt. Weber nahm mir unverzüglich Bellinda aus dem Arm.

Sie strahlte. »Du bist ja ganz nass.«

Er lachte und wandte sich Martin zu. »Na, dann zeig mir doch mal, wie stark du bist.«

Sie zogen zwischen die Geräte ab.

Auf dem Aerobicparkett stampften ein Dutzend Frauen im furiosen Finale kurz vor Schluss auf der Stelle, angeheizt vom

Technotakt, alle mit dem Gesicht zum Spiegel, bemüht, die Arme und Beine gleichzeitig auszufahren, aber immer um eine Viertelsekunde Marianne hinterher, der Vorturnerin, die wieder mit allen Fasern ihrer ellenlangen Glieder bis in die überstreckten Finger hinein alles daransetzte, auf der Stelle fürs Fernsehaerobic entdeckt zu werden. Der Schopf wippte überm Stirnband, das Gesicht lächelte atemlos. »Eins, zwei, drei, vier, fünf, sechs, sieben, acht ...« Atmen und: »Eins, zwei, drei, vier ...« Mir ging die Luft aus. »... sechs, sieben, acht und...«

Ich ertappte mich dabei, dass ich die Stufen abwärts zählte. Unten herrschte die Ruhe der Kraft. Die Geräte standen meistens still, die Athleten trockneten sich die Gesichter. Ein gutes Muskeltraining bestand vor allem aus Pausen. Raubtiere ruhten ja auch zwanzig Stunden am Tag. Dehnen, Schütteln, langsames Watscheln von Maschine zu Maschine, zeremoniell lässiges Zählen der Stahlplatten zu je fünf Kilo, zeitlupenhaftes Auflegen des Handtuchs auf die Sitzfläche, sorgfältiges Sich-Einrichten, Zurechtsetzen, Hinlegen, Haltung-Korrigieren in der Maschine, dann der Anriss, das Stöhnen der gequälten Kreatur.

Ich fand Vicky nicht mehr auf der Liege, sondern im Klo. Sie kühlte sich Handgelenke und Gesicht unterm Wasserhahn. »Hast du mir mal 'ne Kippe.«

Ich bezweifelte, dass man im Klo rauchen durfte. »Du solltest nicht so viel saufen.«

Vicky winkte ab und gierte zittrigen Fingers nach der Zigarette. »Es ist nicht der Alkohol. Gott, ist mir heiß. Ist dir auch so heiß?«

»Nein. Vicky, was hast du denn genommen?«

»Das, was alle hier nehmen. Schillers Kapseln. Aber ich habe sie noch nie vertragen.«

»Was für Kapseln?«

»Reg dich nicht gleich auf, Lisa. Nur ein Schlankheitsmittel.

Aber inzwischen wirkt es nicht mehr. Ich hätte es längst lassen sollen, aber man gibt die Hoffnung ja nie auf.« Sie lachte verquält, fügte mit schwankender Stimme an: »Aber jetzt ist sowieso Schluss damit. Ich glaube, ich bin auf Entzug.« Sie sackte am Waschbecken zusammen. Ich fing sie auf und schleppte sie in den Ruheraum zurück.

Mir schien es geboten, Gertruds Gedanken in Richtung Notarzt zu lenken, aber sie war nicht am Empfang. Dafür stand Fängeles Bürotür halb offen.

Ich klopfte, trat ein und stutzte angesichts des Unerwarteten. Das Büro war leer. Auf dem Schreibtisch, der ohne Fängele dahinter normale Dimensionen hatte, stand der Computer. Unterm Tisch befanden sich der Rechner und ein Rollwagen mit Büroutensilien von Schere bis Hustenbonbons, darunter eine Schachtel mit CD-Rohlingen.

Zur Sicherheit bewahrte Fängele die Anmeldeformulare mit den Kundendaten auch in Papierform in mehreren Ordnern auf. Ich versuchte die Zahl der Kunden abzuschätzen: hundert, zweihundert, höchstens fünfhundert. Gesehen hatte ich eigentlich immer ungefähr dreißig. Zu gern hätte ich mal in die Computerdateien geblickt. Dort mussten die Daten aus Gertruds Lesegerät am Empfang gesammelt werden. Vermutlich konnte man genau sagen, wer wann anwesend gewesen war. Ansonsten konnte es mir wurst sein, wie viele zahlende und turnende Kunden Fängele hatte.

Amüsant war dagegen seine Sammlung von Sportbüchern im Repräsentationsfach des Regals. Ein Bildband mit Arnold Schwarzenegger, Aikido, Karate, Lehrbücher über Muskelaufbau und Krafttraining, die Sportanatomie: »Damit ein Bein während eines Laufschrittes schnell nach vorn gependelt wird, muss man den Pendelradius so klein wie möglich halten. Dies erreicht man dadurch, dass man die Ferse an das Gesäß zieht, sobald man das Bein vom Boden abgestoßen hat.« Ob Fängele überhaupt rennen konnte? Keines der bunten Exemplare wirkte zerlesen. So genau studierte Fängele seine Feinde nicht. Nur: Aus dem Band über Ju-Jutsu purzelte eine CD.

Ich stellte das Buch zurück, klaubte die CD vom Teppich. Sie war nicht beschriftet. Ich steckte sie in die Innentasche meiner Jacke und linste zur Tür hinaus. Gertrud stand wieder an der Empfangstheke und wandte mir den griffigen Hintern zu. Fängele stand dicht daneben, die eheliche Hand an ihren Backen, ohne zupackende Geilheit zwar, aber doch beiläufig erpicht auf die Rückversicherung ihres Hüftschwungs, der ausblieb.

Sie würden mich bemerken, wenn ich aus Fängeles Zimmer trat. Also zog ich die Tür wieder zu. Das Fenster zum Parkplatz war vergittert. Dass Fängele mich erwischte, war unvermeidlich. Nur durfte er hinterher keine CD im Ju-Jutsu-Buch vermissen. Ich riss die Schublade unterm Schreibtisch auf, fischte einen CD-Rohling aus der Schachtel, nahm das Buch aus dem Regal, stieß die Scheibe hinein und steckte das Buch zwischen die anderen zurück. Die Klinke der Bürotür senkte sich. Ich hechtete in den Stuhl vor dem Schreibtisch. Fängele trat ein.

»Was machen Sie hier?« Er klang genervt.

»Ich warte auf Sie.«

»Gertrud hat mir gar nichts gesagt.« Fängele nahm seinen Schreibtisch auf den Schoß. Mir wurde flau. Hatte ich eigentlich die Schublade mit den CDs wieder zugemacht?

»Womit kann ich Ihnen helfen?« fragte Fängele, um Höflichkeit bemüht.

»Sie haben jetzt schon den dritten Mitarbeiter verloren.«

»Frau Nerz, Sie mögen das vielleicht alles ganz unterhaltsam finden, aber ich nicht. Horst ringt im Krankenhaus mit dem Tod. Wenn er nicht stirbt, steht ihm ein Leben bevor, das man seinem ärgsten Feind nicht wünscht.«

»War Horst Ihr Feind?«

»Ich verbitte mir solche Fragen. In Anbetracht der Umstände halte ich es überhaupt für besser, wenn sich unsere Wege trennen, so sympathisch ich Sie auch persönlich finde.«

»Aber ich habe für ein halbes Jahr im Voraus bezahlt!«

»Dafür wird sich eine Lösung finden.«

»Das gibt aber keine gute Presse.«

»Wenn Sie wüssten, wie egal mir das im Moment ist!« Er blickte mich mit seinen Elefantenaugen an. »Sie wissen, was ich von körperlicher Gewalt halte. Ich will mir kein Urteil über Sie anmaßen, ich weiß nicht, was da am Funkhaus geschehen ist. Sie beteuern Ihre Unschuld, heißt es …«

»Ich wurde angegriffen. Und zwar von zwei Personen.«

»Ich glaube Ihnen sogar, wenn ich mir auch nicht erklären kann, was unseren guten Horst dazu bewogen haben könnte. Aber man steckt ja nie drin in anderen Menschen.«

»Richtig. Aber Sie wussten, dass Schiller hier mit aufputschenden Schlankheitsmitteln handelte?«

Fängele zog die nicht vorhandenen Brauen ins Knitterwerk seiner Stirn. »Ich verstehe nicht?«

»Vicky Stenzel liegt gerade auf Entzug eine Tür weiter. Das Zeug hat sie von Schiller bekommen.«

»Ausgeschlossen!«

»Aber, Herr Fängele! Es ist nur eine Frage der Zeit, dass auch die Polizei darauf kommt, dass hier mit grenzwertigen Mitteln gehandelt wird. Womöglich exhumieren sie dann sogar Anette. Ich könnte die Sache auch beschleunigen und der Polizei einen Tipp geben. Und sollte Christoph Weininger irgendwie in dem Handel mit drinstecken, dann gibt es einen Riesenskandal. Das garantiere ich Ihnen.«

»Wollen Sie mir drohen?«

»Ach, woher denn! Ich sage es Ihnen nur, unter Freunden. Sie sind mir nämlich ebenfalls sympathisch.«

Gotthelf Fängele schwieg massig hinter seinem Schreibtisch.

Ich stand auf. »Ach, übrigens. Sie lassen Vicky Stenzel hier umsonst turnen?«

Fängeles Blick wanderte zu seinen Sportbüchern. »Ich bin doch kein Unmensch. Den Stenzels geht es nicht so gut.«

»Dann räumen Sie also ein, dass Stenzel bei Ihrer *Olympic*-Pleite für Sie die Kohlen aus dem Feuer geholt hat?«

Die Elefantenaugen blinzelten mich an. »Ihnen gegenüber räume ich gar nichts ein. Und sollten Sie irgendetwas in dieser Richtung schreiben, dann haben Sie einen Tag später eine Verleumdungsklage am Hals.«

17

Im Gang zum Klo kam mir Gertrud entgegen. Ich spürte ihre Abneigung beinahe körperlich.

»Wie geht es Vicky?«, fragte ich. »Sollte man nicht den Notarzt rufen?«

»Ein Arzt war gerade bei ihr. Einer unserer Kunden. Er meint, es sei nur eine kleine Unpässlichkeit infolge des Wetterumschwungs. Außerdem hat Vicky ja ganz schön was intus, nicht?« Gertrud hatte etwas Antialkoholisches, wie sie so vor mir stand, ganz Organisationstalent in Turnhosen. »Am besten, Sie bringen Vicky jetzt nach Hause.«

»In Ordnung.«

Wir standen uns gegenüber. Der Kinderwagen, ein Behälter mit Handtüchern und ich versperrten Gertrud den Ausgang aus der Sackgasse. Sie machte einen Schritt, der mich normalerweise hätte beiseitescheuchen müssen. Aber ich blieb stehen.

»Würden Sie mich bitte vorbeilassen?«, ordnete Gertrud an und versuchte, ihrem Autoritätsgefühl noch ein paar Zentimeter hinterherzuwachsen. »Was wollen Sie denn noch?«

Das war mit Worten schwer zu erklären. Es hatte etwas mit feinen festen Muskeln unter Bronzehaut zu tun, mit kleinen Mädchenbrüsten unter einem Trägershirt und der schamlosen Naht einer Gymnastikhose vom Nabel hinab zwischen die Schenkel.

»Sie glauben doch nicht wirklich, dass ich Horst zum Krüppel geschlagen habe?«, sagte ich.

Doch, sie glaubte es. Das sah ich.

»Wer in den Krieg zieht, kommt darin um«, behauptete ich verärgert. »Und wenn Sie weiterhin schweigen, dann trifft es vielleicht auch Sie oder Ihren Mann. Sie haben Angst, Ihr Mann hat Angst. Das ist unübersehbar. Womöglich ist er der Nächste.« Ich stellte mir die Knochenarbeit vor, bei dem Elefantenbaby bis zu den lebenserhaltenden Systemen vorzudringen. »Es sei denn, Sie sagen mir endlich, worum es hier eigentlich geht.«

»Gotthelf hat niemanden umgebracht«, sagte Gertrud schrill.

»Das behaupte ich doch gar nicht. Aber ich glaube, dass Schiller Anette mit Schlankheitsmitteln umgebracht hat. Und wenn Sie etwas von dem Handel wissen oder ihn geduldet haben, dann rächt sich Anettes Rächer vielleicht auch an Ihnen.«

»Ich weiß überhaupt nicht, wovon Sie reden«, sagte Gertrud mit Ekel im Gesicht. »Schlankheitsmittel kann man überall kaufen, wirklich überall!«

»Aber Sie sind hier alle wie paralysiert, seitdem Anette tot ist.« Ich dachte an Sallys Verstocktheit. Auch sie hatte Angst. »In diesem Laden hier gibt es einfach zu viele Spiegel. Sie zeigen nur die Bodys und versperren den Blick auf den Irrsinn dahinter.«

»Sie müssen ja nicht hinschauen.«

In Gertruds Augen zuckten Funken eines irrwitzigen Hasses, eines fanatischen Fatalismus, einer eingefleischten Überzeugtheit, dass es zur Schlankheit keine Alternative gab, nie und auf keinem Ort der Welt. Und es war nicht der Elefantengatte, der von seiner Frau die Turnerinnenfigur forderte. Es war der Dialog mit dem Spiegel, der zur erbarmungslosen Selbstkritik führte und Anette verführt hatte, sich aus ihm herauszuhungern.

Ich fasste Gertrud am Kinn. So starr war sie vor Angst und Ablehnung, dass sie sich nicht wehrte.

»Passen Sie auf, Gertrud. Sonst sind Sie bald auch weg!«

Ihre Lippen waren unfähig, irgendetwas zu formen.

»Aber keine Angst, ich tue Ihnen nichts«, protzte der Macker in mir, um sogleich einen Vorstoß auf die verflixte Turnhosennaht zu wagen, die heiß zwischen festen Schenkeln verschwand. Für einen solchen Übergriff sah Gertruds soziales Repertoire nichts vor. Sie war keine Kämpferin, die sich für den Tag X im Park vorbereitete. Sie war starr wie ein Kaninchen in den Fängen des Wolfs. »Vertrauen Sie mir, Gertrud, nur dann kann ich Sie beschützen.«

Da sprang hinter mir eine Tür auf. Vicky schoss hervor, sondierte die Lage, erkannte, was Sache war, griff in die Handtücher und schlug mir die Lappen um die Ohren.

»Hör auf! Was soll das?«, schrie ich.

»Du Sau! Seid ihr alle so? Einfach nur geile Fotzen?«, gellte Vicky, während Gertrud mir entwischte.

»Es ist nicht so, wie du denkst!«, stotterte ich.

»Ich dachte, wir seien Freundinnen!«

Immerhin ging es ihr wieder besser. Der Zorn hatte sie aus dem Kreislauftief geschüttelt. Und jetzt wollte sie von mir erklärt haben, warum sie, wenn sie schon Lesben tolerierte, nicht auch das Schmachtziel einer zweideutigen Freundschaft sein durfte. Hässlich wie ich war, hätte ich mich glücklich schätzen können, wenn Vicky mich rangelassen hätte. Stattdessen ließ ich mich von Gertruds Spiegelfigürchen anmachen, gab mich der Lächerlichkeit preis und erhielt Prügel.

»Das kann ich dir jetzt nicht erklären«, behauptete ich und floh. Im Eingang zur Maschinenhalle stolperte ich fast über den kleinen Martin, der artig an Webers Hand ging. Bellinda trug er auf dem Arm. Was auch immer er mir ansah, es spiegelte sich als rechtschaffene Verwunderung in seinem fantasielosen Gesicht. »Was ist passiert, Lisa?«

Wieso nannte er mich auf einmal beim Vornamen?

»Nichts!« Ich rannte weiter fort zur Treppe. Weber konnte

nicht hinterher, denn er hatte zwei Kinder abzuliefern. Ich stürmte bis unters Dach. Erkaltende Schweißmoleküle strömten aus den leeren Dojos, die den zentralen Raum mit der kleinen Bar einschachtelten. Auf der Theke stand ein Schild: »Keine Selbstbedienung«.

Ich ging trotzdem hinter die Theke und öffnete den Kühlschrank. In der Tür klapperten Flaschen mit Orangensaft, Ensinger Sport und Cola. Auf dem Zettel an der Wand standen Preise. Ich legte eine Mark fünfzig auf die Platte und genehmigte mir eine Cola. An der Wand zum Büro neben der Bar hing ein Plakat mit der Aufschrift: »Wer immer nur das tut, was er schon kann, bleibt immer das, was er schon ist.«

Manchmal war es besser, etwas nicht zu können.

Die Bürotür ging auf, und Katrin trat heraus. Das lange rotblonde Haar wallte offen über einem Kostüm aus herbstlaubfarbener Seide. Sie hängte sich silberne Ringe in die Ohrläppchen. Ihr Blick fiel auf meine Cola. »Ah, du weißt dir zu helfen.«

Ich war nicht einmal geistesgegenwärtig genug, die Gala zu kommentieren, in der sie sich präsentierte, klein und schwindelerregend elegant, wie es nur mit einem Körper möglich war, der sich bis in den kleinen Zeh seiner austrainierten Lebendigkeit bewusst war.

»Ist was?«, erkundigte sie sich.

Ich schüttelte den Kopf. Wer so gestylt war, hatte keine Zeit für meine krausen Geschichten.

»Ich habe mit Waldemar gewettet«, sagte sie, »dass du heute Abend hier aufkreuzt. Wenn du Horst zum Krüppel geschlagen hast, fress ich einen Besen. Dazu bist du nicht hart genug. Der Sieg ist eine Frage der Einstellung. Man muss ihn vorwegnehmen, mit allen Folgen. Wer gewinnt, hat Feinde. Aber du suchst Freunde. Dafür, dass man dich liebt, würdest du dich sogar totschlagen lassen.«

Schade, dass Katrins Ehrenerklärung für mich zugleich eine Demontage meiner charakterlichen Reife war. »Aber«, gab ich zu bedenken, »ich habe Horst von hinten das Standbein weggefegt.«

»Gratuliere. Damit musste Horst rechnen, wenn er schlecht trainiert den Kickboxer spielte. So ist das nun mal. Also hör auf, ein Gesicht zu machen wie Schuld und Sühne.«

»Mach ich doch gar nicht. Er hat immerhin meiner Freundin das Kinn zerschmettert.«

Katrin zeigte gelindes Erstaunen. »Ihr wart zu zweit? Aber dann kann Horst euch nicht ernsthaft ans Leder gewollt haben. Sonst hätte er ein Messer genommen. Er saß schon mal im Gefängnis, weil er jemanden abgestochen hat.«

»Aber sie waren auch zu zweit.«

»Es waren zwei?«

»Aber ja! Und der andere war wirklich gut. Gegen den hatte ich überhaupt keine Chance. Wenn nicht der Hund gekommen wäre ...«

Der Hund interessierte Katrin nicht. Sie richtete die blauen Augen in gedankliche Abgründe. »Wenn mein Mann noch lebte, würde ich sagen, er hat dir eine Abreibung verpassen wollen, damit du die Nase nicht in Dinge steckst, die dich nichts angehen. Das war so sein Stil. Den andern vorschicken, selber im Hintergrund dirigieren. So hat er mich zur Kämpferin gemacht. Er war ein guter Coach, das muss man ihm lassen. Wenn ich nicht immer so wütend gewesen wäre, hätte ich nie die Deutsche Meisterschaft gewonnen.«

Ich fragte mich, worauf sie hinauswollte. Sie war nicht nur körperlich unnahbar, sondern auch rhetorisch nicht zu fassen, die ideale Kämpferin eben. Hermetisch bis zur unerträglichen Schönheit.

»Wenn Horst alleine gewesen wäre«, Katrin blickte auf und sah mich an, »dann hätte ich gesagt, er war's, der Fritz auf dem Gewissen hat. Fritz konnte niemanden leiden, der schöner war als er. Er hat Horst immer wie einen Lakaien behandelt. Gewundert hätte es mich nicht, wenn Horst mal zurückgeschlagen hätte. Er ist nämlich auch kein Lamm, wahrlich nicht. Aber zu sich selbst war er nie hart genug. Deshalb hat er es weder als Kickboxer noch als Bodybuilder zu was gebracht. Er kann einfach keine Schmerzen aushalten. Und Bodybuilding ist das Schmerzhafteste, was es gibt. Du musst immer über die Schmerzgrenze gehen, beim Training und beim Hungern.«

»Wusstest du, dass dein Mann hier mit Schlankheitsmitteln gehandelt hat?«

Katrin presste die Lippen zusammen. »Ich habe mich schon lange nicht mehr für seine Geschäfte interessiert.« Sie schüttelte das Ehegespenst energisch ab und legte mir warm und stark die Hand auf die Schulter. »Und dich möchte ich morgen im Training sehen. Sonst verwindest du das nie. Sonst wirst du nie wieder jemanden werfen können. Klar?«

»Alles klar.«

Katrin schaute auf die Uhr an der Säule. Es war gleich neun.

Wie gerufen kam Weber die Treppe hinauf, staubtrocken in braunem Dreiteiler mit bordeauxroten Socken und ebensolchem Binder. Katrin löste die Hand von meiner Schulter und schickte ihm ein Rendezvous-Lachen entgegen. Die Begrüßung verlief routiniert vertraulich. Auch das machte sie so perfekt, dass ich Zahnweh bekam, genau mit dem richtigen Maß an Lächelei und Gewissheit eigener Schönheit. Zu dem Aufwand an selbstbewusster Weiblichkeit, den sie trieb, gehörte es auch, dass ihr jetzt, da der Mann bereitstand, einfiel, noch kurz in Richtung Toiletten zu entschwinden.

Weber kam zu mir an die Theke. Seine Augen huschten flüchtig über mein Gesicht und verzettelten sich dann in den Prospekten auf der Theke.

»Sie sollten zusehen, dass Sie Großvater werden«, sagte ich. »Mit Kindern können Sie wirklich entzückend umgehen.«

»Dazu müsste ich doch wohl erst einmal eigene Kinder haben«, antwortete er mit einem Unterton von Widerwillen.

»Dann beauftragen Sie doch Ihre Schwester.«

»Ich habe keine Schwester.«

In meinem Hirn krachte es unverhältnismäßig.

Er hob eine Braue. »Das ist anscheinend heute nicht Ihr Tag, hm?«

»Taktgefühl war nie meine Stärke«, sagte ich.

»Sie verstecken Ihre Stärken überhaupt sehr gut«, bemerkte er, während ich noch verblüfft mein Hirn nach den Bildern vom Karrieremann und der Fahrerflüchtigen absuchte.

»Übrigens schöne Grüße von Sally«, unterbrach Weber meine Grübelei. »Sie fragt sich, warum Sie sie noch nicht besucht haben. Ich habe ihr gesagt, Sie hätten unheimlich viel zu tun. Sie kämen aber bestimmt morgen.«

»Sie haben Sally im Krankenhaus besucht? Was wollten Sie denn bei ihr?«

»Na, erstens kenne ich sie. Sie kellnert, wie Sie ja wissen, im *Tauben Spitz*. Und zweitens wollte ich ihre Version des Überfalls hören. Leider kann sie nicht sprechen. Aber wir haben uns trotzdem gut unterhalten.«

»Wollen Sie mich verarschen? Die Sache kommt nie vor Gericht, und Sie sind nicht der ermittelnde Staatsanwalt.«

»Wie wäre es, wenn Sie künftig die juristischen Angelegenheiten mir überlassen? Ich quatsche Ihnen ja auch nicht in Ihre journalistische Arbeit rein, auch wenn mir scheint, dass Sie sie mit übertrieben viel Körpereinsatz durchführen.«

Eine Klospülung rauschte. Katrin lächelte an uns vorbei ins Büro. Weber blickte ihr hinterher. Ich nahm einen Schluck Cola, und Weber griff nach einem der Prospekte im Ständer, zog ihn heraus und schlug ihn auf. Ohne gedankliches Zutun tauchte meine Hand in die Innentasche meiner Lederjacke und fahndete im gefalteten Papier. Ich zog den Packen heraus und sortierte ihn auf dem Tisch: Pits Artikel mit Horsts angestrengtem Lächeln in der Hackenschmidtmaschine und sein »Gestatten, Dr. Richard Weber« und anderes schob ich beiseite, bis nur noch der Artikel über Rosanna Weber liegen blieb. Ich strich ihn auf der Theke glatt.

Weber wurde aschfahl.

»Hat Schiller das gewusst?«, fragte ich.

Der Oberstaatsanwalt steckte den Prospekt in den Ständer zurück, zog Hand und Arm von der Theke, zog überhaupt alles an sich und in sich zurück, was Männer sonst so rund um sich herum im Raum verteilen: Atem, Aura und Arroganz.

Aber er hatte Glück, oder ich hatte Glück: Er bekam eine Gnadenfrist. Denn in diesem Moment erschien Katrin wieder. Frisch und taubenblau im Sommermantel mit Seitenschlitzen und Besätzen über ihrem herbstlaubfarbenen Kostüm. Ihre Haare flossen wie Messing, ihre Augen leuchteten.

Ich schob die Zeitungsausschnitte zusammen.

»Gehen wir, Richard?«, fragte sie. »Ich habe Hunger!«

18

Der Tag begann sonnig. Ich versorgte Sallys Katzen, schaffte den Hund vor die Tür und ließ mich vom Taxi zum Krankenhaus bringen.

Die neue Fassade des Katharinen-Hospitals hatte etwas von einem Museum: Freitreppe, Pfeiler und Touristeninformation. Ich fand die Unfallmedizin mit schlafwandlerischer Sicherheit. Einen Ort, den man zweimal überlebt hat, betritt man wie ein Sieger. Hier hatte Sally mich gerettet, als die Infusion einen Schock auslöste, die dazu dienen sollte, mich zu beruhigen. Inzwischen konnte ich es meiner Mutter verzeihen, dass sie es gewesen war, von der ich erfuhr, dass mein Mann, Todt Gallion, unseren Autounfall nicht überlebt hatte. Sie ging einfach zu gern auf Beerdigungen, als dass sie es hatte verheben können, mir von der schönen Leich' zu erzählen. Man musste mich im

Bett festbinden und setzte mich unter Drogen. Sally drehte den Tropf ab und alarmierte die Ärzte.

Sie jubelte auf, als ich das Dreibettzimmer betrat. Sie bekam zwar den Mund nicht auf, aber sie konnte Töne ausstoßen. Ein Gestell umgab Kiefer und Kopf wie ein Astrolabium. Vom Planeten Erde und von der Venus fuhr ihr ein Stahlstab senkrecht in den Kiefer. Aber sonst ging es ihr gut.

»Soso«, sagte ich, »sogar Staatsanwälte empfängst du hier.«

»Hmhmmhmmm«, machte sie und verdrehte die blauen Augen. Die beiden Mädchen in den Nachbarbetten schielten herüber. Eine hatte das Bein in Gips, die andere den Arm im Hänger.

Sally griff zu einem Schreibblock und kritzelte: »Netter Mann.«

Sogar der Bleistift machte das Wort »Mann« zu einem Ereignis komplexer Verheißung. Wenn Sally es aussprach, wirkte es stets noch schicksalhafter. Weber konnte offensichtlich sehr charmant sein, wenn er wollte.

»Was wollte er denn von dir?«

»Hmhammm«, stieß Sally aus, machte eine weitschweifige Armbewegung und notierte dann ernst: »Was ist mit Horst?«

»Hat Weber dir nicht gesagt, dass Horst im Koma auf der Intensivstation liegt?«

Sallys Augen blauten überwach zwischen den Bandagen. Der Bleistift wollte schon nicht mehr recht mit der Schrift heraus. »Das ging gegen mich.«

»Ach was, red dir das nicht ein.«

»Doch!«, fuhrwerkte der Stift. »Humhm!«, bekräftigte Sally und nickte so heftig, dass das Astrolabium zitterte und sie vor Schmerzen grunzte.

»Aber wieso denn, Sally?«

»Mit Schiller gestritten. Gesagt, kenne jemanden von der Zeitung.«

»Oje! Warum das denn?«

Stichwortartig nahm ein Irrsinn Gestalt an, zu dem nur meine Freundin Sally fähig war: Anette aß im *Tauben Spitz* Kässpätzle, Sally neidete ihr die Figur, Anette lud sie zum Aerobic in den Schlachthof ein. Sally hüllte sich in weite T-Shirts und hüpfte über Podeste. Schiller nahm sich ihrer an, sprach über Ernährungsfragen und zeigte ihr die Kopie einer Zeitschriftenwerbung für ein Schlankheitsmittel namens Adipoclear, das es vorerst nur in der Schweiz gab. Trotzdem sei alles legal und das Mittel praktisch ohne Nebenwirkungen. Regelmäßige Blutuntersuchungen müssten jedoch gemacht werden. Sally ignorierte, dass er kein Arzt war, sondern Sportlehrer, war beeindruckt von dem medizinischen Zauber. Es kam ihr alles sehr fundiert vor. Da nahm sie auch den Schockpreis des Mittels in Kauf. 198 Mark für 14 Tage. Sie verlor in der ersten Woche fünf Pfund und in der zweiten vier und orderte die nächste Packung. Doch das Glück war zu Ende. Sally verlor kein Pfund mehr. Schiller bedauerte, Schwankungen kämen vor, jeder Organismus reagiere anders, sie solle Geduld haben. Sally entdeckte in einer deutschen Zeitschrift dieselbe Werbung für dasselbe Mittel und fragte in der Apotheke nach dem Preis.

»38 Mark!« Drei Ausrufungszeichen dahinter.

»Und da hast du Schiller mit der Presse gedroht?«

»Hmmhmm.« Aber ganz sauber war Sallys Nicken nicht. Der Bleistift zögerte. »Er hat sich stur gestellt.«

»Was heißt das?«

Sally hatte ihr Geld zurückverlangt, er hatte nichts zurückgeben wollen, sie hielt ihm Betrug vor, er wurde ausfällig, sie drohte mit der Presse. Daraufhin sprach Schiller ein Hausverbot aus.

»Aha«, stellte ich fest, »darum wolltest du nicht mehr in den Schlachthof gehen. Du durftest nicht. Hättest du mir das nicht gleich sagen können?«

Sally druckste. Sie wusste, dass ich ihren Diätprojekten

unduldsam gegenüberstand. Am Ende des Monats hätte ich wieder das Hundefutter bezahlt, weil die Hälfte des Geldes, über das sie monatlich verfügte, für Schlankheitspillen draufgegangen war. »Ganz ehrlich, Sally, du hast dich vor allem geschämt, dass Schiller dich so über den Tisch gezogen hat.«

Der Bleistift malte Kringel und schwenkte dann aus: »Aber Anette!«

»Willst du damit sagen, dass du so sterben wolltest wie Anette?«

»Nein!«, sagte der Stift.

Die Bettnachbarinnen verfolgten unsere hieroglyphische Konversation mit zunehmendem Interesse.

»Aber es wirkt«, malte der Bleistift.

»Ja, es macht abhängig.«

Der Bleistift füllte die Kringel schwarz aus.

»Hör mal, Sally. Was auch immer Schiller euch angedreht hat, das Mittel enthält einen Suchtmacher und erzeugt Entzugserscheinungen. Wahrscheinlich handelt es sich schlicht um Amphetamin. Und Ecstasy kannst du in jeder Disco kaufen. Auch daran kann man sterben. Kein Arzt kann den unaufhaltsamen Anstieg der Körpertemperatur bremsen.«

In Sallys Augen tauchte wieder diese kleine Angst auf, die ich schon mal gesehen hatte, diese Mischung aus schlechtem Gewissen und Ignoranz einem Risiko gegenüber, das ihr so fern schien wie dem Raucher der Lungenkrebs.

»Sally, du hast doch nicht gehofft, dass ich dir das Mittel besorge, nachdem du dich mit Schiller verstritten hattest. Du hast mich doch nicht in den Schlachthof geschickt, damit Schiller mir das Zeug andreht, was er unweigerlich getan hätte, hätte ihn nicht rechtzeitig einer ermordet.«

Doch halt, nein! Mein erster hoffnungsvoller Kontakt mit Schiller fand am Freitag statt, bevor jemand im Schlachthof wusste, dass ich von der Presse war. Schon in der folgenden Woche hätte Schiller mir das Zeug nicht mehr angedreht, sondern mich vermutlich wie zuvor schon Sally an die Luft gesetzt, sobald ich die Sprache auf Schlankheitsmittel gebracht hätte.

»Du glaubst doch nicht im Ernst«, sagte ich, »dass Fritz Schiller dir posthum seine Schläger auf den Hals gehetzt hat, um dir eine Warnung zukommen zu lassen. Dann doch wohl eher mir, nicht? Denn ich bin ja die von der Presse, mit der du gedroht hast. Allerdings hätte Fritz kaum Horst geschickt, denn die beiden waren sich gar nicht grün.«

Sally versuchte, ein Lächeln unter den Verbänden hervorzuquetschen, und zog schiefen Kopfes die runden Schultern hoch ins fettige Gekringel der blonden Locken auf dem Kissen.

»Hast du noch was von dem Zeug?«, fragte ich.

Sally schüttelte den Kopf.

Auf dem Weg zur Intensivstation zwang ich mich zur Ehrlichkeit mit mir selbst. Ich hatte Sally den Angriff auf sie ausgeredet, weil mir der Gedanke nicht gefiel, wegen Sallys Lügen jemanden zum Krüppel geworfen zu haben. Andererseits hätte ich die Schlägerei auch dann nicht vermeiden können, wenn ich gewusst hätte, dass es um eine brisante Schlankheitsdroge ging.

Ich ließ die Bademantelspaziergänger in den unteren Sektionen zurück. In der Intensivmedizin herrschte dämmrige Todesruhe und ewiges Zwielicht, unterbrochen nur von eilenden Krankenschwesternsandalen und fernem Türenklappen. Eine genervte Pflegerin wollte überzeugt werden, dass ich persönliche Beziehungen zu Horst hatte. Ein Alarm rief sie schließlich weg, bevor die Frage geklärt war.

Ich zog mir einen grünen Kittel über und betrat den sonnenlosen Raum mit den blinkenden und piepsenden Maschinen, welche die biologische Steuerung des Körpers übernommen hatten. Zwischen Vorhängen lagen Menschen hingestreckt unter Laken, angeschlossen an Schläuche und Fusiomaten. Es waren alte, graue, ausgemergelte Körper, alle bis auf einen. Nur an der Jugend des Körpers erkannte ich Horst, denn sein Gesicht war verschwunden unter Bandagen und dem Beatmungsschlauch. Die maschinelle Atmung hob und senkte den Bauch unter der mächtigen Muskelbrust. Es war eine Ruheatmung, die mir mit ihrem suggestiven Takt den Atem nahm.

Nie wieder würden Horsts Muskeln aktiv bewegt werden. Dieses Prachtstück von Körper gehörte ihm nicht mehr. In ein paar Monaten würde er keine Ähnlichkeit mehr mit sich selbst haben. Die Pracht würde schnell erschlaffen, verkümmern und verschwinden.

Ich legte die Hand auf den nackten Arm. Insgeheim erwartete ich eine Reaktion, ein Zucken der Augenlider, eine winzige Muskelanspannung, mit der jeder nervöse Organismus auf Berührungen antwortete. Aber außer Wärme deutete nichts auf menschliches Leben hin.

Noch schlug Horsts Herz in unverständlichem Lebenstrotz. Noch arbeitete das Gehirn in tiefer Abgeschiedenheit, sich selbst und der Nähe zum Nirwana überlassen, und funkte rätselhafte elektronische Spuren auf den Bildschirm.

Wenn der unbewusste Ratschluss des Lebens Horst zwang, aus dem Koma zu erwachen, würde er sich vermutlich niemals an den Kampf erinnern, der ihn für immer den Maschinen unterworfen hatte. Schon ein geringerer physiologischer Schock als ein Sturz auf den Kopf reichte, um augenblicklich alles dem Vergessen anheimzugeben, was das Hirn in den zehn Sekunden vorher wahrgenommen hatte. Wahrscheinlich war auch alles, was in den zwanzig Minuten davor in seinen Überlegungen eine Rolle gespielt hatte, nicht mehr in den Langzeitspeicher überführt worden.

Horst würde sich womöglich nicht einmal mehr an den letzten Tag erinnern, den er in körperlicher Freiheit verbracht hatte, denn die Nacht, in der sich sein Geist momentan befand, verhinderte, dass sein Gehirn die Ereignisse erneut durchlebte und mithilfe einiger Wiederholungen in den Neuronen abspeicherte. Zwei Fragen würde Horst sich wohl niemals beantworten können: Warum er zwei junge Frauen auf der Straße angegriffen hatte und wie er damit weiterleben sollte. Niemals konnte er mich kraft eigener Erkenntnis für das verantwortlich machen, was vor ihm lag.

An der Tür gab es ein Geräusch. Da das wütende Schlurren der Krankenschwestersandalen ausblieb, wandte ich mich um.

Da stand Gertrud im grünen Kittel, sprachlos vor Überraschung. In ihren Augen glühte der Vorwurf, den sie mir andernorts ins Gesicht geschrien und in meine Augen gekratzt hätte: Du wagst es? Du? Du traust dich hierher?

Mit dem skrupellosen Egoismus, mit dem man das Seine verteidigte, wünschte sie mich unter das Laken, unter dem Horsts Körper siechte. Dann hätte sie nicht hier stehen müssen. Und ich hätte mich nicht gefragt, ob sie diesen Krankenbesuch vor ihrem Mann verheimlicht hatte.

Bis dahin hatte ich geglaubt, Schiller sei Gertruds Geliebter gewesen, nicht Horst Bleibtreu.

19

Vor dem Krankenhaus standen in Reih und Glied die Taxis. Ich ließ mich zum Pressehaus hinauffahren. Die Kaffeemaschine gurgelte wie gewöhnlich, Tastaturen klapperten, Telefone jaulten, Stimmen flirrten. Vielleicht waren die Gestalten, die meinen Weg kreuzten – Ruth Laukin in ihrem stets knittrigen Kostüm, der alte Wesel mit seiner Wollweste, Pit mit seinem Hemdbauch –, nicht pantoffeliger als sonst, aber mir kamen die Kabäuschen, die Computer und die mit Papier überhäuften Tische vor wie eine risikofreie Wichtigtuerei fern von Sonne und Regen.

Jemand hatte mir einen Zettel auf die Tastatur gelegt: »Weber bittet um Rückruf.« Ich eruierte die Nummer der Staatsanwaltschaft. Eine Sekretärin namens Kallweit teilte mit, Herr Dr. Weber sei in der Sitzung.

Es blieb mir nichts anderes übrig, als mich über meine Papierberge zu machen. »Blond, stark, tot.« Eine Sonntagszeitung hatte bereits ausführlich eine Bodybuilderin interviewt. Ich fügte mich dem Prinzip aller publizistischen Arbeit, auf die Interviewpartner der Vorgänger zurückzugreifen, und lief bei der Recherche nach der Telefonnummer zur persönlichen Höchstform auf. Die Dame war Teil eines Ehegespanns, das übermorgen bei den German Masters in der Liederhalle lebende Anatomie vorführen würde, und durchaus bereit, lachend und rauchend – wie ich hörte – aus ihrem Leben zu plaudern.

Vor sechs Jahren hatte sie noch 80 Kilo auf die Waage gebracht, und der Freund war ihr davongelaufen. Jetzt gehörte sie mit 65 Kilo bei 169 Zentimetern Größe immer noch zu den Schwergewichten, fand aber, dass sie total gut aussah. Natürlich machten sich die Leute immer wieder über sie lustig. Wenn in ihrer Firma ein Schrank zu wuchten war, rief man nach Ilona. Sie lachte. »Aber wir Bodybuilder sind nicht auf Kraft trainiert wie die Gewichtheber, sondern auf Muskelzuwachs. Austrainierte Muskeln sind verletzungsanfällig.« Ein Bodybuilder konnte nicht mal eine Decke streichen, weil ihm die Muskeln die Blutzufuhr abdrückten. Schwierigkeiten gab es auch beim Blusenkauf. Die Ärmel waren immer zu eng. »Finden Sie das eigentlich noch schön? Gott, wie oft hab ich diese Frage schon gehört.« Ilona lachte. »Fehlt nur, dass Sie mich jetzt noch nach Doping fragen.« Natürlich war nicht alles gesund. Sport war nie gesund. Das Hungern vor dem Wettkampf ging an die Substanz, aber so wie auf der Bühne sahen die Bodybuilder höchstens ein oder zwei Mal im Jahr as. »Kaum einer hat so richtig Spaß am Posen, aber man will halt auch mal die Früchte seines Trainings zeigen.«

»Würde es nicht reichen«, fragte ich, »wenn Sie ins Schwimmbad gehen?«

Ilona lachte. »Da wirst du nur dumm angeglotzt. Da lachen die Leute und zeigen mit den Fingern auf dich. Und die Männer kommen und fragen, was dein Mann dazu sagt.«

»Ab wann«, fragte ich, »wird Bodybuilding zum Selbstläufer?«

Die Stimme im Hörer stutzte. Dann zeigte sich, dass sie genau verstanden hatte, was ich meinte. »Wenn du merkst, dass es geht«, sagte sie. »Du verlierst Gewicht, du legst Muskeln zu, dein ganzer Körper verändert sich, du merkst, es passiert wirklich was, wenn du was tust. Du setzt dir Ziele, du gerätst richtig in einen Rausch, willst immer mehr.« Sie lachte. »Es ist schwer, wieder aufzuhören, das stimmt.«

Schwungvoll fabrizierte ich ein launiges Stückchen, ganz in dem Ton intellektuellen Kopfschüttelns, den Pit wünschte. Für die dabei nötigen kritischen Fragen musste eine weitere, von mir erfundene Interviewpartnerin herhalten. »Sehr schön«, sagte Pit Hessler. »Und die Fotos?«

»Die soll der Fotograf machen. Ilona stellt sich auch zur Schau. Und die andere will inkognito bleiben. Was sie über Doping sagt, ist schließlich schädlich für die Branche.«

Pit schmunzelte. »Und wer macht den Bericht über den Wettkampf?«

»Ich dachte, der Sport.«

»Vielleicht solltest du dich doch geistig darauf vorbereiten, dass du ihn machst.«

Mit anderen Worten, ich sollte Samstagabend in die Liederhalle. Scheiße! Immerhin diente mir der Wochenendtermin als gute Ausrede, mich für heute aus der Redaktion zu verabschieden. Ich holte Senta und fuhr mit ihr auf den Frauenkopf. Im Silberwald grünten die Bäume. Ich versuchte, das Phantom Anette zu fassen. Krankhafte Schlankheitssucht, aber von ihren Wunderpillen fehlte im Moment noch jede Spur. Sally hatte keine, Vicky auch nicht, und Gertrud bestritt ihre Existenz. Reichte das, um die Polizei in den Laden zu scheuchen?

Aber hätte der dort turnende Polizist, Christoph Weininger, den schwunghaften Handel Schillers nicht ohnehin längst bemerkt haben müssen? Irgendeiner schwätzte in der Umkleide doch immer mal dumm raus. Am Ende hing er mit drin. Aber reichte Christophs Körperformat für die Statur des Monstrums am Funkhaus aus? Er war zwar breit, aber nicht groß und bauchig genug. Wenn es nach dem Format ging, hätte nur Fängele der zweite Angreifer sein können. Aber nächtliche Straßen und Niederlagen vergrößerten jeden Angreifer. Vielleicht war ja auch Katrin in Turbowut auf mich zugeschossen. Die Technik des Ungeheuers war jedenfalls ziemlich judomäßig gewesen.

Nach zwei Stunden Geländemarsch war ich keinen Meter weiter, aber Senta dem Erschöpfungskollaps nahe. Ich musste sie pfotenweise ins Auto lupfen und dann die achtzig Stufen zu Sallys Dachstock hochtragen und wünschte, Sally würde wenigstens ihren Köter auf Diät halten.

Sallys Badezimmerschrank enthielt eine stattliche Sammlung von Medikamenten, Vitaminpräparaten und Appetitzüglern. Sally gehörte zu den Menschen, die sich einen Salat anrichteten und danach die Familienpackung Schokoladeneis verschlangen. Um das zu unterbinden, hatte sie unter anderem Tapetenkleister ausprobiert, auch Methylcellulose genannt, ein Brei, der, mit Vitaminen versetzt, den Magen füllte, oder Weizenkeimtabletten, die im Darm einen gefährlichen Pfropfen bilden konnten, wenn man nicht sehr viel Wasser nachfüllte. Fast alles blähte entweder oder jagte den Blutdruck hoch und raubte den Nachtschlaf.

Ganz hinten fand ich endlich das kleine grüne Schächtelchen mit der Aufschrift Adipoclear über orangefarbenen Streifen. Es enthielt ein weißes Döschen, das leer war. Signiert hatte ein Dr. Ogu mit Firmensitz in Zürich. Auf der Packung wurde die reinigende Wirkung des Präparats angepriesen, das angeblich auf Basis eines alten chinesischen Rezepts unter Berücksichtigung der neuesten Forschungsergebnisse aus Japan hergestellt wurde. Es handle sich ausschließlich um natürliche Grundstoffe aus Soja und der Ma-Huag-Pflanze, sprich Ephedra, also Ephedrin. Der Wirkstoff aus der Sojabohne nannte sich Phosphatidylcholin.

Ich steckte die Packung in meine Jacke, rädelte Dosen mit Katzenfutter auf und versuchte, auch Senta an den Napf zu locken. Aber das Hundeelend hob nur den Kopf und klopfte unterwürfig mit dem Schwanz auf den Boden. Um Himmels willen! Sally würde mir nie verzeihen, wenn der Hund verendete, weil ich ihn im Wald überanstrengt hatte. Ich hatte derzeit wenig Glück mit der lebenden Kreatur. Aber kein Selbstmitleid bitte, schließlich litten immer nur die andern, nicht ich. Außerdem musste ich weg. Ich konnte Senta sowieso nicht beim Erholungsschlaf unterstützen.

Die Friedenskirche schlug sechs Uhr, als ich die Werastraße zum Stöckach hinuntereilte. Der Bunker der Staatsanwaltschaft ließ keine Informationen raus. Das Rolltor zum Hinterhofparkplatz war fest verschlossen.

Im Treppenhaus, gleich hinter der Haustür, stolperte ich über Oma Scheibles Eimer und Schrubber, nahm die Beine unter den Arm und rannte die Treppe hinauf, ehe die Alte aus kartoffeligen Kellertiefen emportauchte. Ich packte die Judo-Tasche und bestellte ein Taxi. Die letzte Zigarette am Bordstein vor dem Training war immer unvernünftig, weil leistungsmindernd. Aber hätte ich auf Vernunft gesetzt, hätte ich an diesem Abend nicht versucht, in den Schlachthof hineinzukommen.

Webers silbergraue Limousine stand auf dem Parkplatz. Die Fitnessfabrik klotzte gegen lila Wolken. Aus den hohen Fenstern quoll gelbes Licht. Nach der Begegnung an Horsts Bett zweifelte ich nicht, dass Gertrud das Hausverbot durchsetzen würde, das Fängele ausgesprochen hatte. Wenn ich mich hineinbrüllte, würde das nur die Polizei aufs Parkett rufen. Aber wozu gab es die Feuertreppe. Sachte betrat ich das Gestell, das um die Ecke am Gebäude klebte, und versuchte, es nicht zum Schwingen und Singen zu bringen, denn nur die Hauswand trennte mich von Fängeles Büro. Alles umsonst. Die blaue Tür im ersten Stock zur Abteilung der schweren Langhantelgeräte war luftdicht verschlossen. Kein Holzkeil erlaubte es mir hineinzuhuschen. Ich reduzierte die Hoffnung auf null, dass ein Stock weiter oben die Tür offen wäre, und kehrte um. Auf dem Parkplatz lief ich in Vicky hinein, die mit geschulterter Sporttasche dem Eingang zueilte.

Sie spießte mich auf ihren Blick. »Was willst du?«

»Geht's dir wieder besser?«

»Ja.«

»Und dein Mann? Hat er sich wieder eingekriegt?«

»Ja. Der kommt immer wieder.« Sie lachte widerwillig. »Der hat dich doch glatt für meinen Liebhaber gehalten.«

»Würdest du mir einen Gefallen tun? Sei so gut und mach oben den Notausgang auf, damit ich reinkomme.«

Ich dachte an das Hundeelend in Sallys Dachstock, als ich meinen Kopf bettelnd schief legte. Wahrscheinlich stammten wir von den Hunden ab, zumindest von Kampfbiestern, die ihre Bewaffnung im Maul trugen und einander die Kehle boten, wenn sie um Gnade baten. »Gertrud lässt mich nicht rein. Ich muss sie irgendwie gekränkt haben.«

»Irgendwie?! Du bist gut.«

Ich zog auch noch die Schultern hoch und machte mich erbärmlich.

»Na gut. Was soll ich genau machen?«

Ich erklärte es ihr. Sie verschwand im Eingang, und ich huschte außen die Feuertreppe wieder hinauf. Als ich oben ankam, war ich völlig außer Atem vor angestrengter Leisetreterei. Vicky hielt die Tür auf. Sie rumste hinter mir fürchterlich ins Schloss. Wir waren beide spät dran. In den Dojos raschelten und schlurften schon die nackten Sohlen über die Matten. Man lief sich warm. Im Umkleideraum riss ich mir die Jacke runter und achtete darauf, dass die grüne Schachtel Adipoclear herausschleuderte.

Vicky bekam Stielaugen.

Ich hob die Schachtel mit den orangefarbenen Turbostreifen wieder auf. »Leider leer. Aber kennst du jemanden, der noch was davon hat?«

»Wieso hast du …?« Vicky stockte und zog das Kinn an.

»Was ist?«

»Nichts.« Sie wandte sich beleidigt der Sporttasche zu und nuschelte: »Das war doch ein verlogenes Arschloch, dieser Fritz. Mir hat er nämlich gesagt, es gibt nichts mehr nach Anettes Tod. Und du bist erst danach gekommen.«

Ich schlang mir den Gürtel um den Leib und suchte nach dem Plot. »Dann ist Anette daran gestorben?«

»Nein, hat Fritz zumindest gesagt. Aber sie wollten die medizinischen Analysen abwarten oder so. Ist ja auch egal. Fritz hat sich halt stur gestellt, weil ich mit ihm Schluss gemacht habe. Er hat's nie ertragen, wenn man seinen eigenen Kopf hatte als Frau. Darum hat er mir wahrscheinlich das Zeug gegeben, damit ich immer angekrochen komme und mehr will. Scheiß Spiel, weißt du.«

Oh diese Weiber! Gertrud mit Horst, Vicky mit Schiller. »Also hattest du doch was mit ihm. Und Anette?«

»Mit der war es schon lange vorbei, hat Fritz gesagt. Sie war ihm zu dürr, glaube ich. Und zu unabhängig natürlich. Fritz hat sich immer nur an die Dicken rangemacht, weil sie so dankbar waren, dass er ihnen helfen wollte.«

Wie schmeichelhaft!

Ich weihte Vicky in die Kunst ein, den Gürtel richtig zu binden, und wir begaben uns in den Dojo. Verbeugung im Eingang. Katrin stand in der Ecke und nickte gnädig. Es gab auch Dojos, da kam man nach Beginn des Trainings nicht mehr rein. Japanische Disziplin stammte direkt vom Samurai ab.

Wir reihten uns hinter dem lächelnden Schwarzgurt Wolf ein, der Schlangenlinien lief. Ein Säuseln des Telefons rief Katrin für ein paar Minuten hinaus. Noch konnte ich denken und dachte, so in Stein gemeißelt, wie Weber mich das hatte glauben machen wollen, war Katrins Alibi doch nicht. Könnte sie nicht auch am Montag ihre vier Schwarzgurte für einen kurzen Sprung ans Telefon allein gelassen haben? Wer entfaltete bei Einbeinhüpfern, Bauchaufzügen und Hüftkreisen schon so viel Zeitgefühl, um fünf oder zehn Minuten zu definieren? Der Mord an Schiller war eine Sache von Sekunden gewesen.

Als es ans Judo ging – dreißigmal eindrehen und aufladen, damit der Bewegungsablauf zum Reflex wurde –, hatte ich aufgehört zu denken.

Zum Stand-Randori, dem Übungskampf der Würfe und Fußfeger, paarte Katrin mich wieder mit Vicky. Sie rückte mit gesenktem Kinn an, wie eine künftige Siegerin. Da dachte ich noch, es sei ein Leichtes, sie zu werfen. Ich schnappte sie am Kragen, haschte nach dem Ärmel, machte ein Störmanöver mit den Füßen, ließ sie zurückweichen, ging in sie rein, hakte die Ferse hinter ihren Fuß und … konnte nicht. Ich hätte nur durchzuziehen brauchen, um sie auf den Rücken zu hauen, aber ich roch Weichspüler und hörte knackende Knochen. Vicky spürte nicht, dass hier höhere Komplexe walteten, nutzte den Vorteil meines inneren Abbruchs aus Angst vor ihrem Sturz und hebelte mich um.

Katrin erkannte das Problem und stellte mich Wolf gegenüber. Den konnte ich nach Herzenslust werfen. Ein Schwarzgurt fiel immer wie eine Katze. Wolf lächelte, ließ sich attackieren, gab sich jede Blöße, konnte aber am Ende auch nicht anders, als mich bei einem nach dem Eindrehen abgebrochenen Seoi-nage einfach hochzuheben und auf die Matte zu werfen. Mein Puls holperte im Affenzahn, als ich aufstand.

Irgendwie so hatte mich das Weichspülermonstrum geworfen. Oder doch anders?

Horst, dieser gelähmte Athlet, erstickte mit seiner unendlichen Bewusstlosigkeit mein ganzes Denken. Ich taumelte von einem Gegner zum nächsten, ehe Katrin ihr pädagogisches Scheitern eingestand und zu einem lockeren Bodenkampf blies, damit ich zum Ausklang der Stunde wieder Selbstvertrauen fasste.

Es ging dann sehr schnell. Vicky warf sich auf mich, weil mir kein Angriff einfiel. Ich konnte mich gerade noch in die Bauchlage retten, bevor sie mich in die Matte plättete, zog die Ellbogen an den Leib und machte mit den Händen den Kragen dicht, damit sie mir nicht an den Hals konnte. Sie lag tonnenschwer auf meinem Rücken und vergaß auch nicht, ihre Füße unter meine Beine zu haken, damit ich sie nicht anziehen und Vicky abwerfen konnte. Dann hieb sie mir mit der Hektik, die Gelbgurten eigen ist, den Ellbogen ins Ohr, so dass ich nachgeben und den Hals aufmachen musste, rammte die Faust unter meiner Gurgel durch und auf der anderen Seite wieder hoch und klemmte mir die Luft ab.

Für einen Würger hat man Zeit. Es dauert lange, sehr lange, bis man daran stirbt. Da ich mich nicht regte, ließ Vicky sich nach vorne auf meine Schultern fallen, um dem Würger Nachdruck zu verleihen. Die Nase in der Matte, die Hände unter den Körper gequetscht, unfähig, einen Ton auszustoßen, konnte ich weder abklopfen noch Stopp sagen. Vicky hatte zu wenig Erfahrung, um zu spüren, ab wann der Gegner aufhört zu kämpfen. Und Katrin schaute wohl gerade nicht hin.

Dass Panik aufkommt, wenn das Blut aus dem Kopf nicht mehr in den Körper zurückfließen kann, war eine Lüge. Bei mir kam keine Panik auf. Ich sah von oben, wie mich jemand abwürgte. Es herrschte ein ziemlich fatalistisches Gelächter da oben nahe dem Nirwana.

Jemand nervte, ohrfeigte, zerrte an mir. Es riss mich auf die Matte zurück und hustend hoch. Es roch nach Zeder und Zibet. Richard Weber hielt mich am Arm gepackt. Ich begriff erst gar nicht, warum er so erschrocken aussah. Wo kam er überhaupt her? Ich erinnerte mich dunkel, dass ich ihn hätte anrufen sollen.

»Ah, Lisa. Da bist du ja wieder«, sagte Katrin. »Steh auf!«

Mir war eigentlich nicht nach Stehen. Weber half mir hoch und hielt mich mit einem fast ängstlichen Eigensinn fest, solange ich schwankte. Bei einem, der nur mit Langhanteln gegen den inneren Schweinehund kämpfte, mochten die wilden Raufereien im weißen Kittel einen unangemessenen Schock auslösen.

»Ich bin okay! Nix passiert«, krächzte ich.

»Es war keine Absicht«, sagte Vicky dicht am Wasser, »wirklich nicht. Ich habe doch nicht gewusst … wirklich! Das wollte ich nicht, Lisa! Es tut mir leid, wirklich!«

Vicky, Sabine, Fikrid, René, Achim und wie sie alle hießen standen betreten herum, die Jacken aus den Gürteln gerissen, die Hosen nassgeschwitzt bis zum Saum. Nur Wolf lächelte undurchsichtig.

»Wer nicht abklopft, ist selber schuld«, bemerkte Katrin trocken. Sie schickte ein Lachen hinterher und zog den Gürtelknoten fester. »Das verstehst du nicht, Richard.«

Klein und gebügelt im steifen Kittel mit Kampfverstärkung an den Schultern beherrschte sie den Raum, bereit, sich mit jedem anzulegen, der ihre Kompetenz bezweifelte. Weber wiederum war auch in Trägershirt und Baumwollhosen nicht der Mann, der darauf verzichtete, recht zu haben, schon gar nicht, wenn er sich ohnehin exponiert hatte. Plötzlich stand ich den Blicken im Weg, die sich ineinanderbohrten. Gletscherhöhlenblau gegen Milchkaffee. Alle ungeklärten Fragen einer jahrealten Freundschaft standen auf dem Prüfstand, Katrins verzwickte Ehe, Richards Ratschläge, ihre Verletzungen, seine Unentschlossenheit, ihr eindeutig den Hof zu machen.

»Du weißt genau«, sagte er, »was ich von Gewalt halte. Damit bringt man niemanden zur Einsicht.«

Katrin lachte. »Aber mit deinen Gesetzen, wie? Manchen Leuten muss man die Handkante zeigen, damit man nichts auf die eigene Nase bekommt. Es tut mir leid, aber das kann Waldemar besser als du.«

»Er hat doch nicht wirklich …?« Webers Augen schlitzten sich.

»Doch, genau das! Was wir am Freitag besprochen hatten.«

Ich erinnerte mich an das verschworene Trio, das ich zufällig im Nadelstreifenanzug im *Tauben Spitz* aufgestöbert hatte. Waldemar hatte mir bereits vorgeworfen, ich hätte ihnen nachspioniert. Wenn er mir die Rolle der Spionin zuwies, mussten die drei schon etwas Handfestes ausgeheckt haben. Gegen den Willen Webers, wie es aussah. Er warf Katrin einen Blick zu, der sie zwang, die Augen zu senken.

»Worum ging es denn?«, fragte ich.

Katrin blickte mich an wie ein kleines Kind, das in die Erwachsenenunterhaltung hineinkräht, und wandte sich ab.

»Kommen Sie, Lisa.« Weber zupfte mich am Ärmel. »Sie sollten aufhören für heute.«

Katrin fuhr herum.

Ich verbeugte mich. Sie erwiderte den Gruß mit zusammengepressten Lippen.

Erst vor der Dojotür ließ Weber mich los.

»Was konnte Waldemar besser als Sie, Richard?«, fragte ich, und zelebrierte dabei seinen Vornamen ebenso, wie er meinen seit neuestem zelebrierte.

Er fuhr sich über die Haare und blickte an mir vorbei.

»Wobei mir einfällt, Richard, dass Sie mir heute im Geschäft haben ausrichten lassen, dass ich Sie anrufen soll. Das habe ich auch umgehend getan. Aber Ihre Sekretärin erklärte, Sie seien in der Sitzung.«

Das, was in seinen Mundwinkeln zuckte, sah fast nach einem

Lächeln aus. »Lisa, ich wollte Sie fragen, ob Sie mit mir nach dem Training irgendwo ... irgendwo was trinken gehen.«

»Aber gern!«

»Wir haben da wohl eine Kleinigkeit zu besprechen, denke ich.«

Ich lächelte ihn an. »Ich für meinen Teil hätte es charmanter gefunden, wenn Sie mich einladen, ohne einen weiteren Grund dafür zu nennen.«

»Von einer Einladung war nicht die Rede!«, antwortete er.

Ich lachte. Oh, der Schwabe! Als Balinger Pietist hatte Richard Weber verinnerlicht, dass man zu Geld nicht kam, weil man es verdiente, sondern weil man es nicht ausgab. Vermutlich lebten deshalb in Balingen, der Stadt der Waagenbauer im Anstieg zur Schwäbischen Alb, die meisten Millionäre.

»Also bis gleich«, sagte er ungerührt von meinem Gelächter. »Unten auf dem Parkplatz?«

»Moment! Was konnte Waldemar besser als Sie?«

»Das erkläre ich Ihnen nachher.«

»Nein, jetzt. Wer weiß, ob ich später noch lebe.«

Richard runzelte missbilligend die Stirn. »Nun ja, es gab da eine Art Vereinbarung zwischen Katrin und Fritz. Er durfte nicht hier herauf. Aber dann fand Katrin ihr Büro kürzlich verwüstet, alles auf dem Boden verstreut, die Schubladen aufgerissen. Natürlich konnte man es Fritz nicht nachweisen. Deshalb haben wir überlegt, was wir tun können. Ich wollte ihm die Möglichkeit einer einstweiligen richterlichen Anordnung vor Augen führen, die es ihm verboten hätte, sich Katrin zu nähern. Waldemar wollte ihm drohen, und hat es auch. «

»Womit hat er ihm gedroht?«

»Das weiß ich nicht.«

»Waldemars Alibi ist hoffentlich einwandfrei?«

»Keineswegs. Sein Kurs ging nur bis Viertel nach acht. Aber das sollten wir wirklich woanders besprechen.«

20

Da Weber sich nach dem Training zu duschen pflegte und da er außerdem etliche Knöpfe an seinem Anzug zu schließen hatte, brauchte ich mich beim Umziehen nicht zu beeilen. Klüger wäre es gewesen, ich hätte mich dann wieder zum Notausgang hinausgeschlichen.

Im Maschinenpark tat ein Neuer Dienst. Gertrud saß schmal und alleingelassen hinter der Empfangstheke und starrte auf den Computerbildschirm. Ich beugte mich über die Barriere und raunte ihr zu: »Ich mache mir Sorgen um Sie. Sie sehen schlecht aus. Hören Sie auf damit.«

Sie hatte bei meinem Anblick eigentlich auffahren wollen, schien aber zu müde und fragte automatisch: »Womit denn?«

»Mit diesen Pillen. Sie sind gefährlich. Außerdem geht es ins Geld auf die Dauer. Schlankheitspillen und gleichzeitig das volle Mahlzeitenprogramm. Da ist Hungern doch viel billiger.«

Gertrud wurde blass. »Ich weiß nicht, wovon Sie reden. Ich habe Ihnen schon mal gesagt …«

»Dann wird man Anette wohl exhumieren müssen«, sagte ich freundlich. »Schließlich muss man ja irgendwie herausfinden, was in dem Mittel drin war. Es scheint ja hier im Haus keine mehr zu geben, die man sonst analysieren könnte.«

Gertrud blickte auf ihre Fingernägel, schaute sich dann kurz zu Gotthelf Fängeles Bürotür um und stand entschlossen auf. »Kommen Sie mal mit. Aber …!« Sie legte den Finger auf die Lippen.

Die Pobacken gingen stramm vor mir her die Treppe hinunter in einen Gewölbekeller von verwinkelten Ausmaßen, allerdings weiß gestrichen. Auf einigen aprikosenfarben gestrichenen Türen prangten Schriftzüge wie »Sauna«, »Solarium« oder »Physiotherapie«.

In einem hinteren Winkel befand sich eine Tür mit der Warnung »Privat«. Dahinter befand sich Gertruds kleines Büro mit

Tisch, Schrank und einer Bank, die ich erst auf den zweiten Blick als Sonnenbank erkannte, denn ihr UV-Grill war an zwei Teleskoparmen in die Höhe geschoben. Daher also der Bronzeton von Gertruds Haut. Sie zog eine Schreibtischschublade auf und hielt eine grüne Schachtel mit Turbostreifen hoch. Im Döschen darin klapperte es.

»Na bitte«, sagte ich.

Gertrud zog die Hand ein, als ich nach der Schachtel griff. »Was haben Sie damit vor, wenn ich fragen darf?«

»Es chemisch analysieren lassen.« Ich setzte mich auf die Sonnenbank, weil ich auf meinen abgekämpften Beinen nicht mehr stehen konnte.

»Sie müssen aber eines wissen«, sagte Gertrud. »Es war Schiller, der das Zeug verkauft hat. Diese Packung haben wir neben zahlreichen Anabolika in Schillers privatem Schließfach gefunden. Mein Mann war strikt dagegen. Er hat Schiller sogar mit Kündigung gedroht, wenn das nicht aufhört. Wir wollen eben gerade nicht eines dieser Studios sein, wo die Leute erst fragen, was es für den Muskelaufbau gibt, ehe sie eine Hantel in die Hand nehmen.«

»Verstehe.«

»Lisa ...« Sie rang sich ein Lächeln ab. »Ich darf dich doch Lisa nennen?«

Ich nickte angenehm überrascht.

»Jedenfalls, als wir anfingen, uns um Anette Sorgen zu machen – sie wurde ja immer dünner und dünner –, da haben wir natürlich zuerst gedacht, es liege an dem Mittel, das Schiller verkauft. Aber die Ärzte haben uns versichert, sie sei an einer bakteriellen Infektion gestorben, leider geschwächt durch das exzessive Abnehmen.«

Gertrud rutschte mit schmaler Hüfte hinter dem Schreibtischchen vor und kam mir so nahe, dass ich den Kontaktlinsenrand im Weiß ihres Auges sah. Die Naht der Turnhose auf dem flachen Bauch kitzelte an meinen Fingerknöcheln. Sie zuckte vor meinem schnellen Strich nur unwesentlich zurück, fing meine Hand mit kalten Fingern ab, behielt sie aber und zwang sich erneut zu einem Lächeln.

Die Schachtel Adipoclear wechselte dabei von ihrer in meine freie Hand. Ich steckte sie in die Jackentasche gegenüber von Sallys Schachtel.

Immer noch hielt Gertrud meine Hand. War da noch was? Ich langte probeweise nach ihrer Hüfte und zog das Persönchen weiter zwischen meine Beine. Ihr oberer Gesäßmuskel zuckte unter meinen Fingern im Reflex der Ausgleichsbewegung. Ihr Lächeln bekam etwas Sinnierendes. In den blauen Augen reiften Pläne. Ich fragte mich, wovon sie mich überzeugen wollte, indem sie sich auf meine Begehrlichkeiten einließ, und stieß mit der Schulter an die Teleskopstange für den UV-Grill über mir.

»Mach's dir doch bequem«, sagte sie.

Ehe ich mich von der Verblüffung erholt hatte, dass aus der Todfeindin eine willige Gespielin geworden sein sollte, war sie mir resolut an die Hosenknöpfe gegangen. »Eine kleine Massage würde dir guttun. Ich bin ausgebildete Masseuse. Leg dich hin. Es wird dir gefallen.« Sie ließ von meiner Hose ab und wandte sich dem Schrank zu.

Ich riss mir Hemd und Unterhemd gleichzeitig über den Kopf.

»Die Hose auch, sonst ist es nur der halbe Genuss. Du wirst sehen.« Sie kam mit einem Fläschchen Massageöl und einem Handtuch herbei. »Du hast eine schöne Brust.«

Mir lief es heißkalt den Rücken runter.

Gertrud breitete das Handtuch auf die Liegefläche des Solariums und half meinen sportmüden Gliedern in die Bauchlage wie eine geübte Krankengymnastin. Ich hörte das Knitschen von Öl zwischen Handflächen. Die Hände, die sich dann auf meinem Rücken einarbeiteten, waren zunächst kalt, erwärmten sich aber schnell.

»Entspann dich«, ölte sie. »Du bist viel zu verkrampft.«

Ich gab mir Mühe und geriet in eine Entspannung auf hohem Niveau, sozusagen kurz vor dem Irrsinn. Wann würde Gertrud mit dem rauskommen, was sie wirklich wollte? Wie viele professionell verbrämte Ausreden brauchte sie noch, um mir an die Pobacken zu gehen? Aber ein langer Umweg hatte den Vorteil, dass er mich bescheuert machte vor Erwartung. Die Hände ölten meine Schenkel hinab, verweilten in meinen Kniekehlen, befingerten meine Waden. Gertrud, was machst du mit mir?

»Nicht erschrecken!«, sagte sie. »Die Massage der Achillessehne ist immer ein bisschen unangenehm.«

Ich grunzte im Übermaß des Wohlbefindens.

Gertruds Hände wanderten wieder meine Beine hinauf, ihre Daumen fuhren durch gelockerte Muskeln hinein in meinen Glutaeus, walkten die Rückenstrecker und Schultern und zogen meinen Arm entlang bis zur Hand. Mit sanftem Griff drehte sie mein Gesicht zur anderen, ihrem Tun abgewandten Seite und bohrte die Finger in mein Schultergelenk. »Das ist jetzt wieder ein bisschen unangenehm«, sagte sie, die Hand fest an meinem Handgelenk. »Wie jede Massage der Sehnenscheiden. Entspann dich!«

Viel zu spät erwachte mein Misstrauen, oder besser: mein Verstand. Als ich benommen den Kopf drehte, um zu schauen, was Gertrud eigentlich machte, beugte sie sich schon über mich und schlang Klebeband um meine andere Hand und den Pfosten für den UV-Grill. Ich war an beiden Handgelenken gefesselt. Sie sprang zurück, ich fuhr hoch und krachte mit den Schulterblättern gegen den Sonnengrill, der heruntergesaust kam. Schon gleißte UV-Licht. Es roch nach Ozon. Geblendet ließ ich mich auf die Bank zurückfallen. »He! Was soll das werden, wenn es fertig ist?«

Sie lachte.

Ich versuchte, sie hinter dem Schleier von Licht auszumachen. Statt Augen trug Gertrud jetzt schwarze Plastikdeckel. Am ausgestreckten Arm hielt sie meine Jacke und wühlte in den Taschen. Soweit ich erkennen konnte, zog sie die Schachtel Adipoclear heraus.

Ich hätte wissen müssen, dass Todfeindinnen nicht plötzlich ihre lesbischen Lüste entdeckten. »Willst du mich rösten?«

»Es gibt immer wieder Leute«, antwortete sie, »die auf der Sonnenbank einschlafen. Scheußlich! Das gibt Verbrennungen dritten Grades, Brandblasen, geplatzte Haut, offenes Fleisch. Du kannst von Glück sagen, wenn du das Bewusstsein verlierst, ehe dein Fleisch verkohlt und die Schmerzen unerträglich werden.«

»So geht das nicht«, rief ich in das Ozon mit den schwarzen Glubschaugen hinein. »Das glaubt doch niemand, dass ich mich in deinem Büro auf die Sonnenbank lege und mir dabei auch noch die Hände fessle! Und dass ich gefesselt war, wird man auch dann an der Leiche noch feststellen, wenn du die Fesseln wieder abnimmst! Außerdem wartet jemand auf mich. Er wird …« Ich biss mir auf die Zunge. Was schwatzte ich da?

»Jetzt hast du aber Angst, gell?«

»Glaubst du denn, es hilft Horst, wenn du mich röstest?«

Ein böses helles Schweigen blendete mich. Ich musste die gemarterten Augen schließen. Ohnehin war Gegenwehr sinnlos. Geh du nur!, dachte ich. Aber bald, ehe sich mir die Haut vom Rücken schält.

Ich hörte das kleine Klirren vom Zuschrauben des Ölfläschchens und den resoluten Ruck einer Schreibtischschublade. »Dann gehab dich wohl«, sagte die Turnlehrerin. Bald darauf fiel eine Tür ins Schloss.

Ozonhaltige Stille übernahm. Das Licht machte blind.

Eigentlich hätte Richard Weber auf dem Parkplatz langsam ungeduldig werden müssen. Er hatte mir doch gerade erst vorhin seine Sorge offenbart, ich könnte hier im Schlachthof zu Tode kommen. Jetzt wäre der richtige Zeitpunkt gewesen!

Ich erblinzelte ein weißes Klebeband von der Sorte, mit dem Sportler ihre instabilen oder verletzten Gelenke zu tapen pflegten. Es war ungemein zugfest, aber man benötigte keine Schere, man konnte die Streifen mit den Fingern von der Rolle abreißen. Wenn ich Hand und Finger sehr verrenkte, kam ich gerade eben mit den Fingerkuppen ans Klebeband am Handgelenk. So würde ich mich jedenfalls nicht selbst befreien können!

Wie konnte Gertrud nur so bescheuert sein, mit diesem offensichtlichen Mordversuch ihre Existenz aufs Spiel zu setzen? Genug, sie konnte. Ich musste jetzt nicht den Amoklauf einer Turnlehrerin ergründen, die, um den Körper ihres sanften Athleten beraubt und von mir körperlich gedemütigt, Rache nahm, unbekümmert um alle Folgen. Ich musste aus dem Grill hinaus. Hilfe, aber wie? Dass sich Panik in mir ausbreitete, war noch gelinde ausgedrückt. Die süßen Verführungskünste des Todes waren noch zu weit weg.

Wenn ich den Kopf hob, sah ich an der oberen Kante des Tischs die Knöpfe, mit denen ich den Grill hätte ausstellen können. Unerreichbar.

Verdammt, der Tag hatte so sonnig begonnen! Mussten er und ich so enden? Was musste Gertrud Horst geliebt haben! Fängele, dieser arme Narr von Elefantenbaby.

Ich riss an meinen Klebebandfesseln. Der ganze Tisch schwankte. Mein Herz trommelte Hoffnung den Hals hinauf bis in den Gaumen. Ich riss noch einmal. Der Tisch wackelte noch einmal. Wie fest stand er eigentlich?

Glücklicherweise hatte Gertrud es versäumt, auch meine Füße zu fesseln. Das wäre ihr allerdings auch schwergefallen, denn ich hätte immer noch austreten können wie ein Pferd. Ich schob meine geölten Beine vom Tisch, fühlte kalten Boden unter den Fußsohlen und riss erneut. Der Tisch schwankte mir entgegen. Der UV-Grill klapperte. Die Helligkeit bekam einen kurzen Knacks. Das würde gehen. Ich musste nur aufpassen, dass ich mit den Beinen nicht unter den kippenden Tisch geriet, seinen Aufprall abbremste und mich in eine noch hilflosere Lage brachte. Er musste auf den Steinboden krachen. Ich brauchte Schwung und Trümmer.

Ich riss und zog, der Tisch neigte sich, plötzlich übernahm das Gewicht des Strahlers die Oberhand, die Anlage kippte. Ich ließ mich auf die Knie fallen. Au! Der eine Pfosten knallte auf den Boden und mit ihm die Knöchel meiner linken Hand, die UV-Röhren schepperten. Im nächsten Moment war es stockfinster.

Immerhin!

Erschöpft lehnte ich mich gegen die Tischfläche und spürte kalten Stein unter meinen nackten Pobacken. Wenigstens würde ich nicht verbrennen. Nach einer Weile hörte ich Glas knirschen. Ein Zeichen, dass ich mich wieder bewegte. Außerdem registrierte ich die Verrenkung, zu der mich die eine Hand unten am Pfosten und die andere am oberen zwangen. In meinen Fingerknöcheln unten begann Schmerz zu pochen.

So würde ich es aushalten müssen, möglicherweise stundenlang, eine ganze Nacht hindurch. Aber was würde Gertrud tun, wenn sie mich morgen früh so fand, nicht verkohlt, sondern lebend? Vielleicht kam sie auch schon vor Mitternacht zurück. Und dann? Wenn sie meinen Tod wollte, dann sollte sie mich nicht mehr finden.

Panik wallte in mir auf. Todesangst. Ich riss und zerrte an den Fesseln. Idiotisch!

Aber ich kam mit den Zähnen ans Handgelenk! In völliger Finsternis splitternackt zusammengekrümmt, degenerierte ich zum Tier, das an seinen Fesseln biss. Zähne waren auch beim Menschen noch die sensibelsten Tastorgane. Sie mussten aus einem Kaubrei beispielsweise Gräten herausfiltern, bevor man schluckte. Ihr Nerv analysierte Druckverhältnisse und die Konsistenz von Material sehr viel zuverlässiger als Fingerkuppen oder gar die Zehen des Fußes, den ich ebenfalls einsetzen musste, um das Tapeband dort vom Pfosten zu lösen, wo meine Zähne nicht mehr hinkamen.

Es war eine endlose Geduldsarbeit unter Böen von Panik. Und gut, dass ich absolut nichts sah, sonst wäre ich verzweifelt. Denn dem Auge wäre der Fortschritt minimal erschienen, der mich stoßweise mit wilder Hoffnung erfüllte.

Keine Ahnung, wie viel Zeit verging. Manchmal hörte ich mich keuchen. Dass einem der Schweiß ausbrechen konnte, auch wenn man splitternackt in einem schwarzen Kellergewölbe saß, hatte ich bis dahin nicht gewusst. Aber was wusste ich schon? Den Übergang von Verzweiflung zur Freiheit bekam ich kaum noch mit. Auf einmal zerrte ich mit zitternden Fingern am Klebeband der anderen Hand. Plötzlich war ich frei. In absoluter Finsternis kroch ich über den Boden und suchte meine Klamotten zusammen. Noch eine Krise kam, als ich einen Schuh nicht fand. Fast hätte ich aufgegeben.

Der Kurzschluss hatte das gesamte Licht im Keller gekillt. Der Lichtschalter, auf den ich stieß, reagierte nicht. Ich tastete mich an Wänden entlang, stolperte in eine Treppe, bumste gegen Türen. Geradezu hell kam mir das grünliche Dämmerlicht der Notbeleuchtung in der Maschinenhalle vor. Auf der Uhr an der Säule standen die Zeiger auf kurz vor Mitternacht. Der Eingang war abgeschlossen. Ich verließ das Haus über den Notausgang, was ich gleich hätte tun sollen, hätte ich nur einen Funken Verstand und weniger Selbstgefälligkeit besessen.

21

Als ich auf den Parkplatz bog und dort weder Richard Webers Wagen noch überhaupt ein Auto stehen sah, war es aus. Ohne jede Vorwarnung sprangen mir die Tränen in die Augen. Hätte er nicht warten können? Hätte er nicht warten müssen! Ja, aber warum denn? Vermutlich war er tödlich gekränkt, weil ich ihn ohne Entschuldigung versetzt hatte.

In der Straßenbahn blieben die Blicke der hier und dort in den Polstern Sitzenden ungewöhnlich lange an mir haften. Hatte ich Blut im Gesicht? Meine linken Fingerknöchel waren jedenfalls blutig geschürft und geschwollen. Meine Handgelenke glühten rot.

Als ich in Sallys Ganzkörperbadezimmerspiegel schaute, stellte sich heraus, dass ich zwar kein Blut im Gesicht hatte, dafür aber meine Jeans falsch herum an, auf links gedreht. Wie ich die Knöpfe im Hosenstall überhaupt zubekommen hatte, wird immer ein Rätsel bleiben. Immerhin zwang mich das, die Hosen auszuziehen und mich um die Glassplitter in meinen Schenkeln zu kümmern. Sally besaß glücklicherweise Pinzette, Jodsalbe und reichlich Pflaster.

Senta schaute, in der Badtür stehend, interessiert zu. Auch eine von Sallys Katzen kam gucken. Die Schäferhündin hatte inzwischen gefressen. Allerdings hatte sie auch auf den Teppich gepinkelt und weigerte sich, die Treppen hinunterzugehen. Mir war es recht. Meine Kräfte reichten gerade noch, mich mit einer Packung Pfirsicheis aus Sallys Gefrierfach aufs Sofa zu schleppen und die Fernbedienung in die geschundene Hand zu nehmen.

Im Sportfernsehen zeigten sie Sumo-Ringen.

Die Katzen nahmen rund herum auf Tisch, Stuhl und meinen Knien Platz und schauten mir beim Löffeln zu. Senta versuchte, möglichst heimlich und unauffällig das Sofa zu erklimmen, und sank dann grunzend ins Polster, die Hinterpfoten an meinem Schenkel.

Sumo-Ringen, erfuhr ich vom Kommentator, galt als schwierigste Kampfsportart der Welt. Der kreisrunde Dojo maß nur 4 Meter 55. Wenn der eine Koloss den andern über den Rand geschubst hatte, war der Kampf zu Ende, desgleichen, wenn einer der beiden die Matte mit etwas anderem als den Fußsohlen berührte. Dann war der Ring frei für zwei neue Kolosse, umwallt von rosigem Fleisch, gegürtet mit dem Mawashi, einem Stoffband, das kunstvoll gefaltet um die Hüften geschlungen und zwischen den Beinen durchgezogen wurde, um die kostbarsten Teile zu schützen.

Der Fernseher bebte unter dem Stampfen des Imponiergehabes, bis die Kampfbullen endlich breitbeinig in die Hocke gingen. Der Ringrichter wachte darüber, behauptete der Moderator, dass die rituellen Respektsbezeugungen eingehalten wurden und beide Kämpfer sich dabei in absoluter Harmonie bewegten. Dann ein Zucken, ein Zusammenprall von Fleischmassen, Wellen auf dem Hinterfett, ein Hebel, und der Kleinere kippte in die Zuschauer.

In Japan galten die Kolosse als erotische Bomben. Der Moderator legte sein Kopfschütteln in die Stimme. Seit jeher assoziierte man Stärke mit Größe und Wuchtigkeit. Leider starben die Kämpfer im Alter von 39 Jahren an Herzverfettung. In Europa gab es überhaupt keine Sumo-Ringer, die fett genug waren, um von einem Japaner nicht gleich vom Dojo gepustet zu werden.

Ich dachte an Richard Weber und seinen zwar kompakten, aber gut trainierten Körper, an dem kaum ein paar Kilo Fett zu vermuten waren. Er hatte mich heute gerettet, als es nicht nötig war, und dann seinen Auftritt verpasst. Armer Kerl! Aber ich hatte es alleine geschafft! Das Unmögliche.

Mein Puls taumelte in die Höhen der Euphorie. Ich knöpfte mir den Hosenstall auf und legte Hand an mich. Die Katzen glotzten. Doch dann schlief ich darüber ein.

22

Sally fragte sich mit großen Augen, warum ich zwei Seidenblusen übereinander trug, konnte oder wollte aber ihren Notizblock für die Frage nicht strapazieren.

»Ich habe es im Solarium übertrieben«, erklärte ich ungefragt. Mir zwiebelte die Haut auf dem Rücken. »Mit Senta war ich gestern zwei Stunden im Wald. Den Katzen geht es gut. Ich habe dir was zu lesen mitgebracht gegen die Langeweile.«

Ich legte ihr das alte Taschenbuch *Geschlechtertausch* auf die Bettdecke. *Drei Geschichten über die Umwandlung der Verhältnisse.*

Sally las prinzipiell keine Bücher, denn sie konnte nicht mehr aufhören, wenn sie einmal angefangen hatte, und das kostete sie dann schnell die ganze Nacht. Deshalb bevorzugte sie Zeitschriften. Vor allem die psychologischen Tests. Sie besaß einen sechsten Sinn für die Antworten mit der höchsten Punktzahl. »Sie sind ein rundum glücklicher Mensch, haben beruflich und privat Erfolg und konnten sich dabei auch das Verständnis für Ihre Mitmenschen bewahren.«

Aus Büchern ließ sie sich nur von mir vorlesen. Die beiden Mädchen in den Betten litten ebenfalls dermaßen unter Langeweile, dass sie gegen das ungewohnte Abenteuer von Luchterhändischer Literatur nichts einzuwenden hatten. Ich setzte mich in die Mitte, schlug den »Selbstversuch« von Christa Wolf auf und ließ die fiktive DDR-Wissenschaftlerin mithilfe des Mittels Petersein in einen männlichen Körper gleiten, was ihr oder ihm so lange das Leben vereinfachte, bis die weibliche Erinnerung im männlichen Körper sich über die biologische Paarungsbegierde bei völligem Mangel an Gefühlen entsetzte.

»Anders, wie fühlen Sie sich? – Gelassen, der Wahrheit gemäß gab ich Auskunft: Wie im Kino. – Da rutschte Ihnen, zum ersten Mal, seit ich Sie kenne, etwas heraus, was Sie nicht hatten sagen wollen: Sie auch?! – Die zwei Worte. Sie wurden bleich, und ich hatte mit einem Schlag begriffen: Immer ist es ein Gebrechen, das man so sorgfältig versteckt. Ihre kunstvoll aufgebauten Regelsysteme, Ihre heillose Arbeitswut, all Ihre Manöver, sich zu entziehen …«

Als ich unter den Säulen hervor auf die Freitreppe des Krankenhauses trat, rückte eben die erste Besucherschwadron mit Blumen und Fresskörben an. Die Taxis standen gelangweilt am Straßenrand. In den Bäumen des Stadtgartens spielte der Frühling mit den Knospen. Ich tat meinen zwiebelnden Schultern unter der Seide die schwere Lederjacke nicht wieder an und durchquerte langsam den Park zur Telefonzelle.

Weber nahm sofort ab. »Lisa, wo stecken Sie? Könnten Sie bitte sofort kommen?«

»Wohin?«

»In die Staatsanwaltschaft.«

Diesmal ging ich zum Vordereingang hinein. Der Pförtner rief oben an, ob ich die erwartete Person sei, und malte dann von meinem Ausweis meine Daten auf ein Besucherkärtchen ab.

In Richard Webers Vorzimmer befanden sich wieder nur stumme Porzellankatzen und Grünpflanzen, die ich jetzt immerhin einer abwesenden Frau Kallweit zuordnen konnte. Vermutlich neigte sie freitags zur Spontanmigräne und ging früher. Ohnehin durfte man Behörden am Freitag schon um drei verlassen, oder kurz vor drei.

Die Tür zu Webers Büro stand offen. Er kam hinter seinem Schreibtisch hervor, wies mir einen Platz auf einem der beiden Stühle zu und verschanzte sich dann wieder hinter seinem Sperrmüllmöbel. »Wo waren Sie gestern?«

»Und Sie?«

Weber zog die Brauen hoch.

»Es war niemand mehr da, als ich auf den Parkplatz kam«, erläuterte ich ihm.

»Ich habe immerhin vierzig Minuten gewartet!«

»Oh, dann müssen wir uns knapp verpasst haben.«

Weber lehnte sich zurück und musterte mich mit einer Miene zwischen Ärger, Enttäuschung und Verwunderung. Immerhin hatte er auf dem Parkplatz mit der Absicht gewartet, mir bei einem Glas Wein etwas zu erklären – entspannt und siegessicher nach dem Training –, was er mir heute schon nicht mehr erklären wollte, jedenfalls nicht ohne sich vorher wieder in eine Position von Siegessicherheit hineingeredet zu haben. Männer waren in dieser Beziehung sehr leicht zu durchschauen.

»Nun gut«, sagte er grätig, »wenn Sie mir nicht sagen wollen, warum Sie nicht erschienen sind, dann muss ich das zur Kenntnis nehmen. Aber dessen ungeachtet sehe ich mich veranlasst, Sie mit einem Sachverhalt zu konfrontieren: Kommissar Weininger hat auf den Haltegabeln der Drückbank, auf der Schiller gestorben ist, Ihre Fingerabdrücke identifiziert.«

»Und wie das? Ich kann mich nicht erinnern, erkennungsdienstlich behandelt worden zu sein.«

»Weininger ist nach der missglückten Einvernahme am Mittwoch den kurzen Dienstweg gegangen und hat die Kaffeetassen unter die Lupe genommen. Aber er wird sich Ihre Abdrücke sicherlich demnächst offiziell holen.«

»Dann wird es eine böse Überraschung geben«, sagte ich. »Denn ich habe die neue Drückbank definitiv nicht angefasst. Weininger muss sich in den Kaffeetassen geirrt haben.«

Webers Blick bohrte sich plötzlich durch mich hindurch und verlor sich im Licht der Unendlichkeit, dort, wo sich die parallelen Geraden schneiden.

Einen Satz unidentifizierter Fingerabdrücke auf der Drückbank hatte er mir bei unserem ersten Gespräch in seinem Büro am Dienstag nicht nur vorenthalten, er hatte sogar ausdrücklich bestritten, dass andere als Schillers Abdrücke auf der Bank gewesen waren.

»Vielleicht war es ja Keitle«, schlug ich vor. »Und warum erzählen Sie mir das überhaupt?«

Weber kehrte in die Geometrie seiner Amtsstube zurück und

fokussierte seinen asymmetrischen Blick auf mich. »Lisa, ich stelle heute die Fragen!«

»Oje! Sind es etwa Ihre Abdrücke auf den Haltegabeln der Drückbank? Aber keine Angst, Richard, Weininger wird es sicherlich nicht wagen, Sie erkennungsdienstlich zu behandeln. Allerdings frage ich mich, wie Ihre Abdrücke auf die Drückbank geraten sind. Haben Sie mir da eventuell etwas verschwiegen, Herr Staatsanwalt?«

Weber zog die Brauen hoch. »Meine liebe Frau Nerz, ich verstehe ja, dass es Ihnen gefallen würde, einen Staatsanwalt eines Tötungsdelikts zu überführen. Aber so funktioniert das nicht. Ich werde hier und jetzt nicht mit Ihnen meine persönlichen Angelegenheiten erörtern. Dazu hätten Sie gestern Abend die Chance gehabt.«

»Ich war leider verhindert.«

»Ich weiß. Gertrud ist zu mir auf den Parkplatz gekommen und hat Sie entschuldigt.«

»Ach!« Ich überlegte, ob ich Weber mein erbärmliches Abenteuer gestehen sollte, verwarf die Idee aber. »Wissen Sie eigentlich, dass im Schlachthof ein reger Handel mit Schlankheitsmitteln im Gange ist oder war? Sally ist überzeugt, dass Anette an dem Mittel gestorben ist.«

»Anette Kaufmann ist an einer bakteriellen Infektion gestorben«, antwortete Weber. »Ein Zusammenhang mit diesen Schlankheitsmitteln ist zunächst nicht nachweisbar.«

Himmel, was für ein Juristendeutsch! »Habe ich Sie richtig verstanden? Man weiß, dass Schiller mit diesem Zeug gehandelt hat?«

»Soviel mir bekannt ist«, drechselte Weber weiter, »wurde im Zuge der Ermittlungen im Fall von Anette Kaufmann das Mittel Adipoclear analysiert. Es ist in Deutschland nicht zugelassen, wegen der Menge Noradrenalin, das es enthält. Außerdem ist der Wirkstoff Phosphatidylcholin eigentlich zur Behandlung von Cholesterinstörungen gedacht, nicht zum Abnehmen.«

»Und seit wann wussten die Ermittlungsbehörden von Schillers illegalem Handel mit Arzneimitteln?«

»Das kann ich Ihnen nicht sagen.«

»Ich bin von der Presse, Herr Oberstaatsanwalt. Sie müssen es mir sagen!«

Weber deutete ein Lächeln an. »Ich weiß es nicht.«

»Fällt das nicht immerhin in Ihren Bereich? Wirtschaftsstrafsachen?«

»Nein, es fällt in den Bereich des Verstoßes gegen das Arzneimittelgesetz. Außerdem ist ein Oberstaatsanwalt mehr für organisatorische Fragen zuständig, wie Sie sicherlich wissen.«

»Ah, deshalb bestellen Sie mich zu sich ein, um höchstpersönlich eine Zeugeneinvernahme zu machen, ja?«

»Keineswegs. Hier geht es um eine informelle Klärung im Vorfeld eines Ermittlungsverfahrens. Gestern früh kam nämlich Herr Fängele zu mir und erzählte mir, dass er sie am Vorabend in seinem Büro überrascht hat. Anschließend fand er in einem seiner Sportbücher das hier.« Weber zog die Schreibtischschublade auf und hielt eine in allen Regebogenfarben schillernde CD hoch. »Fängele äußerte mir gegenüber die Befürchtung, dass ihm vonseiten der Presse etwas untergeschoben werden solle.«

»Oh! Aber finden Sie es nicht seltsam, dass Fängele nach einem Besuch von mir seine Sportbücher durchschaut?«

»Noch seltsamer finde ich es, dass er dabei etwas findet!«

»Was ist denn drauf auf der CD?«

»Pornographie.«

»Wie?«

»Kopulationen auf Latzügen, Sex auf der Drückbank, die Art. Nichts Illegales, aber peinlich genug, dass Fängele befürchtet, Sie könnten ihn und sein Institut in Misskredit bringen wollen.«

»Und das glauben Sie ihm wirklich?«

»Was ich glaube, ist völlig irrelevant. Mir stellt sich nur die Frage, ob es sich hier um eine illegale Kopie handelt und ob

Fängele diese Kunstwerke vertreibt. Im letzteren Fall müsste er Umsatzsteuer deklarieren. Und das fällt in meinen Bereich.«

Ich verstand. »Wenn Sie Fängele drankriegen wollen, dann vielleicht damit«, sagte ich, in meiner Lederjacke kramend, die zusammengefaltet auf meinen Knien lag. In den Taschen des Herrenexemplars entzog sich zwar vieles meiner Erinnerung, aber es ging auch nichts verloren. »Das hier«, sagte ich, meine Scheibe hochhaltend, »ist die CD, die sich tatsächlich in Fängeles Buch über Ju-Jutsu befand.«

Wenn Blicke hätten köpfen können, hätte ich jetzt ohne Kopf dagesessen. »Und die haben Sie einfach so mitgenommen? Das ist Diebstahl. Ganz abgesehen davon, dass Sie die Ermittlungen der Behörden behindern.«

»Immerhin wissen wir jetzt, dass Fängele diese CD so wichtig ist, dass er zu Ihnen gekommen ist, um falsche Spuren zu legen.«

Weber seufzte lautlos und lehnte sich zurück.

»Vielleicht sollten wir sie uns mal anschauen«, schlug ich vor.

»Dann würde ich mich einer strafbaren Handlung mitschuldig machen. Außerdem ist die CD als Beweismittel nicht mehr zu gebrauchen. Wie sollte ich jemals einem Richter erklären, wo ich sie herhabe?«

Wo er recht hatte, hatte er recht. »Aber anschauen könnte man sie sich doch trotzdem mal. Oder müssten wir dazu ins Landeskriminalamt gehen?«

Computer waren damals in der Staatsanwaltschaft noch nicht verbreitet. Von E-Mails hatte man bestenfalls schon mal gehört.

Weber stand widerstrebend auf. Wir verließen sein Büro und eilten durch Gänge. Der Oberstaatsanwalt für Wirtschaftsstrafsachen besaß einen Schlüssel für einen Medienraum, dessen wichtigster Gegenstand ein alter Videorekorder zur Überprüfung von Produktpiraterie im Videosektor war. Ein DVD-Player fehlte noch. In einer Ecke stand ein verstaubter kleinformatiger Bildschirm, an dem ein Zettel mit der Warnung klebte, sich nach Gebrauch ordnungsgemäß abzumelden. Der Terminal unter dem Tisch besaß immerhin ein CD-ROM-Laufwerk.

Weber überließ es mir, den Computer hochzufahren. Nach einer Weile Festplattenknattern und Gebläserauschen materialisierte sich das damals übliche Windows-Programm auf dem Bildschirm. Ich schob die CD in den Wagen. Da Weber sich computerfremd stellte, setzte ich mich an die Tastatur und steuerte das CD-Laufwerk an.

Auf der CD befand sich eine ziemlich große Datei. Ich klickte sie an. Unter dem Titel »6 sports« entfaltete sich eine Diashow ziemlich obszönen Charakters. Auf einer Sportbank zeigte eine austrainierte Lady mit Nuttenblick im Tanga ihren Rücken und gebräunte Hinterbacken. Auf dem nächsten öffnete sie die Schenkel auf der Adduktorenmaschine. Später dann die Kopulationen.

Weber knurrte.

»Von wegen no sports«, bemerkte ich. »Fängele, dieser Heimlichtuer. Geilt sich in seinen Mußestunden an Muskelmädchen auf.« Ich war unschlüssig, ob ich darüber lachen oder enttäuscht sein sollte. »Womöglich handelt er tatsächlich damit. Immerhin haben wir jetzt schon zwei von diesen Dingern.«

»Gratuliere«, sagte Weber, nachdem wir in sein Büro zurückgekehrt waren. »Mit der Sicherstellung von diesem Unsinn ist es Ihnen gelungen, Fängele zu warnen.«

Ich hielt nach der Gefängnisfliege Ausschau, aber die arbeitete heute nicht.

»Jetzt ist er endgültig überzeugt, dass ich verdeckte Ermittlungen gegen ihn laufen habe«, fuhr Weber grimmig fort. »Und dass ich mich dabei Ihrer bediene!«

»Und, stimmt es?«

Weber langte nach seiner Zigarettenschachtel, aber sie war leer. »Natürlich nicht!« Er knüllte die Schachtel knackend in der Faust zusammen.

»Kopf hoch«, sagte ich munter. »Irgendwas ist faul an diesen CDs. Sonst hätte Fängele ja nicht diesen seltsamen Vorstoß gemacht und ihnen eine ausgehändigt. Sie werden ihm schon noch auf die Schliche kommen! Und dann kriegen Sie Ihre Genugtuung für den verlorenen Prozess wegen Insolvenzbetrugs.«

»Geht Ihnen eigentlich nie der Atem aus?«, fuhr Weber mich unvermittelt an. »Aus allem machen Sie eine Komödie! Wie Narren lassen Sie uns auf Ihrer Bühne herumspringen!«

»Warum herrschen Sie mich so an?«, erwiderte ich kühl. »Sie brauchen mir nicht zu beweisen, dass Sie ein Mann sind!«

Weber schluckte.

»Ich glaube es Ihnen auch so«, sagte ich. »Sie beherrschen doch alle Techniken, die Männer zu so angenehmen Zeitgenossen machen: Rechthaberei, Arroganz, Mangel an Einfühlungsvermögen, Autoritätsgehabe.«

Der Mann schien zu einer Antwort nicht aufgelegt. Nicht in seiner Amtsstube.

Also fuhr ich fort: »Und Sie nutzen Ihre Macht skrupellos aus. Meinetwegen können Sie die Zeugeneinschüchterung im Fängele-Prozess auf Christoph Weininger abwälzen. Der ist auch ein Mann. Der kennt eure Spielregeln. Aber ich werde es nicht dulden, dass Sie Ihre Fahrerflucht in angetrunkenem Zustand auf diese Rosanna Weber abschieben. Nicht, nachdem Sie mir gegenüber zugegeben haben, dass Sie keine Schwester haben.«

Ziemlich furchtlos ruhte Webers asymmetrischer Blick aus milchkaffeebraunen Augen auf mir. Erst viel später wurde mir klar, dass er sogar seine Eitelkeit dem Erkenntnisinteresse des Ermittlers unterordnen konnte und mich wie jeden anderen Verdächtigen im Glauben ließ, ich hätte es in der Hand, wohin das Gespräch lief.

»Ich bin Ihnen keinerlei Erklärung schuldig«, bemerkte er.

Ich schoss ihm meine volle Schachtel Zigaretten über den Tisch. Er fing sie ab.

»Richtig, Herr Oberstaatsanwalt. Sie sind mir keine Erklärung schuldig. Dafür schulde ich Ihnen auch keinerlei Rücksichtnahme. Ich muss Sie nicht fragen, ob ich meine Erkenntnisse über einen Staatsbeamten veröffentlichen darf, der nach einer Trunkenheitsfahrt vermutlich niemals das hätte werden dürfen, was er heute ist. Und wenn mich Ihr Tenniskumpel Elsäßer daran hindert, es im immerhin noch recht seriösen *Stuttgarter Anzeiger* zu veröffentlichen, dann wird sich eine andere Zeitung finden, die diese Geschichte mit Handkuss nimmt. Das garantiere ich Ihnen.«

Weber griff nach den Zigaretten. »Lisa«, sagte er sanft, »geht es nicht auch ohne Drohungen?«

23

Zögernd kehrte Richard Weber, während draußen die Sonne glänzte, in sein finsteres Elternhaus in Balingen zurück, auf dessen knarzenden Dielen, in dessen verwinkelten Stiegen und dunklen Winkeln das Versteckspiel begann.

In den Stuben standen Möbel aus deutscher Eiche, darauf Klöppeldeckchen und Nippes und natürlich überall die unvermeidlichen Waagen: Apothekerwaagen, Balkenwaagen, Neigungswaagen und so weiter. In den verglasten Bücherschränken das deutsche Kulturgut, ausgenommen Kästner, Ossietzky und Tucholsky und was einst noch so alles auf den Scheiterhaufen gebrannt hatte. An der Wand in Vaters Arbeitszimmer das helle Bildviereck blieb jahrelang ungestrichen.

Am Klavier spreizte das Kind die Finger zur Etüde. Die Mutter bügelte Kleidchen, flocht Zöpfchen, kniff in die Beinchen beim Hochzippeln der Strumpfhosen. Eines Tages entdeckte Richard, dass er ein Mädchen war. Bei Gewitter klammerte er sich ans Eisenrohr des Kachelofens, denn der Vater hatte behauptet, der Blitz könnte durch Eisen schlagen. Aber der Blitz kam nicht.

Damals steckte man Töchter in Mädchenschulen. Richard lernte Schönschreiben, Sticken, Stricken, Kochen und Klavierspielen. Mädchen brauchten auch kein Abitur, denn sie heirateten. Richard kam auf ein Hauswirtschaftsinternat nach Stuttgart. Ein Irrtum der Natur drängte ihm Brüste auf und bescherte ihm die Monatsblutung.

Nur am Klavier vergaß er Zöpfe und Faltenrock.

Mit fünfzehn kaufte er sich in einem Kaufhaus eine Hose. Er weinte vor dem Spiegel in seiner Stube, aber er wagte nicht, die Hose in der Schule zu tragen.

Mit siebzehn verliebte er sich in eine dunkelhaarige Schönheit. Sie rauchte heimlich und wollte das Abitur machen, um zu studieren. Ein Junge aus der Tanzstunde machte ihr ein Kind, und ihre Träume platzten. Doch Richard hatte begriffen, dass auch Mädchen Ziele haben konnten. Er fälschte die Unterschrift seines Vaters und wechselte aufs Gymnasium. Er ließ sich die Haare schneiden, trug Hosen und fing an zu rauchen. Manche Söhne studierten Medizin, weil die Mutter an Krebs starb, Richard studierte in Tübingen Jura, um ein Sohn zu werden. Doch die Kommilitonen sahen in ihm nur die künftige Gattin eines Anwalts auf der Suche nach einer guten Partie. Der eine oder andere probierte, ob er auch ohne Heiratsversprechen zum Zuge kam.

Richard schuftete für seinen Lebensunterhalt als Putze und Barmädchen. Wenn er nicht mehr konnte, zog er einen Anzug an und fuhr nach Stuttgart, um sich auf dem Strich von Huren ansprechen zu lassen. Und er begann, seinen Ekel zu ersäufen. Die Prüfungen stand er in Bluse, Rock, Nylons und hochhackigen Schuhen durch, damit die Professoren Kavaliere blieben. Als er ins Referendariat eintrat, tauchten überall joviale Fratzen, Dickbäuche und witzelnde Münder auf. Eines düsteren Wintertages drängte ihn ein Gerichtsdiener in eine Besenkammer und verging sich an ihm.

Richard betrank sich, baute mit einem geliehenen Porsche

einen Unfall und rannte davon. Der Psychologe, der seine verminderte Schuldfähigkeit feststellte, machte ihn zum ersten Mal auf die damals noch sehr theoretische Möglichkeit einer Geschlechtsumwandlung aufmerksam.

»Bis 1980«, erklärte mir Richard, »hielt die Rechtsprechung operative Geschlechtsumwandlungen nur in ganz eindeutigen Ausnahmefällen, in denen sie zur Vermeidung schwerster seelischer und körperlicher Beeinträchtigungen unerlässlich waren, für nicht sittenwidrig und damit für zulässig. Dann griff das Verfassungsgericht ein und zwang den Gesetzgeber zu handeln. Die sogenannte Kleine Lösung erlaubt die Annahme eines Vornamens des anderen Geschlechts. Voraussetzung ist, dass man mindestens drei Jahre unter dem Zwang steht, anders zu leben. Das muss von zwei Gutachtern bestätigt werden. Wenn man bis zu 302 Tage nach dem Namenswechsel ein Kind bekommt, wird die Entscheidung rückgängig gemacht. Bei der sogenannten Großen Lösung müssen alle Papiere bis hin zur Geburtsurkunde geändert werden. Zu den bereits genannten Voraussetzungen kommt, dass man sich einem operativen Eingriff unterzieht, der die äußeren Geschlechtsmerkmale verändert. In letzter Konsequenz bedeutet es Fortpflanzungsunfähigkeit.«

Da Richard alkoholkrank war, musste er zunächst in eine Therapie. Psychologen, die sich mit Transsexuellen auskannten, waren dünn gesät. Und die beschäftigten sich ausschließlich mit Männern, die sich als Frauen fühlten. Es gab buchstäblich keinen einzigen, der verstand, wo das Problem lag, wenn eine Frau sich als Mann fühlte.

»Denn jedem Mann«, sagte Richard, »leuchtet es sofort ein, dass es für eine Frau wünschenswert ist, ein Mann zu sein. Das erscheint nicht als individuelles Problem, sondern als ein allgemeines, das alle Frauen haben.«

Richards Odyssee begann. Ein Psychologe klärte ihn darüber auf, wie er sich als Frau selbst befriedigen konnte. Der andere sah im Rahmen der Frauenemanzipation die Gesellschaft ohnehin auf dem Weg zur Androgynität. Schließlich fand Richard in London eine Psychologin, die in Amerika Transmänner behandelt hatte. Sie unterwarf ihn zunächst verschiedenen Tests. In Lesbenkneipen musste er sich der Frage stellen, ob er als Frau Frauen liebte. Unter den Fernfahrern übte er sich mit plattgewickelter Brust im Fluchen und Zotenerzählen. Erstmals suchte er ein Fitnessstudio auf. Nach vier Jahren begann die Psychologin mit der Hormonbehandlung. »Niemand hatte mir gesagt, dass die ersten Spritzen mordsmäßig geil machen würden. Ich kam in den Stimmbruch. Mein Bartwuchs begann. Aber ich träumte davon, als Mann ins Freibad zu gehen.«

Richard stand auf und schaute aus dem Fenster, die Hand in der Hosentasche. Bei solcher Gelegenheit kratzte sich ein richtiger Mann am Sack. Webers Bundfaltenhose floss wohlerzogen glatt zum Schritt.

»Ich will Ihnen«, sagte er, sich umwendend, »die peinlichen Details nicht vorenthalten, denn ich weiß, dass dies im Allgemeinen die Phantasie am meisten beschäftigt. In Deutschland gibt es schätzungsweise knapp zehntausend Männer, die jetzt als Frau leben. Die Ärzte sehen kein Problem darin, einen Männerkörper mit weiblichen Merkmalen auszustatten. Man verlegt den Penis operativ als Scheide ins Innere und verpasst dem Mann nach dem erprobten Verfahren Silikonbrüste, sollten die Hormone nicht ausreichen. Dieselben plastischen Chirurgen bekommen jedoch enorme Bedenken bei der Verkleinerung der Brust.

Noch problematischer wird es bei dem Organ, das den Mann auszeichnet. Bereits in den dreißiger Jahren gelang es Ärzten, bei einem biologischen Mann nach einem Unfall den Penis zu rekonstruieren, doch bei einer biologischen Frau war die Phalloplastik anscheinend nicht zu leisten. Experimente mit einem Stück Rippe, die den Fortsatz auf Dauer versteift, halte ich für Lehrstücke von religiösem Sadismus. Bei Männern, die ihren Penis durch einen Unfall verloren haben, rekonstruiert man ihn übrigens mit gutem Erfolg mithilfe eines Knochenstücks aus dem Wadenbein. Aber bei Transmännern ist das offenbar nicht möglich. Oder es soll nicht möglich sein. Man beschränkt sich meist darauf, die Klitoris hormonell zu vergrößern und mithilfe empfindlicher Nervenhaut vom Unterarm zu verlängern. Ein eingeschobenes Plastikröhrchen erlaubt das Urinieren auf der Herrentoilette. Eine Erektion ist nicht möglich. Dauerschmerzen im vernarbten Unterleib sind die Regel. Aber dann hörte ich von einer Klinik in Argentinien. Dort verwendet man für die Konstruktion des Geschlechtsteils die Organe von Affen.«

Mir wurde anders.

Verglichen mit der Todesverachtung, mit der Richard Monate in Krankenhäusern verbracht hatte, um sich zuerst Eierstöcke und Gebärmutter herausschneiden und dann in riskanter stundenlanger Operation Blutgefäße umverlegen und ein Gehänge aus Schwellkörpern von Affen und Silikoneiern zusammenbasteln zu lassen, schien mir sein jahrzehntelanges Muskeltraining in Sportstudios eine harmlose kleine Neurose.

»Tatsächlich«, fuhr er fort, »gibt es keinerlei erzieherische Maßnahmen und keine einzige professionelle Psychotherapie, um das gefühlte Geschlecht dem abweichenden körperlichen Geschlecht anzupassen. Es gibt immer nur eine einzige Lösung dieses Problems: die Anpassung des körperlichen Geschlechts an das gefühlte. Vielleicht liegt es daran, dass der Geist über unseren Körper herrscht. Und wenn ein Hirn männlich ist und ein männliches Bewusstsein generiert, dann muss sich die Biologie eben unterwerfen. Alles andere wäre ein Versuch, eine Persönlichkeit zu brechen.«

Richard hatte sich in all den Jahren als Staatsanwalt quer durch Deutschland versetzen lassen, damit seine Persönlichkeitsveränderung nicht allzu auffällig wurde. Als Beamten konnte man ihn nicht einfach deshalb entlassen, weil er als Mann unter Frauennamen auftrat. Zwei Jahre war er beurlaubt gewesen und hatte in Argentinien gelebt. Nachdem das Gesetz die Korrektur seiner urkundlichen Identität erlaubte, kehrte er fünfunddreißigjährig nach Stuttgart zurück. Intelligenz, Ehrgeiz und Leistungsfähigkeit, die ihn als Frau eher behindert hatten, erwiesen sich jetzt als karriereförderlich.

»Meine Eltern stellte ich vor vollendete Tatsachen. Als meine Mutter begriff, dass ich die Geburtsurkunde nicht für eine Heirat gebraucht hatte, bekam sie einen Nervenzusammenbruch und musste in psychiatrische Behandlung. Mein Vater wies mir die Tür. Ich habe meine Eltern seit fast zwanzig Jahren nicht mehr gesehen.«

Er stand immer noch am Fenster hinter seinem Schreibtisch und blickte überallhin, nur nicht auf mich. Ich suchte das Gesicht der einstigen Rosanna in seinem, aber ich fand es nicht.

»Und damit«, sagte er, »zum Hauptpunkt: Als Frau habe ich niemals sexuelle Befriedigung erlebt. In den achtziger Jahren probierte ich es mit Nutten. Die sind an Seltsamkeiten gewöhnt. Dann wagte ich eine Affäre mit einer Referendarin. Als sie mich verließ, erwog ich ernsthaft, Schluss zu machen, und flüchtete mich in die Arbeit.« Er blickte mich an. »Ich halte mich übrigens nicht für einen Mann, der ständig seine Männlichkeit beweisen muss …«

Ich unterdrückte ein Lächeln.

»… denn ich selbst zweifle ja nicht an ihr. Man sagt, Männer seien gefühllos, abweisend und rechthaberisch. Und das deckt sich mit Ihrer Einschätzung meines Charakters.« Er schmunzelte. »Natürlich habe ich immer den Fehler gemacht, meine Geschichte zu verschweigen, aber nicht, weil ich damit Probleme habe, sondern weil die anderen damit erhebliche Probleme bekommen. Verstehen Sie jetzt? Ich musste Ihre Avancen zurückweisen.« Er wandte sich mir zu.

Ich hustete. »Hoffentlich«, sagte ich, »sind Sie nicht so verwegen, von mir eine halbwegs taktvolle Reaktion zu erwarten.«

Er stutzte, dann lachte er auf. »Sie haben doch genau das hören wollen!«

»Nun ja …« Ich verscheuchte meine Rührung. »Und wie … wie fühlt man sich als Mann?«

»Bitte?«

»Ich meine, Sie haben von klein auf gewusst, dass Sie ein Mann sind, leider in einem weiblichen Körper. Aber wie fühlt man das? Wie fühlt sich so eine männliche Identität an?«

»Wie sich das anfühlt?« Richard setzte sich wieder hinter seinen Tisch. Zum ersten Mal sah ich ihn offen erstaunt, sogar verwirrt. Und er nahm sich Zeit dafür. »Seltsam«, sagte er schließlich, »dass Sie das fragen.«

Jetzt lachte ich. »Sie irren sich, Richard! Ich bin nicht wie Sie ein Mann im falschen Körper. Ich bin eine Frau, die auf die Möglichkeiten des Perspektivwechsels nicht verzichten will.«

Sein Lächeln war entwaffnend. »Und ich dachte, Sie hätten mit Ihrem – wie Sie das nennen – Perspektivwechsel testen wollen, ob irgendwas in mir noch Frau ist.«

»Um Himmels willen! Ich hatte doch gar keine Ahnung, bis vorgestern.«

»Es wäre auch nicht gegangen, Lisa. In mir ist nichts eine Frau. Nie gewesen.«

Deshalb mochte er auch meine unblonde Draufgängerei nicht. »Okay.«

Er blickte mich nachdenklich an. Aber er sagte nichts, was mich aus meinen weiblichen Minderwertigkeitsgefühlen geholt hätte.

»Na gut. Dann gehe ich mal«, sagte ich.

Das Lächeln auf seinen Lippen war schwer zu deuten. Etwas zwischen Nachsicht und Enttäuschung. Ich war ein Feigling. Ich konnte ihm zum Abschied nicht einmal die Hand geben.

Das Linoleum im Gang meckerte unter meinen Turnschuhsohlen. Einer, der hier täglich seine Lebenszeit verplemperte, ohne grau und bösartig zu werden, musste eine starke innere Rüstung besitzen oder vielmehr sich im absoluten inneren Gleichgewicht befinden. Das Zünglein an der Waage immer auf null. Wie beispielsweise ein Sohn der Waagenstadt Balingen.

Ich blieb stehen. Ich drehte mich um. Ich eilte zurück. Jeder Schritt ein kurzer Protest. Ich stieß die Tür auf. Kallweits Refugium. Ich stieß die nächste Tür auf. Richard spielte mit dem Feuerzeug.

Einen Moment sollte man es schon aushalten können, dachte ich, sich einfach nur anzustarren und keine Lösung zu wissen.

Richard legte das Feuerzeug hin. »Na«, sagte er, »hat dich der Mut verlassen?«

»Wer ist denn hier der Mann?«, raunzte ich und zog ihn am cognacfarbenen Revers hinter dem Schreibtisch hervor. Er stolperte über seine Aktentasche und krallte sich in meine doppelten Seidenblusen. Ich hatte ihn, aber wie fasste ich ihn nun an? Seit meiner ersten Liebe hatte ich nicht mehr solche Angst gehabt vor dem ersten Kuss und dem Unbekannten dahinter. Wohlan denn: der Krawattenknoten.

Wenn das Opfer der Begierde lächelte, hieß das nicht unbedingt, dass es sich überlegen fühlte. Es konnte auch heißen, dass es die Anspannung anders nicht meisterte.

Die Hand, die meiner am Krawattenknoten zu Hilfe kam, war feucht und zitterte.

Die Hemdknöpfe, die Westenknöpfe, dann wieder Hemdknöpfe. Was hatte der nur alles an? Darunter eine feste glatte Brust. Ich verbot meinen Fingern, nach den Narben zu tasten. Lieber abwärts zum Hosenbund. Aber wie weiter? Meine Hand war so was von feige. Mir brach der Schweiß aus.

»Das hast du dir leichter vorgestellt«, bemerkte er.

»Lohnt es denn die Mühe?«, fragte ich.

Er sah mir in die Augen, zweifelnd.

Musste ich ihn erst überzeugen? Erwartete der Herr, dass ich ihn in Fahrt brachte? Betrachtete er mich mit kaltem Herzen? Amüsierte er sich über meine Ratlosigkeit? Oder brauchte er eindeutige Vorleistungen? Aber welche denn noch?

Richard senkte den Blick, streifte mit den Fingerspitzen über meinen Hals zum Schlüsselbein. Eine Geste des Mitleids? Doch dann ein rascher Strich zwischen meine Brüste, ein Griff in die Vollen. Ein Entgegenkommen, rein geschäftsmäßig.

Du meine Güte, so ging das nicht. Ich rückte ab.

Er hob die Augen, schaute mich an, überrascht und zu schnell resigniert.

Da langte ich ihm in den Schritt an den Knüppel. Richard zuckte zusammen und knurrte. Das Telefon flog vom Tisch. Der Affe frohlockte.

24

KOK Christoph Weininger ließ sich nichts anmerken. »Hätten Sie wohl ein paar Minuten Zeit für mich?«

»Wenn es denn so wichtig ist«, sagte Weber und vollendete seinen Krawattenknoten.

Natürlich war es wichtig, wenn ein Kriminaloberkommissar sich Freitagnachmittag, wenn alle anderen Beamten in den Feierabend abrauschten, im verschwitzen Hemd in die Staatsanwaltschaft begab. Womöglich wollte er dem Staatsanwalt vorhalten, dass es seine Fingerabdrücke waren, die er auf der Drückbank identifiziert hatte, nicht meine. Christoph Weininger stand in der Tür wie ein Untergebener, der den Grimm über die Arroganz seines Herrn nur deshalb beherrschte, weil er wusste, dass sich im nächsten Augenblick die Gewichte ändern würden.

Ich wäre gern dabei gewesen, wenn Weininger sich an Richard die Zähne ausbiss, aber beide durften von mir erwarten, dass ich aufstand und ging. Weininger machte mir Platz. Da er ein Mensch von breiter Statur war, wurde es eng in der Tür. Im Vorbeigehen erhaschte ich eine Nase voll Zigaretten- und Schweißaroma und dann diesen Zug von Mutterschutzweichspüler.

Den Samstagvormittag dachte ich darüber nach, warum Richard nicht anrief. Das hätte er tun müssen! Um nicht neben meinem Telefon herumzusitzen wie eine verliebte Schnepfe, ging ich in die Stadt und kaufte mir ein Handy.

Leider musste ich es erst zwanzig Stunden lang aufladen.

Samstagnachmittag radelte, wer sportlich sein wollte, am Neckar entlang. Ich warf mich in Leggins und Rennschuhe und fuhr zum Lauftreff nach Feuerbach.

Auf einer Waldlichtung versammelten sich an die hundert Läufer zur Gymnastik, von der kleinen Dicken mit X-Beinen bis zu den hageren Leistungsträgern des Vereins. Die Vorturnerin las die Namen der Gruppenleiter vor. Ich schloss mich der Gruppe sechs an, sechs Kilometer in einer Dreiviertelstunde, während die Leistungsgruppen davonsprinteten, um zehn oder elf zu bewältigen. Die kleine Dicke mit den X-Beinen musste für jeden Schritt, den ich machte, zwei machen, hatte aber immer noch Luft, ununterbrochen zu schwatzen.

»Alles Unsinn«, behauptete sie. »Mein Mann sagt immer, langsam laufen, Puls 120, da verbrennst du am meisten Fett. Stimmt aber nicht. Ist ja auch unlogisch. Seit vier Monaten laufe ich schneller, verbrauche mehr Kalorien und demzufolge auch mehr Fett.« Während wir vom Bach auf die Wiese einschwenkten und uns seelisch auf den Anstieg in den Wald vorbereiteten, erzählte sie, dass ihr Mann immer mit den Schnellsten sprintete und in der Woche auf achtzig Kilometer kam, wenn nicht auf hundert oder hundertzwanzig. Er trainierte für den Berlin-Marathon. Wir fünf Weiber seufzten. Die Gruppenleiterin wies zaghaft darauf hin, dass man auch übertrainieren konnte. Aber dem Mann ging es natürlich nicht um den Marathon, nicht wirklich. Samstags hatte er keine Zeit fürs Frühlingsfest, sonntags konnte er nicht zum Besuch bei den Schwiegereltern. Das Abendessen mit Freunden hätte sich leistungsmindernd auf den Morgenlauf ausgewirkt. Die Kinder waren immer schon im Bett, wenn er nach dem Geschäft auf Laufschuhen von der Zweistundenstrecke aus den Weinbergen zurückkam. Saß man dann endlich doch mal mit Bekannten in der Kneipe und kam das Gespräch auf Reisen, Beförderungen und Eigenheime, dann brachte er den gesamten Sozialwettstreit durch quälende Berichte konkurrenzloser körperlicher Höchstleistungen zum Erliegen.

Als es den Kilometer bergan ging, mitten in die Buchen im vermoderten Laub, deren Gestänge sich langsam mit Grün rüstete, verstummte auch die kleine Dicke. Wir keuchten gemeinsam. Ich hängte meine Augen an die Fersen der Gruppenleiterin, um nicht zusammenzubrechen beim Blick den nicht enden wollenden Anstieg hinauf. Sie fing an, vereinsinternen Klatsch nach hinten zu erzählen, und berichtete vom Zweistundenlauf am vergangenen Wochenende. Läufer, die alleine rannten, entleerten sich das Hirn oder befreiten das Denken von alltäglicher Kleingeisterei und schwangen sich, während die Bäume vorbeiflogen, in philosophische Höhen. Weit entfernt von solcher Euphorie, versuchte ich gewaltsam, meine Gedanken von den Fersen der Gruppenleiterin ab in Richtung Gertrud zu lenken. Sie hatte gestern Vormittag eine verwüstete Sonnenbank vorgefunden. Hatte sie wirklich erwartet, sich vorgestellt oder gewünscht, eines verbrannten und verschlurrten menschlichen Grillfischs ansichtig zu werden?

Ich hätte sie anzeigen müssen. Unbedingt, dachte ich, als die letzte Kehre vor Ende des Anstiegs auftauchte, unbedingt hätte ich sie anzeigen müssen, auch wenn ich nicht wusste, wie ich einem blonden jungen Schutzpolizisten meinen eigenen dümmlichen Anteil daran erklären sollte.

Die letzten Meter mit letzter Kraft, endlich oben, Arme ausschütteln. Wir wandten uns dem Abzweig zum Friedhof zu. Ab jetzt würde es nur noch bergab gehen. Am Ende hatte Gertrud auch Schiller umgebracht. Warum eigentlich nicht? Dieser Feldherr, der sich der Frauen annahm wie ein Psychotherapeut, aber mit dem Willen, sie seiner mentalen Stärke zu unterwerfen, hatte ihr womöglich damit gedroht, ihre Liebe zu Horst, welcher Art auch immer sie war, an den Ehemann zu verraten.

Fragte ein Mann wie Schiller, was ihm das brachte? Es brachte ihn in jedem Fall in den Genuss ängstlicher Augen der Gattin des Chefs. Es erweiterte seine Macht. Es hätte ihn sogar unkündbar gemacht, wenn er klug genug gewesen wäre, den Druck auf Gertrud in dieser Richtung auszunutzen. Eine fleißige Turnlehrerin, deren eheliches Vermögen im Betrieb ihres Mannes steckte, trennte sich nicht so leicht, um mit einem erfolglosen Bodybuilder in einer Dreizimmerwohnung zu hausen. Wenn aber Schiller darauf hingearbeitet hatte, Horst bei Fängele anzuschwärzen, zum Beispiel indem er ihm den Pillenhandel in die Schuhe schob, dann hatte vielleicht sogar Horst selbst die Nerven verloren.

Er hatte doch schon zugegeben, dass er an jenem Abend auf den Hauptschlüssel aus gewesen war. Was, wenn es gar nicht darum gegangen war, ein Schließfach zu öffnen, und was, wenn Horst sich den Schlüssel sogar von Schiller hatte geben lassen, um dann die Feuertreppe hinaufzuschleichen, durch den Notausgang in die Abteilung einzudringen, in der Schiller gerade die Bank zusammengeschraubt hatte, und den Feldherrn zur Rede zu stellen. Schiller auf die Bank zu plätten und ihm mit derselben Bewegung die Gewichtstange in den Hals zu wuchten, dazu war Horst gewiss stark genug gewesen.

Bergab auf weichen Waldwegen trugen meine Füße mich mühelos und meine Gedanken gleich mit. Als ich den Keil am Notausgang entdeckte, sah Horst sich kurz vor der Entlarvung. Sinnlos wäre der Hinweis darauf, dass er gar keinen Hauptschlüssel besaß, sinnlos, dass Gertrud bestätigen würde, dass sie ihren Schlüssel nicht aus der Hand gegeben hatte, wenn diese verdammte Tür doch gelegentlich offen stand. Horst bat einen Freund aus dem Fundus seiner Vergangenheit als Kickboxer und Messerstecher, einen Judoka vielleicht oder am besten einen Sumo-Ringer, ihn beim Überfall auf mich zu begleiten. Schmeichelhaft, dass er es sich nicht allein zutraute, mir das Genick zu brechen. Zugleich war es die Erklärung, warum der andere vor Senta die Flucht ergriffen hatte, ohne die Arbeit zu vollenden. Es war ja nicht seine Sache gewesen.

Wir schwenkten am Friedhofstor in die Schrebergärten, ich vornedran, denn die Ideen trugen bis in die Gewissheit, dass sie zu beweisen waren, jetzt, da ich wusste, wo es langging. Zunächst einmal musste ich Gertrud anzeigen.

Bereits daheim unter der Dusche verlor das schöne Konstrukt an Konsistenz. Man bringt doch niemanden um, nur weil einem Verrat an den betrogenen Ehemann und infolgedessen Entlassung droht. Horst hätte auch woanders als Trainer arbeiten können. Und wenn Gertrud sich von Fängele scheiden ließ, dann konnte sie ihr Vermögen ja mitnehmen. Sie anzuzeigen hatte ich auch keine Zeit, denn ich hatte einen Termin mit den Bodybuildern in der Liederhalle.

25

Missmutig nach einer Nacht mit drei Katzen und einem furzenden Hund in Sallys Bett, suchte ich in Sallys Badschrank nach Aspirin. Sie hatte alles, nur das nicht. Es hätte vermutlich auch nichts genützt gegen den Sonnenbankbrand auf meinem Rücken.

Die ganze Nacht waren bronzefarbene Körper durch mein Hirn geturnt, angespannt bis zum Zerreißen, triefend vor Öl und Schweiß, die Adern wie Schnüre unter der Haut, aufgepumpt vom Schnaps, den man kippte kurz vor dem Auftritt auf der schmucklosen Bühne im Gedröhn von Discomusik und unter den Begeisterungsschreien des Moderators über gut definierte Bodys. Und nun stand ein Sonntagvormittag in der Redaktion an, um Pits Ansprüchen an sauberen Journalismus Genüge zu tun.

Als ich mir die Lederjacke überzog, fiel mir auf, was mir schon vorgestern oder gestern hätte auffallen müssen: Sie klapperte. Ich langte erst links, dann rechts in die Innentasche und hielt alsbald die grüne Schachtel mit den Turbostreifen in der Hand. Das Döschen klackte inhaltsreich. Gertrud hatte mir am Donnerstagabend die falsche Packung abgenommen, nämlich die leere Sallys.

Der Deckel löste sich mit einem Plopp vom Döschen. Darin rund ein Dutzend kleiner gelbweißer Kapseln. Da ja nun feststand, dass das Mittel nicht tödlich war, und da ich einer Aufmunterung dringend bedurfte, warf ich mir eines der Dinger ein.

Der Rush kam fast sofort. Ich jagte Emma die Weinsteige hinauf. Ein sonniger Tag lag vor uns. Rechts im Kessel das Städtchen verfranst mit den grünen Hängen. Immer wieder schön. Glückselig diejenigen, die in Stuttgart leben dürfen! Noch glücklicher diejenigen, die ein Kabäuschen im *Stuttgarter Anzeiger* ihr Eigen nannten. Der Fotograf hatte phänomenale

Fotos mitgebracht. Mein Artikel sprühte vor Geist und Witz. Es war alles überhaupt kein Problem, auch nicht, dass Richard nicht anrief. Heute Abend musste er auf jeden Fall mit mir essen gehen, sich von mir mit Weiningers Besuch in seinem Büro aufziehen lassen und sich meine Ideen in Sachen Horst und Gertrud anhören, die mir im Moment wieder sehr plausibel vorkamen.

In einem Moment geistiger Klarheit gab ich das Wort »Phosphatidylcholin« in meine Suchmaschine ein. Das Ergebnis übertraf alle Hoffnungen, die sich Sally wohl je gemacht hatte. Es handelte sich um ein flüssiges Lecithin, das ursprünglich dazu gedacht war, in Blutgefäßen Fettpfropfen abzubauen, und, unter die Haut gespritzt, Fettpolster auflöste. Kein Absaugen mehr. Eine Spritze reichte. Allerdings musste der Körper dann den ganzen Fettzellenschrott selbst durch die Nieren und Leber schleusen und auspinkeln. Das konnte zu Schocks führen. Außerdem war man sich noch nicht sicher, ob das Zeug wirklich nur Fett auflöste und nicht auch noch jede Menge anderes Gewebe. In Kapseln eingenommen bewirkte es allerdings eher nichts, was über eine Senkung des Cholesterinspiegels hinausging. Na, dann konnte es mir ja auch nicht schaden.

Ich rodelte die Weinsteige wieder hinab. Emmas Reifen pfiffen. Rechter Hand stiegen Beton, Weinhänge und Wald zur Schillereiche hoch. Linker Hand döste die Stadt ins Tal, lasziv wie eine Frau in grünem Laken unterm Kreuz des Birkenkopfs. Heutzutage trugen auch die Huren wieder Kreuze. Hoppla! Ich musste Emma bremsen und meine Feldherrengedanken. Außerdem war die Staatsanwaltschaft tatsächlich verrammelt und unbemannt. Sämtliche Rollläden waren vor den Ein- und Ausfahrten heruntergelassen. Da gab es kein Hineinkommen.

Oma Scheible fing mich im Treppenhaus ab. »Sie, höret Sie! Da waret wieder die zwoi Herre da, die wo da schomal nach Ihne gfragt hen. I hen ihne na uffgschlosse.«

Am heiligen Sonntag? »Haben Sie sich den Durchsuchungsbeschluss zeigen lassen?«

Oma Scheible wackelte mit dem Kopf. »I hen se doch kennt, die jonge Herre.«

»Frau Scheible«, sagte ich brusttonig. »Sie sollten misstrauischer sein. Sie wollen doch nicht, dass mir was passiert, oder?«

»Ja, was wellet die jetzt au von Ihne? Hen Sie vielleicht ebbes ausgfresse? Jetzt schwätzet Se scho, i sags au net weider.«

»Ich habe nur was Falsches gegessen.«

Die Alte blickte mir kiefermalmend hinterher.

Was auch immer Weininger und sein Kompagnon Heiliger bei mir in der Wohnung gesucht haben mochten, sie hatten keine sichtbaren Spuren hinterlassen.

Ich öffnete das Fenster zum Hinterhof, um den Frühling hereinzulassen, nahm das Telefonbuch und stellte mich ans Küchenfenster, um das Herannahen eines Polizeiwagens rechtzeitig erkennen zu können. Erstaunlicherweise stand Richard mit seiner Privatnummer im Telefonbuch. Er wohnte in der Kauzenhecke, einer der besten Gegenden in der Degerlocher Halbhöhe über der Stadt.

Leider entschied ich mich dagegen, mein Handy einzuweihen, und das Telefonkabel reichte nicht bis zum Küchenfenster. Ich wählte Richards Kauzenheckennummer. Er hatte seiner Privatsphäre einen Anrufbeantworter vorgeschaltet. »Sprechen Sie nach dem Pfeifton, ich rufe gegebenenfalls zurück.«

»Lisa hier«, sagte ich ins atmosphärische Rauschen. »Mir ist jetzt alles klar, es ist alles glasklar, oder besser kristallklar.« So viel Klarheit war ja nicht zum Aushalten. Ich kam mit meinen Gedanken gar nicht hinterher, um all die Klarheit zu erfassen, so deutlich lag alles vor mir, viel zu deutlich für ein Traumschaf wie mich. Wie sollte ich das nur jemandem erklären, diese ungeheure Logik! »Klar wie Kloßbrühe, wie man so schön sagt …« Ich hätte besser nichts gesagt. »Bitte Band zurückspulen und löschen!« Das Noradrenalin in Gertruds Kapseln war entschieden zu viel für meinen Verstand.

Es klingelte an der Tür. Ich war überzeugt, Oma Scheibles Klingeln stets daran erkennen zu können, dass es brüchig und zaghaft war, gewissermaßen nur antippend, wie um nicht gehört zu werden, damit sie Gelegenheit hatte, den Schlüssel ins Schloss zu stecken und herumzudrehen. Dass ich etwas Falsches gegessen hatte, ließ ihr vermutlich keine Ruhe, und nun brachte sie den Pfefferminztee.

Ich legte den Telefonhörer auf die Gabel, stellte den Apparat auf den Tisch, ging zur Tür und drückte die Klinke hinunter. Die Tür platzte mir entgegen, und an Oma Scheible vorbei, deren weißer Dutt im Treppenhausdunkel peripher aufleuchtete, stürmte Christoph Weininger herein, gefolgt von seinem langen dünnen Kollegen.

Er bremste schlitternd auf den Dielen. Ich war im Vorteil, ich kannte das Terrain. Ich brauchte ihm nur ein Bein zu stellen und ihn mit einem Stups in den Nacken durch die nächste Tür in mein Schlafzimmer zu befördern. Der dumpfe Bums blieb allerdings aus. Wahrscheinlich war Weininger kopfüber ins Bett gestürzt.

Heiliger wich zur Tür zurück. Kampftechniken gehörten nicht zum Pflichtprogramm der Polizei. Dafür war der Junge bewaffnet. Er langte sich unters Jackett. Doch schon erschien Weininger in der anderen Tür wieder. »Gratuliere. Das muss Ihnen erst mal einer nachmachen. Alle Achtung. Aber jetzt mal im Ernst.«

Heiliger zog die Hand zögerlich, aber leer wieder aus dem Jackett. Ein verantwortungsbewusster junger Mann. Dafür hantierte Weininger jetzt mit Handschellen. »Frau Nerz, ich muss Sie vorläufig festnehmen.«

Flight or fight? Das war alles eine Frage des Adrenalinspiegels. Adrenalin hatte ich im Moment jede Menge im Blut. Ein Rest von Erinnerung an den Normalzustand warnte mich zwar davor, es zugleich mit zweien aufzunehmen, aber die Alternative war auch Wahnsinn. Nur dass mir zu spät klar wurde, dass ich im dritten Stock wohnte. Da war ich schon über meinen Esstisch und durch das im Frühlingswahn geöffnete Fenster nach draußen gesprungen.

Seit einiger Zeit konnte man in Stuttgarts Schrebergärten die Neigung des Menschen beobachten, sich vom Wetter unabhängig zu machen. Überall hatte man diese weißen Zeltdächer aufgestellt, um den Kaffeetisch oder den Würstchengrill vor dem Eigensinn des Wochenendwetters zu schützen. Genau so ein Zeltling war im Hinterhof unter meinem Fenster aufgebaut.

Die weiße Plastikplane war fest, das Leichtmetallgestänge darunter nachgiebig. Das ganze Zelt knickte ein. Es knirschte metallisch, ehe Geschirr und Holztisch klirrten und barsten. Auf den Stufen zur Hinterhoftür stand Frau Matuschek in geblümtem Sommerkleid, die Kaffeekanne in der Hand, offenen Mundes erstarrt.

»Ich ersetze Ihnen den Schaden«, rief ich und strampelte mich aus der Plane.

Der Hinterhof hatte zwei Ausgänge. Die Polizisten rasten jetzt vermutlich die Treppen runter, um den Hof von der Neckarstraße her zu stürmen. Ich setzte mich zwischen Autowerkstatt und Klinkerwand in die Werastraße ab. Der Waldlauf von gestern steckte mir noch in den Muskeln, und der Schock des gerade überlebten Sprungs aus dem dritten Stock machte meine Knie gummiartig. Außerdem war die Stange des Zeltlings doch härter gewesen als menschliches Gewebe. Eine Prellung an der Lendenwirbelsäule würde mich vermutlich bald bewegungsunfähig machen. Schon die leichte Steigung der Urbanstraße wäre ohne die fatale Wunderwirkung von Gertruds Pille nicht zu bewältigen gewesen.

Ich wünschte, ich hätte das Adrenalin aus meinem Körper expedieren können, und musste dringend von der Straße runter. Da die Polizei Flüchtigen immer zunächst per Auto folgte, strebte ich zum U-Bahn-Eingang am Neckartor. Eine Stadtbahn fuhr gerade ein und öffnete die Türen. Die Leute saßen vereinzelt in Viererbänken. Die Blicke blieben kiebig, die Mienen hölzern. Eine auf Band konservierte Frauenstimme sagte die Haltestellen auf: »Staatsgalerie«, »Schlossplatz«. Unter der elektronischen Streckenmarkierung, deren Lichtpunkt von Haltestelle zu Haltestelle sprang, klebte auf dem Oberfenster ein Gedicht.

»Dunkel war's, der Mond schien helle/ Als ein Wagen blitzeschnelle/ Langsam um die Ecke fuhr./ Drinnen saßen stehend Leute,/ Schweigend ins Gespräch vertieft./ Und ein blond gelockter Jüngling mit kohlrabenschwarzem Haar/ Aß 'ne Butterstulle, die mit Schmalz bestrichen war …«

Ich kam allmählich zur Vernunft. Warum hatte ich mich nicht einfach festnehmen lassen? Was war schon dabei? Selbst wenn ein Untersuchungsrichter morgen aus einem halben Tag und einer Nacht im Polizeigewahrsam eine Untersuchungshaft machte, jeder halbwegs geschickte Anwalt hätte mich da in absehbarer Zeit wieder rausgeholt, bei der dünnen Beweislage. Und ich hatte ein Drama daraus gemacht, als stünde ich kurz vor einem tödlichen Justizirrtum.

Diesem Fehler folgte sogleich der zweite. Überall hätte ich aussteigen dürfen, nur nicht am Charlottenplatz. Aber damals wusste ich noch nicht, dass die Polizei im Fahndungsfall in allen U-Bahnhöfen auf die Überwachungskameras der Stuttgarter Stadtbahn zugreifen konnte.

Auf dem Bahnsteig kicherten ein paar Mädchen mit Schlaghosen, Plateauschuhen und freiem Bauchnabel. Zwei schwarz uniformierte Wachleute patrouillierten vor den Schaufenstern eine Ebene höher. Einer leckte ein Eis.

Ich zielte auf die Telefonzellen an den Treppen zum Licht. Leider hatte ich beim Sprung aus meinem Fenster das Handy auf dem Tisch zurückgelassen.

Nach dem zweiten Klingeln schaltete sich wiederum Richards

Anrufbeantworter ein. »… nach dem Pfeifton. Ich rufe gegebenenfalls zurück.«

Im Amt ließ ich es zehnmal klingeln und war besorgt. Gut, auch das Leben eines Arbeitstiers wie Richard spielte sich vermutlich nicht nur in Amt, Privatwohnung und Schlachthof ab, aber wieso verschwand er gerade jetzt?

Hätte er nicht eigentlich auf meinen Anruf lauern müssen? Ich meine, war denn vorgestern in seinem Amt gar nichts zwischen uns passiert, das auf Fortsetzung drängte oder zumindest auf eine Nachlese?

Mir fiel der Tennisclub ein, der in Elsäßers Berichten von Lops und Flops gelegentlich eine Rolle spielte. Das Telefonbuch half weiter. Dem Hintergrundgemurmel nach zu schließen, landete ich in der Vereinskneipe. Ein Mann erklärte sich widerstrebend bereit, Herrn Dr. Weber ausrufen zu lassen. Ich hing minutenlang in der Leitung, ehe er sich erinnerte, mir Bescheid zu geben, dass Herr Dr. Weber wohl nicht auf dem Platz sei. Jetzt machte ich mir doch Sorgen.

Im Schlachthof war ebenfalls ein Anrufbeantworter geschaltet, auf der Gertruds Stimme die Öffnungszeiten erläuterte, nach denen sonntags geschlossen war. Na gut, dachte ich, vielleicht hatte Richard ja mit Katrin noch was zu klären, bevor er sich mit mir einließ. Ich wählte die Nummer von Schiller F. und hörte: »Kein Anschluss unter dieser Nummer.« Katrin hatte es eilig gehabt, seinen Anschluss zu sperren. Sie selbst wohnte vermutlich ohnehin ganz woanders. Die Telefonauskunft erklärte mir, ohne sich auf Diskussionen einzulassen, dass Katrin Schiller eine Geheimnummer habe. Schiller musste sie auch telefonisch terrorisiert haben.

Mir brach der Schweiß aus. Es hatte im Schlachthof schon zu viele Opfer gegeben. Wer war jetzt dran? Ich oder Richard? Stellte ich mich Weininger oder lieber der Schutzpolizei? Was war der größte Fehler, den ich jetzt begehen konnte? Statt einer Antwort fiel mir Gertrud ein. Sie musste doch Katrins Telefonnummer haben. Eilig schlug ich Fängele nach. Die Nummer flirrte vor meinen Augen. Ich erhaschte sie, nahm den Hörer und sah hoch.

Soeben kamen zwei Streifenpolizisten die Rampe in die U-Bahn-Station herab. Baumelnde Pistolen unter grünen Jacken. Am Fuß der Rampe trafen sie mit den beiden schwarzen Wachleuten zusammen. Dem einen begann sein Eis peinlich zu werden. Alle Augen wandten sich plötzlich meiner Telefonzelle zu. Der jüngere der Polizisten knöpfte verstohlen seine Pistolentasche auf. Der Wachmann hielt nach einem Papierkorb für sein Eis Ausschau.

Ich hätte die Treppe hinaufrennen können wie ein gestörter Hase. Aber dann wäre ich unweigerlich ins äußerst effiziente Verfolgungsnetz der Streifenwagen geraten. Zwischen Bahnsteig und mir rückten die Bullen vor. Keiner rechnete damit, dass der Hase direkt auf sie zukam. Der Milchbart vergaß seine Pistole und sprang erschrocken beiseite. Der Wachmann hatte, weil er gut erzogen war, wegen der Eistüte die Hand immer noch nicht frei. Aber er hatte große gestiefelte Füße, die meinen Lauf unterbrachen. Ich riss die Arme hoch, um den Kopf zu schützen, und legte eine Judorolle auf die Platten.

»Halt! Stehen bleiben!«, brüllte es hinter mir her.

Ich übersprang die Absperrung zum Bahnsteig, der rund anderthalb Meter tiefer lag, und torkelte einer alten Frau vor die Füße. Jemand kreischte auf. Leute wichen aus. Die entgeisterten Gesichter des Publikums nahm ich noch wahr. Abscheu und Feigheit. Man wollte den Hasen auf der Strecke sehen, aber nicht gebissen werden. Die Girlies mit den Schlaghosen juchzten zurück. Eine Straßenbahn zog auf. Wildes Gebimmel und Notbremsung mit Sandstaub, als ich auf die Gleise taumelte und mich übers Sperrgitter zwischen den Schienen auf die andere Seite warf.

Auch dort machten die Zuschauer Platz. Ich sah eine Treppe. Aber da war ein junger Mann mit Oberlippenbart, Jeans der

Marke Discount, offenem Hemd und Goldkettchen, der am Sonntagnachmittag nichts Besseres zu tun hatte, als zum Helden zu werden. Von beherztem Eingreifen würde anderntags in der Presse die Rede sein. Mein Fehler war, dass ich ihm ausweichen wollte. Er erwischte mich am Arm. Ich fiel, er rammte mir die Knie ins Kreuz und drehte mir den Arm auf den Rücken. Kalter fettiger Stein an meiner Backe, eine plattgetretene Zigarettenkippe floh vor meinem Atem, Staub kam zurück. Abklopfen half nicht. Ich jaulte.

»Loslassen!«, hörte ich eine Frau hysterisch schreien. »Tun Mädle weh!«

Da erschienen schon schwarze Turnschuhe vor meiner Nase. Polizeiuniformen schienen beim Schuhwerk flexibel. Der Jungbulle übernahm den Griff und drehte mir den anderen Arm auf den Rücken. Stahl ratschte um meine Handgelenke. Dann stand ich wieder, vom Milchbartpolizisten am Ellbogen gehalten, kam aber mit der Hand nicht ans Gesicht, um mir die Staubkrümel von der Backe zu wischen.

»Die Polizei, dein Freund und Helfer«, grinste der Discountheld.

Die Umstehenden lachten.

»Tun Mädle weh! Was hat gemacht?«, greinte die Frau noch mal, die ich jetzt sah, kleiner als breit, geblümt, gemustert, mit schwarzen Augen, fanatischen, bohrenden, geängstigten Augen, gerötet unter polizeistaatlichen Übergriffen in einem anderen Land.

Nun hetzten auch die beiden Wachmänner eine Treppe hinauf. Sie hatten die Unterführung genommen, ebenso wie der zweite Polizist, ein Obermeister mit drei grünen Sternen. Die Leute wichen nicht unbedingt respektvoll aus, als die Polizisten mich abführten.

26

Man brachte mich zum Verwaltungsakt ins Innenstadtrevier, das im Schwabenzentrum untergebracht war. Wenn Weininger eine Fahndung nach mir hatte auslösen können, musste er etwas Handfestes gegen mich haben. Aber dazu wollten die von der Trachtengruppe nichts sagen. Ich saß eine halbe Stunde auf der spiegelglatten Holzbank in der Schleuse des Innenstadtreviers und suchte vergeblich nach Haltung. Die Prellung am Lendenwirbel war trotz Noradrenalins schlecht für die Moral. Eine Nacht im Polizeigewahrsam auf der Betonpritsche würde ich nicht durchstehen. Weininger brauchte mich erst morgen dem Ermittlungsrichter vorzuführen.

Nachdem die Uniformierten mit den Computerproblemen fertig geworden waren, schloss mich der Milchbubi wieder. Wir bestiegen erneut den Streifenwagen und fuhren hinauf zur Landespolizeidirektion in der Hahnemannstraße.

Da kam ich aus dem Auto schon aus eigener Kraft nicht mehr hinaus. Der Milchbubi musste nachhelfen. Zu Fuß ging es dann doch wieder ohne fremde Hilfe. Ich verlangte einen Arzt. Darauf wollten sich die Uniformierten nicht einlassen. Während der Polizeiobermeister den Kriminaloberkommissar Weininger suchen ging, musterte mich der Milchbubi herablassend. Diese Haltung brachte man den Kerlen wohl extra bei, und dann trainierten sie sie daheim vor dem Spiegel: Lassen Sie sich auf nichts ein. Reden Sie nicht. Gehen Sie immer davon aus, dass der Delinquent darauf aus ist, Sie zu verarschen.

Weininger kam, und zwar mit meiner Lederjacke, die ich zu Hause zurückgelassen hatte, und deren Inhalt in einer Tüte. Der Milchbubi nahm mir endlich die Handschellen ab. Weininger öffnete mir die Tür zum Vernehmungsraum. Die beiden Streifenbeamten verabschiedeten sich wortkarg und eilig.

»Wo haben Sie denn Heiliger gelassen?«, erkundigte ich mich, als Weininger die Tür zumachte.

»Den habe ich heimgeschickt. Er hat Frau und Kinder.«

»Ich möchte einen Arzt!«

»Nicht so hastig.« Weininger setzte sich an den Tisch, brachte sein Gemächt in eine bequeme Lage. »Setzen Sie sich erst mal, Frau Nerz.« Er schlug eine Mappe auf, in der obenauf ein rotes Blatt Papier lag. Etwa ein Haftbefehl? »Damit Sie uns nicht wieder eines Formfehlers überführen, bringe ich Ihnen zunächst den Haftbefehl zur Kenntnis. Einverstanden?«

»Wo haben Sie den so schnell her?«

»Das hat schon alles seine Richtigkeit, Frau Nerz. Glauben Sie mir. Also: Für Frau Lisa Nerz, wohnhaft in der Neckarstraße und so weiter, deutsche Staatsangehörigkeit, wird die Untersuchungshaft angeordnet. Sie wird beschuldigt, Frau Gertrud Fängele, wohnhaft in ... und so weiter am Donnerstagabend, den 30. April, in ihrem Büro im Fitnesscenter Schlachthof in der Wangener Straße ...«

»Wie bitte? Zeigen Sie mal her!«

Weininger zog das rote Papier aus meiner Reichweite. Danach schnappen konnte ich nicht. Schon jedes Wort, dem ein Atemholen vorausging, fuhr mir wie ein Samuraischwert zwischen die Lendenwirbel.

»... in der Wangener Straße«, las Weininger weiter vor, »in ihrem Büro in Tötungsabsicht aufgesucht, Teile der Einrichtung, darunter eine Sonnenbank beschädigt und in der Folge Frau Gertrud Fängele selbst geschlagen und gewürgt zu haben.«

Mir blieb die Spucke weg.

Weininger lehnte sich zurück. »Wollen Sie sich dazu äußern? Dann könnte ich Sie noch heute Abend dem Ermittlungsrichter vorführen, und Sie könnten wieder springen.«

»Bei Tötungsabsicht?«

»Das muss der Richter ja nicht auch so sehen, nicht? Allerdings haben Sie Blutspuren hinterlassen. Eine Auseinandersetzung muss es gegeben haben, daran besteht wohl kein Zweifel.

Und Ihr allgemein gewalttätiges Verhalten legt die Vermutung nahe –«

»Mit dem Argument kommen Sie nicht durch. Die Prügelei mit Horst ist nicht justiziabel. Auch wenn Ihr Interesse noch so groß sein mag, mich dafür verantwortlich zu machen.«

Weininger lachte gemütlich. »Es kann sogar noch schlimmer kommen. Wir haben Ihre Fingerabdrücke auf der Drückbank identifiziert.«

»Das kann nicht sein.«

»Immerhin waren Sie zur Tatzeit am Tatort. Gertrud hat Sie sogar bei der Leiche angetroffen.«

»Da war Schiller schon eine Weile tot!«

»Sie könnten versucht haben, irgendwelche Spuren zu verwischen, indem sie neue legen.«

»Welches Motiv sollte ich denn gehabt haben?«

Weininger griff nach der Tüte mit meinem Jackentascheninhalt. »Ein Motiv wird sich sicherlich finden. Haben Sie nicht auf Veranlassung Ihrer Freundin Sally Simpson den Schlachthof erstmals aufgesucht? Uns ist bekannt, dass es da zuvor einen Streit zwischen Frau Simpson und Herrn Schiller gegeben hat. Dafür gibt es Zeugen.«

Weininger schüttete den Inhalt der Tüte auf den Tisch, Geldbeutel, drei Feuerzeuge, ein Kugelschreiber, Sallys Wohnungsschlüssel. Weininger stieß beim Auffalten der Papiere auch auf den Artikel über Rosanna Weber, glättete ihn und legte ihn beiseite. Ich rechnete eilig zurück. Damals musste Weininger blutjunger Streifenpolizist gewesen sein.

Er griff nach der grünen Schachtel mit den Turbostreifen und schüttelte sie. Die Kapseln klapperten. »Was ist das?«

»Ich recherchiere für einen größeren Artikel über Doping im Kraftsport.«

»Soso. Wir haben auch ein wenig recherchiert. Und wissen Sie, worauf wir gestoßen sind?«

Christoph Weininger schaute mich an, als erwarte er eine

Antwort. Ich starrte zurück, bis er die Augen auf die Schachtel senkte. »Bei dem Streit zwischen Ihrer Freundin und Schiller ging es um dieses Präparat hier. Sie drohte damit, ihm die Presse auf den Hals zu hetzen. Wissen Sie, was ich glaube?« Er fixierte mich wieder. »Ich glaube, dass Sie es mit der Parteilichkeit ein wenig übertrieben haben. Das zeigt auch der Verlauf der Schlägerei mit Horst Bleibtreu.« Weininger hob die Hände. »Ich weiß, damit können wir nicht argumentieren, aber so ganz ohne Argumente stehen wir trotzdem nicht da. Sie sind, wie ich sehe, auf einmal im Besitz dieses Schlankheitsmittels. Sie haben Gertrud Fängele regelrecht überfallen, um da ranzukommen, nachdem Sie keine andere Quelle mehr auftun konnten, um Ihrer Freundin dieses Mittel zu beschaffen.«

»Es ist ein Cholesterinsenker«, sagte ich. »Man kann es in der Apotheke kaufen.«

»Was Sie nicht sagen. In so ein Döschen kann man doch alles Mögliche hineintun. Hustenbonbons, Ecstasy … Und im letzteren Fall sind Sie dran. Bei der Menge.«

Ich kam mir vor, als hätte Weininger meine Wirbelknochen herausgenommen und stochere nun in den verbliebenen Weichteilen herum. Mein Mangel an Rückgrat erforderte meine ganze Kraft, mich aufrecht auf dem Stuhl zu halten.

»Was wollen Sie denn von mir?«, ächzte ich. »Offenbar ist Ihnen bekannt, dass Schiller mit Aufputschmitteln handelte, getarnt als Schlankheitsmittel. Warum sind Sie dann nicht längst dagegen vorgegangen? Jetzt wollen Sie vertuschen, dass Sie dem munteren Handel im Schlachthof tatenlos zugeschaut haben. Wissen Sie, was ich glaube? Sie selbst haben Schiller kaltgemacht. Erpressung ist ein starkes Motiv. Schiller hat Sie erpresst, weil Sie als Bulle mitgemischt haben, schon aus alter Freundschaft zu Horst. Und Horst steckte mit drin, weil er mit Gertrud zusammenhängt. Jetzt suchen Sie jemanden, bei dem Sie Rache nehmen können dafür, dass Horst gelähmt im Krankenhaus liegt. Deshalb konstruieren Sie eine Mord- und Totschlagsanklage gegen mich mit falschen Zeugen und falschen Indizien.«

Weininger sah aus, als warte er nur darauf, dass ich auseinanderbrach.

»Machen Sie nur so weiter«, sagte ich. »Wie es wirklich war, das wird spätestens bei der Gerichtsverhandlung ans Tageslicht kommen. Denn die Richter können Sie nicht einschüchtern. Als Polizist sind Sie erledigt.«

»So kommen wir nicht weiter, Frau Nerz«, sagte Weininger in einem duldsamen Ton, welcher der Härte seiner grauen Augen völlig widersprach. »Und wissen Sie was? Bei dem schönen Wetter sollten wir wirklich nicht hier sitzen.« Er begann, meine Sachen zusammenzusammeln.

Mir wurde unheimlich. »Ich möchte einem Richter vorgeführt werden. Ich möchte Oberstaatsanwalt Weber sprechen.«

»Was wollen Sie nur immer mit diesem Weber?« Weininger schob die Unterlider in die Augen. »Der ist doch viel zu alt für Sie. Zugegeben, er ist ein attraktiver Mann. Aber haben Sie sich schon mal überlegt, was er nimmt, damit er sich so gut hält?« Weininger rappelte mit der Turboschachtel.

Niemals! Mein Lendenwirbel explodierte. Ich wurde fünf Zentimeter kürzer. Der Aufprall von Wirbel auf Wirbel war fürchterlich.

»Wie kann ein schlaues Mädel wie du …«

Woher diese prallen Vierzigjährigen nur immer die Altherrenrhetorik nahmen?

»… auf einen wie Weber hereinfallen. Ist Geld denn so verführerisch?«

»Ich habe selber Geld!«

»Na dann«, sagte Weininger mit einem Männerlächeln, »dann verstehe ich wirklich nicht, wie du –«

»Duz mich nicht, du Arschloch!« Der Hieb des Samuraischwerts trieb mir das Wasser in die Augen.

»Na, na!« Der Polizist quoll Christoph Weininger aus allen

blonden Poren und Falten seines Knitterhemds. Der Geruch von Recht und Rache füllte den Raum. »Im Grunde geht es uns doch um dasselbe. Es stinkt im Schlachthof. Du willst wissen, was da los ist – ich auch. Warum sollen wir uns denn streiten? Wir brauchen Beweise, eindeutige Beweise. Darum geht es.«

Ich begriff nicht.

»Einen Zeugen, Fingerabdrücke, ein Geständnis, das meine ich. Sonst haut Weber dich in die Pfanne. Glaub mir, ich kenne ihn. Er kennt keine Skrupel. Wenn es ihm nützt, lässt er dich im Regen stehen. Ihm geht es immer nur darum, sich selbst reinzuwaschen. Was glaubst du denn, warum er sich in der Akte Schiller mittlerweile besser auskennt als die ermittelnde Staatsanwältin? Warum sitze ich denn hier mit diesem blödsinnigen Haftbefehl vor dir?«

Christoph ließ seine Sätze schweben und stopfte währenddessen meine persönlichen Gegenstände in meine Jackentaschen zurück, sämtlich in die falschen.

Hätte ich noch Rückgrat besessen, hätte ich seinen Verdächtigungen vielleicht etwas entgegensetzen können. Richard hatte nichts von meiner Auseinandersetzung mit Gertrud gewusst, als er mich vorgestern in sein Büro rief, sonst hätte er sie mir vorgehalten. Christoph war damit zu ihm gekommen, nachdem Gertrud mit ihrer Anzeige in die Offensive gegangen war. Es war nicht um Richards Fingerabdrücke gegangen, sondern um mich, und Richard hatte mich einfach fallen lassen.

»Ah, langsam geht dir ein Licht auf«, bemerkte Christoph. »Seit Jahren versuche ich, diesen sauberen Herrn dranzukriegen. Diesmal ist er zu weit gegangen. Er hat Schiller ermordet. Aber wir müssen es ihm halt auch nachweisen. Und das ist ein hartes Stück Arbeit. Ich hoffe nur, wir kommen nicht zu spät!« Christoph richtete den Blick fast verträumt zum Fenster mit Blick auf die Weinberge am Pragsattel. »Weber ist ja nicht blöd. Das ist er wirklich nicht. Wenn so einer merkt, dass alles verloren ist, dann erinnert er sich der alten Wehrmachtspistole seines Vaters im Schreibtisch und entzieht sich der Verantwortung.«

Mein Herz pumpte los. Ich hatte den ganzen Vormittag vergeblich versucht, Richard zu erreichen. Und gestern hatte er sich auch nicht gemeldet.

»Es sind wahrscheinlich seine Fingerabdrücke auf der Haltegabel der Drückbank«, sagte ich unwillkürlich.

Eine unheimliche Logik riss mich mit. Richard konnte sich denken, dass sich Christophs Irrtum mit den Fingerabdrücken in dem Moment aufklären würde, da er mich festnahm. Dann erwachte nicht nur Christophs alte Feindschaft, sondern auch meine neue. Richard hatte mich doch schlichtweg verraten, als er seinen Erzfeind zur Jagd auf mich ermunterte.

Christoph lächelte aufmerksam.

In diesem Moment, das musste Richard klar sein, hatte er verloren. Es musste ja nicht die Wehrmachtspistole sein. Ich blickte in Christophs steinharte Augen, und eine noch schlimmere Alternative formierte sich in meinem Hirn. »Du hast Weber umgebracht!«, plapperte es aus mir heraus. »Du hast nicht nur Schiller getötet, sondern auch Weber. Erst versuchst du, es auf mich zu schieben, aber weil ich nicht klein beigebe, willst du jetzt alle glauben machen, Weber habe die Konsequenzen eines Feiglings gezogen.«

»Lisa, du hast doch wirklich Krautwasser im Hirn!«

Das Kraut blähte ordentlich. Es war noch viel schlimmer, denn am Ende bekam Christoph doch noch seine Hauptverdächtige. Dass ich Horst zum Krüppel geworfen hatte, war allen klar, auch wenn es nie zur Anklage kam. Aber wenn man jetzt auch noch Webers Leiche fand und wenn der Suizid nicht so recht nach Suizid aussehen wollte, dann hatte Christoph mich. Er musste mich nur noch mit dieser Leiche in Kontakt bringen, damit ich Spuren hinterließ.

»Also gut«, sagte ich. »Gehen wir. Bringen wir es hinter uns.«

Christoph lächelte, nahm meine Jacke, stand auf und half mir auf die Füße. Als wir durch die leeren Gänge wandelten, blieb er auf Schulterkontakt. Ich erinnerte mich, dass der stille Karateka Waldemar mich darauf hingewiesen hatte, dass Christoph Danträger im Ju-Jutsu war, oder war es Jiu-Jitsu gewesen? Mein Hirn fing langsam an durchzuhängen. Unter Nahkampfsportlern brach jedenfalls die übliche Dreißigzentimeterdistanz meist binnen kurzem zusammen. Über einen Körperkontakt teilten sich Absichten unmittelbarer mit, zum Beispiel Christophs ungeheuerlich runde Siegessicherheit. Der Bulle führte ein Schaf zur Schlachtbank.

»Ich würde aber gerne noch telefonieren«, sagte ich.

»Gleich, Lisa!«

Im Eingangsbereich der Polizeidirektion hingen Fahndungsplakate und Hauspläne, aber es gab kein öffentliches Telefon. Im Judo galt, wer beim Kampf wegen einer Verletzung nicht gegenhalten konnte, der musste mitgehen, so lange, bis der Gegner sich eine Blöße gab.

Christoph warf meine Jacke auf den Rücksitz seines Dienst-Audis und half mir auf den Beifahrersitz. Über die Pragkreuzung schlingerten die Sonntagsfahrer. An den Straßenbahnhaltestellen pulkten Spaziergänger. Christoph fuhr zum Neckar hinunter und bog Richtung Wilhelma ab. Lachmöwen kreischten über dem Fluss hinter einer grauen Mauer. Autodächer spiegelten die Sonne an der Ampelschlange. Der Zoo sandte Natur in Form von Bäumen und Vögeln in den Spätnachmittagshimmel. Ich zwang mich zu reden.

»Wo fahren wir denn hin?«

»Ich bringe dich nach Hause. Was hast du denn gedacht? Du solltest deine Prellung mit Eiswürfeln behandeln. Ich hoffe, du hast Eiswürfel. Als Sportlerin solltest du immer Eiswürfel im Gefrierfach haben.«

»Und was werden wir außer Eiswürfeln sonst noch finden in meiner Wohnung, nachdem Oma Scheible heute früh so nett war, euch hineinzulassen?«

Christoph warf mir einen prüfenden Blick zu. »Was sollten wir denn finden? Oder lagerst du Adipoclear in Kisten unter deinem Bett? Das wäre freilich ungünstig. Der Handel damit ist in Deutschland verboten.«

Kinder wallfahrteten an der Mauer der Wilhelma entlang zur Straßenbahnhaltestelle. Mütter und Väter trugen die Rucksäcke hinterher. Der junge Mai grünte im Rosensteinpark bis an die Schienen herab. Der Cannstatter Tunnel, mit bürgerlichem Namen Schwanentunnel, schluckte uns unters ehemalige Bundesgartenschaugelände mit seinen angemoosten Springbrunnen. Die Verkehrsführung zwang zu kurzfristigen Spurenwechseln im Dunkeln von ganz rechts nach ganz links. Ich versuchte krampfhaft, auf der Spur zu bleiben. Wenn Christoph bei mir irgendwelche grünen Schachteln finden wollte, um mich unter Druck zu setzen, dann brauchte er einen neutralen Zeugen dafür, der den Fund gerichtsverwertbar machte.

Überraschenderweise lauerte Oma Scheible nicht im Treppenhaus. Dabei hätte sie mir jetzt mit ihrem Schlüssel dienen können, denn meiner war beim Sprung aus dem Fenster in der Wohnung geblieben. Christoph musste mich alleine lassen und tat es im Vertrauen auf meine Rückenlähmung. Er brachte die Alte vom Hinterhof. Dort war man immer noch dabei, den Schaden zu diskutieren, den ich vor einigen Stunden angerichtet hatte.

»I hen mir scho Sorge gmacht«, sagte Oma Scheible mit leuchtenden Augen. »Sie hen sich doch nix do beim Falle?«

Stufe um Stufe vermehrte sich die Summe der zu Bruch gegangenen Tassen, Teller, der verbogenen Löffel und Kuchengabeln, der gebrochenen Tischbeine und geborstenen Plastikstühle. Oma Scheible beschwor das Glück, dass sich niemand unter der Plane befunden hatte, als ich hineinknallte, und dass keines der beiden Kinder der Matuscheks zu Schaden gekommen war. Nach gefühlten Stunden erreichten wir meine Wohnungstür. Oma Scheibles Schlüssel trat in Aktion. Ihre naseweise Mitteilsamkeit trieb die Tür auf. Gegen den Wind der Worte bekam ich sie auch nicht zu. Oma Scheible trat ein.

»Sie solltet sich glei nalege. Sie sehet arg mitgnomme aus. Mei Dode …« Sie meinte ihre Tante. »… hats au mit dem Ischias. Do isch Wärme gut. Hen Sie a Bettflasch?«

Christoph warf meine Jacke über den Stuhl und begann, sich in der Wohnung umzusehen. Er öffnete Küchenschränke, zog Schubladen auf.

»Was sucht jetz' au der?«

»Meinen Hausschlüssel«, sagte ich.

Oma Scheible starrte verblüfft auf den Tisch. »Aber da ischer doch!«

Ein kühler Wind strich durchs immer noch offenstehende Fenster herein. Er brachte das aufgeregte Geschnatter der Leute vom Hinterhof. Christoph verschwand in meinem Schlafzimmer. Ich griff zum Telefon und versuchte, die Nummer von Gotthelf Fängele zu aktivieren, auf die ich im Telefonbuch am Charlottenplatz so lange gestarrt hatte. Ich ließ keinen Zweifel aufkommen und tippte das, was mir einfiel. Es klingelte drei, vier Mal.

»Fängele.«

»Herr Fängele«, raunte ich, »Lisa Nerz hier. Bitte legen Sie nicht auf. Es ist wichtig. Ich brauche Ihre Hilfe. Ich suche Weber. Und ich kann Katrin nicht erreichen.«

»Katrin?« Fängeles Stimme klang wie aus dem Mittagsschlaf geholt.

»Es geht um Leben und Tod!«

Mehr konnte ich nicht sagen, denn Christoph stürzte herbei und legte die Hand auf den Unterbrecher. »Schluss jetzt!« In der Hand hielt er eine dieser grässlich grünen Schachteln mit den Turbostreifen. Seine Miene war bullenernst. »Jetzt hört der Spaß aber auf.«

Oma Scheible äugte. Da hatte er nämlich seine Zeugin.

»Jetzt hab dich mal nicht so, Christoph!«, sagte ich. »Die

Schachtel hast du doch aus meiner Jacke. Und das hatten wir schon.«

»Frau Scheible«, sagte er, »Sie sind Zeugin!«

»Was, wie?« Oma Scheible wurde sperrig. »Für was soll i Zeugin sein? I hen nix gsähe. I woiß nur, es war das gute Sonntagsgschirr von dene Matuschecks, das wo zu Bruch gange isch. Sie hens zwar im Sonderangebot kauft, aber die wellet den Schade ersetzt hen.«

»Ich denke, fünfhundert dürften reichen«, sagte ich.

Oma Scheible strahlte. »Knausrig waret Sie noch nie, des muss ma Ihne lasse.«

»Gib der Dame schon das Geld«, sagte Christoph.

»Des isch net mei Geld, des ghört dene Matuscheks!«

»Dann holen Sie diese Matuscheks. Damit alles eine Ordnung hat.«

Oma Scheible wuselte die Treppe hinab. Christoph zündete sich eine Zigarette an und trat kopfschüttelnd ans offene Fenster. »Wen hast du eben angerufen?«

Ich lachte höhnisch.

Er sah mich aufmerksam an. »Musst du es uns so schwer machen?«

»Was denn?«

Das Getrampel vor der Tür und das Erscheinen Oma Scheibles enthob ihn einer Antwort. Herr und Frau Matuschek und ihre beiden Kleinkinder quollen in meine Wohnung. Sie wischte sich das geblümte Schürzenkleid glatt. Er trug seinen beachtlichen Bauch über Shorts und Stachelbeerbeinen mit Gelassenheit. Die Kinder starrten mit großen Augen in meiner unbürgerlichen Wohnung herum. Oma Scheible vermittelte. Die Matuscheks erkundigten sich zuerst artig nach meinem Befinden, bevor sie stringent auf die Höhe der Summe zusteuerten, in die sie sich beim Gekakel unten am Hof hineingesteigert hatten. Sie haspelte, er wachte argwöhnisch über meine Reaktion auf ihre Aufzählung zerstörten Geschirrs und Mobiliars. Er war bereit, um jede Mark zu kämpfen wie ein Mann, als seine Frau bei 450 Mark ankam.

»Sagen wir sechshundert«, sagte ich. »Für den Schreck!«

Der Mann wurde gemütlich, die Frau versonnen. »Sie haben doch sicher eine Haftpflichtversicherung«, entschuldigte sich Matuschek. »Wenn Sie Rechnungen brauchen …«

»Darüber reden wir noch. Jetzt kriegen Sie erst mal Ihr Geld.«

Christoph nahm meine Jacke vom Stuhl und fischte nach dem Geldbeutel. Matuschek kratzte sich den Bauch.

Ich fischte in meinem Geldbeutel herum. »Oh, wie dumm! Ich habe nur hunderfünfzig.«

Matuschek plusterte sich auf. Er hatte es doch geahnt.

»Aber wir könnten schnell zum Automaten.«

»Okay.« Für Matuschek war die Summe zu hoch und damit das Risiko, mir bis morgen Bedenkzeit zu geben. Er gehörte zu den Männern, die den Autoschlüssel stets zur Hand hatten. »Wohin soll ich Sie fahren?«

»So geht das nicht«, sagte Christoph.

Sofort hatte er alle gegen sich, Matuscheks Mit-mir-nicht-Blick, den Vorwurf in Frau Matuscheks Augen, Oma Scheibles öligen Aalsuppenblick, schließlich die nackte Angst in den Augen der Kinder.

»Ich meine«, variierte er hastig, »wir werden meinen Wagen nehmen. Ich stehe nämlich im Parkverbot.«

Das leuchtete Matuschek unmittelbar ein. Die Expedition begab sich die Treppe hinab. Draußen schien immer noch die Sonne. Es war schweißtreibend warm.

Matuschek befand, dass ein Mann vorne einstieg. Also musste Christoph mich hinten platzieren. Als er um den Wagen herumging, um vorne einzusteigen, kurbelte ich – was mir den Saft in die Augen trieb – das Seitenfenster runter und sagte in die begriffsstutzigen Gesichter der beiden Frauen am Bordstein: »Rufen Sie die Polizei. Sie muss hier sein, wenn wir wiederkommen. Sagen Sie denen irgendwas. Es geht um Leben und Tod.«

Dann saß Christoph im Auto und startete. Er kurvte am Abzweig Hackstraße rechtswidrig über die Schienen auf die Gegenfahrbahn, fuhr am Bunker der Staatsanwaltschaft entlang und gewann das Neckartor. Gleich drüben auf der anderen Seite der Stadtautobahn befand sich die Badische Beamtenbank, die mit einem Automaten warb. Doch zunächst spülte uns der Verkehr am Planetarium vorbei auf die Kreuzung zwischen Wagenburgtunnel in den Osten und Hauptbahnhof. Zum ersten Mal fiel mir auf, dass die Querstraße Schillerstraße hieß.

Christoph machte einen U-Turn, fuhr zum Neckartor zurück und bog in die Zufahrt zum kupferbewehrten Prunkportal des Hotels *Intercontinental* – heute *Le Méridien* – ein. Dort reihten sich Nobelschlitten entlang der Fassade.

Als wir Christophs Audi entstiegen, der Polizist in Jeans und Knitterhemd, Matuschek in Shorts mit Bauch und Badeschlappen und ich in fleckigem T-Shirt mit gepflasterten Händen und nicht gesellschaftsfähigem Gesicht, eilte ein Portier herbei, um uns zu erklären, dass wir hier nicht stehen bleiben könnten. Christoph zog seinen Dienstausweis. Daraufhin wurde Matuschek nervös und eilte voraus Richtung Bank. Christoph hatte ebenfalls keine Zeit zu verlieren. Ich holte alles an Langsamkeit aus mir heraus, was in mir steckte.

Das polierte Bollwerk der Bank aus lachsfarbenem Marmor mit schwarzen Punkten dehnte sich. An der Panzerglaspforte ließ ich die Karte erst einmal fallen, ehe ich sie in den Schlitz bekam, der als Türöffner diente. Der Automat in der Eingangsschleuse war an sich schon langsam. Er wies meine Karte zweimal ab, weil ich sie falsch herum hineingesteckt hatte. Dann irrte ich mich zweimal in der Geheimnummer. Bis der Computer den Irrtum meldete, vergingen jeweils Minuten. Christoph und Matuschek traten die Schweißperlen auf die Stirn, während ich versuchte, mir darüber klar zu werden, was für mich vorteilhafter war – dass Matuschek sein Geld bekam oder dass er es nicht bekam. Dann fiel mir die Geheimnummer tatsächlich nicht mehr ein, und ich hätte mich gern ins Bett gelegt und die Decke über den Kopf gezogen.

»Überlegen Sie in aller Ruhe«, sagte Matuschek ungeduldig. »Es eilt ja nicht. Lassen Sie sich Zeit.«

Ich unterdrückte das Bedürfnis aufzugeben und tippte zum dritten Mal die Nummer. Die Bildschirmmaske listete die Summen auf. Fünfhundert reichten. Der Computer rechnete gemächlich. Dass Matuschek nicht gleich selbst zugriff, als die Scheine kamen, war alles. Er trat von einer Badeschlappe auf die andere, während ich einen Hunderter aus meinem Geldbeutel dazutat.

Dass ich meinen Geldbeutel nicht bei meiner Jacke im Auto gelassen hatte, war der entscheidende Denkfehler. Denn andernfalls hätte auch Matuschek zum Auto zurückmüssen und hätte sich wahrscheinlich heimkutschieren lassen. So aber sackte er die Scheine ein, bedankte sich, erklärte, die paar Meter könne er zu Fuß gehen, und eilte übers Neckartor Richtung Neckarstraße von dannen. Noch einer, der Polizisten nicht mochte.

Christoph übernahm endlich die Alleinregie. Es hatte keinen Sinn, an der Pforte des *Interconti* eine Szene zu machen, denn wer rief schon die Polizei, wenn ein Polizist bei mir war?

Christoph hielt mir die Wagentür auf, startete, machte ein illegales Wendemanöver am Neckartor, fuhr am Planetarium vorbei, bog in die Schillerstraße ein und hielt auf das grünbärtige Maul des Wagenburgtunnels zu. Hinter dem Tunnel begann das Kleinklima des Ostens: Häuserschächte, Leute mit Stühlen auf dem Fußweg, verzwicktes Leben in der Asphalt- und Steinwüste. Der große graue Gaskessel wies die Richtung. Erst dachte ich, wir würden zum Schlachthof abbiegen, aber Christoph fuhr zum Neckar hinab auf die Schnellstraße.

Der Großmarkt hatte eine eigene Ausfahrt. Endlose Hallen mit Toren und Rampen für die Lastwagen. Hier und da welkte ein Kohlblättchen. Ein Container stand still auf Stelzen. Dort, wo die Eisenbahngleise ins Großmarktgelände griffen, stoppte Christoph den Wagen. Hinter den Puffern am Schienenende spross unverdrossenes Grün. Christoph zog den Zündschlüssel ab. Das Rauschen der Stadt war fern, die Stille nahe.

»Ein gutes Plätzchen, nicht?«, sagte er. »Nur damit du nicht wieder auf die Idee kommst, mit Dritten irgendwelche Manöver zu starten. Hier können wir in aller Ruhe miteinander reden.«

Ich überlegte, ob Christoph seine Dienstwaffe im Handschuhfach lagerte.

»Steig aus!«

»Ich kann nicht.«

Christoph seufzte, öffnete das Handschuhfach, holte die Waffe mitsamt Schulterhalfter heraus, stieg aus, ging um den Kühler herum, öffnete meine Tür und zog mich mit kräftiger Hand heraus. »Bitte, geht doch. Alles, was nicht tötet, härtet ab.«

Ein sehr unbedachter Scherz, wenn man an Horst dachte. Vielleicht war alles viel simpler. Ein Bulle rächte seinen Freund, weil er juristisch nichts mehr machen konnte.

»Willst du Geld?«, fragte ich und zog eine Zigarette aus meiner Schachtel, während Christoph sich das Schulterhalfter anlegte. Als er in seinem Halfter drin war, ließ ich meine Zigarettenschachtel fallen. Nur wenige konnten dem Reflex widerstehen, sich zu bücken. Aber Christoph zuckte nur und bückte sich nicht. Er gab mir keine Gelegenheit, ihm mein Knie in die Nase zu rammen. Er kannte die Kampftricks.

»Was soll ich mit Geld?«, fragte er und nahm sich eine Zigarette aus der eigenen Schachtel. Immerhin bot er mir Feuer an. Die Flamme wackelte nicht.

»Aber ich habe viel Geld«, sagte ich.

»Ich bin doch nicht blöd und mache mich ein Leben lang von dir abhängig. Ich will kein Geld. Ich will Weber!«

»Was hat er dir eigentlich getan? Du warst es doch, der damals

Hans Stenzel eingeschüchtert hat bei der Vernehmung. Das kannst du gut, wie wir jetzt sehen. An dir ist ein Folterknecht verlorengegangen. Dein Pech, dass Weber das nicht tolerieren konnte, zumal du ihm damit den Prozess gegen Fängele verdorben hast.«

Christoph rauchte eine Spur zu heftig. »Unsere Ermittlungen waren in Ordnung. Weber hat den Prozess versiebt. Gott, alles hat damals gebrüllt, ich hätte Stenzel ein bisschen zu hart angefasst. Aber was Weber mit Fängele gemacht hat, davon hat dann keiner mehr geredet. Aus Fängeles Beschwerde ist plötzlich ein Disziplinarverfahren gegen mich geworden. So läuft das. Weber geht über Leichen.« Christoph musterte mich nachdenklich von oben nach unten. »Außerdem bevorzugt er schöne Frauen!« Christophs Begeisterung für einen Frauentyp wie mich hielt sich offensichtlich in Grenzen. Und außer seinem Hass auf Weber hatte er offenbar nichts gegen ihn in der Hand. Er stocherte nur. »Dem ist es völlig wurscht, wem er den Mord an Schiller anhängen kann, dir oder mir oder Fängele!«

»Dann war es also doch Mord?«

»Darum geht es doch gar nicht.«

»Worum geht es denn dann? Darum, dass Weber Drogen konsumiert oder dass er sich von Fängele bestechen lässt? Nur damit das Thema klar ist.«

Christoph zermalmte die Kippe mit der Schuhsohle auf dem körnigen Asphalt. »Weber hat Schiller getötet. Und jetzt sucht er jemanden, dem er das anhängen kann. Dir zum Beispiel!«

»Und warum sollte Weber Schiller umgebracht haben?«

»Aus Eifersucht, aus Liebe. Schiller hätte Katrin doch niemals gehen lassen.«

»Schiller war überhaupt ein ungemein netter Mensch.«

Christoph schlitzte die Augen. »Verbrechen ist Verbrechen.«

»Und du bist der Rächer.«

»Ach, weißt du was?« Der Polizist ließ seine Kieselsteinaugen auf meinem Brustbein verweilen. »Im Polizeigewahrsam hat heute Charly Dienst, ein guter Kumpel von mir. Der wird dich zu lieben netten Nutten und Junks auf Entzug stecken. Die können dir dann auch gleich erklären, was es heißt, wenn die Bullen jemanden mit Ecstasy erwischen.«

»Verdammt, was willst du denn von mir? Was soll ich denn sagen?« Ich hörte ein gefährliches Schwanken in meiner eigenen, viel zu lauten Stimme. »Was soll ich denn tun?«

»Das weißt du ganz genau!«

»Soll ich sagen, dass ich Weber am vergangenen Montag kurz nach acht in den Saal der Langhanteln habe hineingehen sehen? Soll ich offiziell zu Protokoll geben, dass Weber gegen halb neun ziemlich blass im Bistro herumsaß? Das war übrigens tatsächlich so. Er saß im Bistro, als Horst Schillers Leiche entdeckte. Und ich hatte damals schon den Eindruck, dass er bereits wusste, dass es Schiller war, der tot auf der Drückbank lag. Ist es das, was du von mir willst? Eine eindeutige Zeugenaussage gegen Weber?«

»Zum Beispiel.«

»Und es sind seine Fingerabdrücke auf der Drückbank, nicht meine. Denn ich habe das Gerät definitiv nicht angefasst. Deine Zeugeneinschüchterung mit mir hättest du dir sparen können, Christoph. Du brauchst von mir keine Zeugenaussage gegen Weber. Mit diesen Fingerabdrücken hast du ihn doch schon. Es sei denn, es sind eigentlich deine.«

Christoph schüttelte unwillkürlich den Kopf. Um seine Kieselsteinaugen herum begann Hoffnung zu brutzeln.

»Na bitte!«, sagte ich. »Dann musst du Weber doch nur noch erkennungsdienstlich behandeln lassen. Fertig.«

Christophs Blick erweichte sich, wurde diffus und nebelte in die Ferne. Zwar richteten sich seine Augen nicht dorthin, wo sich die parallelen Geraden schneiden, aber doch immerhin ans Ende der Perspektive der Betonrollbahn für die Kühllaster des Großmarkts, die eine gewisse Unendlichkeit fingierte.

Mitten hinein piepte plötzlich das Funktelefon auf der Schaltkonsole seines Wagens.

Christoph kehrte in die Raumverhältnisse der Gegenwart zurück, orientierte sich, schob mich beiseite, öffnete die Beifahrertür und holte den Hörer heraus.

Links von mir flohen endlose Gassen, rechts die Gleise. Rundum Rampen und Hallen. Jetzt, wo es nicht mehr nötig war, hätte ich versuchen können wegzulaufen. Aber meine Füße wurzelten.

»Ja, ich komme.« Christoph ließ den Funkhörer sinken und sah mich verblüfft an. »Dein sauberer Freund«, sagte er langsam, »hat sich doch tatsächlich im Schlachthof erhängt.«

27

Auf dem Parkplatz standen zwei Autos, ein alter Renault und Richards silbergrauer Mercedes. Christoph killte den Motor. Abendsonne flitterte in den jungen Bäumen. Der Klotz der alten Fabrik mit der modernen, blau gerahmten Glastür brütete unter blassblauem Himmel.

Es fehlte die Schutzpolizei. Wenigstens ein weißgrüner Wagen hätte hier stehen müssen, wenn Christoph vom Führungs- und Lagezentrum, kurz FLZ, landläufig auch Funkleitzentrale genannt, wegen eines Todesfalls im Schlachthof angerufen worden war. Aber das begriff ich erst hinterher.

»Du bleibst besser hier!«, sagte er und stieg aus.

Ich quälte mich aus dem Auto. Wollte ich mir diese Leiche wirklich antun? Würde ich andernfalls jemals wieder aufhören zu zittern?

Die Schlachthoftür spiegelte kurz die Sonne durch meine Augen. Katrin trat auf die Stufen. Sie trug, wie mitten aus dem Balkonurlaub geholt, knielange grüne Radlershorts und ein

T-Shirt. Harte Muskeln unter gebräunter Haut. Ihr Gesicht war versteinert, der Zopf ein gestrenges Flechtwerk auf ihrem Rücken. Sie fasste mich bremsend am Handgelenk.

Da war Christoph schon den dunklen, steinernen Aufgang zur Rezeption hinaufgesprungen und drehte sich auf dem Treppenabsatz um.

»Oben«, sagte Katrin.

Der Polizist verschwand um die Ecke in den Maschinensaal. Ich hörte die Treppe unter seinen Turnschuhen beben, während Katrin die Panzerglastür abschloss und mich erneut am Handgelenk fasste.

Der Empfang war dunkel. In der Halle ruhten die Maschinen in stählernem Gestänge und hellblauen Bezügen, das Parkett schimmerte. Ich stolperte in die erste Stufe der fragilen Treppenkonstruktion. Das Metall sang. Im ersten Stock lagen kalt und schwer die Fausthanteln paarweise nach der Größe im Ständer aufgereiht. Am Haken am Pfeiler hingen die Seile zum Warmspringen. Vermutlich fehlte jetzt eines.

Leise knirschte die Gummierung unserer Sohlen auf den Stufen. Der taubengraue Teppich des Dachgeschosses tauchte auf, die Vitrine mit den Pokalen und Urkunden, die weißen Wände der Dojos. Hier fehlten die Spiegel. Das war mir nie aufgefallen.

Christoph stand an der Tür zum Karatedojo. Mein verkrampftes Hirn gab die Erinnerung an die Haken frei, an denen man die Sandsäcke aufhängte.

»Was geht hier vor?«, fragte Christoph schneidend.

Das fragte ich mich auch.

An der Theke lehnte der Ninja Waldemar, aufreizend gelassen in lockeren Jeans und Holzfällerhemd. Katrin hielt mich immer noch am Handgelenk zurück.

»Was ist hier los?«, schrie Christoph.

Waldemar stieß sich von der Theke ab und nahm Haltung an, als ob er sich im nächsten Moment würde verteidigen müssen. Christophs Hand flatterte zum Schulterhalfter. Waldemars Haltung veränderte sich kaum sichtbar, doch plötzlich schien jede Bewegung in diesem Raum gefährlich. Der schmale Mann mit der Stahlbrille und den Aknekratern war die fleischgewordene Waffe.

»Was wollt ihr von mir?« Christoph zog die Pistole. Eine hektische Bewegung, die angesichts der personifizierten Unangreifbarkeit Waldemars schwach und sinnlos wirkte. »Was wird hier gespielt?«

»Das«, sagte Katrin, »möchten wir eigentlich von dir wissen.«

Christophs Augen flitzten zwischen Waldemar, Katrin und mir hin und her.

»Und nun steck mal dein Schießeisen weg«, fuhr Katrin fort. »Oder hast du solche Angst vor uns? Dafür muss es dann auch einen Grund geben, nicht? Und den wüsste ich gern. Und mach dir nichts vor, Christoph. Erschießt du einen von uns, dann erwischt dich der andere, und dann gnade dir Gott!«

»Was werft ihr mir denn vor?«

Katrin lachte auf. »Was wir dir vorwerfen? Bislang noch gar nichts. Lisa ist ja nun wieder hier, gesund und munter. Das heißt, sehr gesund sieht sie nicht aus.«

Der Anruf, dachte ich und sah, dass es auch Christoph dachte. Mein Anruf bei Fängele hatte also doch etwas in Gang gesetzt.

»Wo ist Richard?«, fragte ich, konnte mich aber von Katrins Hand immer noch nicht losmachen. »Was ist mit ihm? Verdammt, lass mich endlich los, Katrin!«

Christoph starrte mich an. Nein, er blickte an mir vorbei. Die Kinnlade fiel ihm runter, dann klappte er sie hoch und verankerte sie in Hass. Purem Hass.

Ich wagte kaum, mich umzudrehen, ich konnte es kaum, als ich es dann wagte.

Das Gespenst kam von den Klos her, trug einen braunen Dreiteiler, einen bordeauxroten Schlips mit grünen Streifen, einen weißen Kragen, hatte einen asymmetrischen Blick und ein arrogantes Lächeln auf den Lippen. »Nun sind ja alle da.«

Endlich ließ Katrin mich los. Ich hätte gern meine Freude ausgedrückt, aber das schien niemand zu erwarten.

»Tja, Christoph«, sagte Katrin. »Wir sind dir wohl eine Erklärung schuldig.«

»Das glaube ich auch.« Christoph rammte die Pistole wieder unter die Achsel, machte aber die Lederklappe nicht zu.

»Nun, das war so«, begann Katrin. »Ich habe vorhin einen seltsamen Anruf von Fängele bekommen. Es gehe um Leben und Tod, sagte er. Ich rief Richard an.«

»Aber –«, sagte ich.

»Scht, du bist jetzt mal still, Lisa! Wegen dir veranstalten wir doch diesen ganzen Zirkus hier! Ich rief also Richard an und wir hielten Kriegsrat. Wir wussten weder, wo du dich befandest, noch mit wem. Fängele sagte nur, dein Anruf sei plötzlich unterbrochen worden. Was sollten wir also tun?«

»Eine gewisse Frau Scheible«, nahm Richard das Wort, »war ebenfalls völlig aus dem Häuschen und drauf und dran, die Polizei zu alarmieren. Jemand war aus dem dritten Stock gesprungen und hatte einen Pavillon zertrümmert. Eine Familie hatte eine Menge Geld erhalten, und ein netter junger Mann hatte eine kleine Zwistigkeit mit der jungen Dame und war mit ihr nicht mehr zurückgekehrt.«

»Daraufhin hatte Waldemar die Idee –«, sagte Katrin.

»Die Idee war nicht von mir«, korrigierte Waldemar.

»Wie dem auch sei«, griff Richard wieder ein. »Da ich Herrn Mayer vom FLZ ganz gut kenne, rief ich ihn an und bat ihn um einen Gefallen. Er sagte, er könne das schon mal machen, und funkte Sie direkt an, Herr Weininger.«

»Aber wie kommt ihr denn darauf, dass ich …«, stammelte Christoph, ohne Richard anzusehen.

»Eben«, sagte Richard plötzlich scharf. »Warum kommt eine an sich wenig furchtsame junge Frau auf die Idee, sie sei in Todesgefahr, wenn sie sich in Begleitung eines Polizisten befindet? Das war auch unsere Frage.«

»Sie steht unter Drogen!«, bellte Christoph.

Alle schauten mich an.

»Oder«, sagte Richard weitgehend unbeirrbar, »der Polizist hat etwas vor, was sich mit Recht und Ordnung nicht vereinbaren lässt. Wir konnten diese Frage nicht entscheiden, ohne mit den Beteiligten zu sprechen. Also suchten wir nach einem triftigen Grund, den Polizisten umgehend zum Schlachthof zu beordern, so wichtig, dass er alles stehen und liegen lassen würde. Und da Sie, Herr Weininger, mir die Pest oder Schlimmeres an den Hals wünschen, kamen wir auf die Idee, an Ihre Hoffnungen auf mein unrühmliches Ende zu appellieren und Sie hierher zu locken.« Richard stand inzwischen neben mir. Sein Handrücken streifte meinen. Mir stellten sich die Härchen.

»Das glaube ich jetzt nicht!«, sagte Christoph.

»Richard«, fiel mir ein, »ich habe den ganzen Tag versucht, dich anzurufen, aber –«

»Das erkläre ich dir später.«

»Dazu werden Sie keine Gelegenheit mehr haben«, fuhr Christoph dazwischen. »Herr Dr. Weber, Sie sind vorläufig festgenommen.«

»Machen Sie sich nicht lächerlich«, antwortete Richard.

»Ich lasse mich nicht länger verarschen, schon gar nicht von einem korrupten Staatsanwalt.« Fehlte nur noch die Sau.

»Vorsicht!«

»Im Gegenteil. Sie sollten sich vorsehen. Es sind Ihre Fingerabdrücke, die wir neben Schillers und Horst Bleibtreus auf der Drückbank sichergestellt haben. Außerdem hat Lisa Sie zur Tatzeit in unmittelbarer Nähe des Tatorts gesehen. Und Sie haben auf sie einen … einen schuldbewussten Eindruck gemacht.«

Richard schaute mich befremdet an.

»Moment mal«, sagte Katrin. »Jeder kann die Drückbank angefasst haben. Sie stand doch für jedermann zugänglich da herum. Und Richard macht Krafttraining mit freien Gewichten, wie du weißt, Christoph.«

»Aber diese Drückbank war nagelneu. Fritz hatte sie eben ausgepackt und zusammengeschraubt. Auf dem Gerät befanden sich nur die Abdrücke von Horst Bleitreu, der sie mit hochgetragen hat, von Fritz und von einer dritten, zunächst unbekannten Person. Einer der Abdrücke ist sehr deutlich. Ich habe ihn verglichen mit Abdrücken auf ein paar Kaffeetassen, die bei einer bestimmten Gelegenheit von mir, Lisa und Herrn Weber benutzt worden waren …«

»Nicht zu vergessen Hauptkommissar Keitle!«, warf ich ein. Aber das wollte wieder niemand hören.

»Die Abdrücke von Lisa sind es wohl nicht. Meine sind es auch nicht. Bleibt nur noch Herr Dr. Weber. Um das zweifelsfrei feststellen zu können, sehe ich mich jetzt gezwungen, ihn erkennungsdienstlich behandeln zu lassen. Und wenn er nichts zu befürchten hat, dann müsste er sich nicht dagegen wehren.«

»Er wehrt sich doch gar nicht«, bemerkte Katrin.

Oh doch!

»Mit Verlaub, Herr Kommissar«, sagte Richard kühl, »wenn Sie den Verdacht gegen mich habhaft machen können, dann gehen Sie zur zuständigen Staatsanwältin Meisner und tragen ihr vor. Sie kann ja dann einen Haftbefehl beantragen, falls ihr die Indizien stichhaltig genug erscheinen.«

»Ich nehme Sie vorläufig fest, Herr Dr. Weber!«

»Mit welcher Begründung? Ich sehe keinerlei Gefahr im Verzuge, ebenso wenig wie Verdunklungsgefahr. Und einen dringenden Tatverdacht gibt es schon gar nicht.«

»Das könnte Ihnen so passen!«, schnaubte Christoph. »Aber Sie stehen nicht über dem Gesetz!«

»Mäßigen Sie sich!«

Der Bulle lachte bitter. »Ja, noch spucken Sie große Töne gegen einen kleinen Oberkommissar auf Lebenszeit. Aber es ist meine Pflicht, ein Tötungsdelikt aufzuklären. Und ich werde Sie jetzt festnehmen. Ich kann Frau Meisner genug erzählen über die Ehe von Katrin und Fritz und dass Sie seit Jahren mit ihr befreundet sind.«

»Na, hör mal!«, protestierte Katrin.

»Tut mir leid, Katrin, aber ihr merkt offenbar alle nicht, was hier gespielt wird. Dieser feine Herr war es doch, der dir geraten hat, den Strafbefehl anzunehmen, obgleich Fritz sich die Verletzungen selbst beigebracht hat. Damit bist du vorbestraft, Katrin. Kannst du dir vorstellen, was für eine Mühe ich hatte, die Kollegen davon abzuhalten, dich nach Fritz' Tod gleich festzunehmen?«

»Ja und?«

»Verstehst du immer noch nicht? Dein Freund, Dr. Weber, hält sich dich gewissermaßen vorrätig als jemanden, auf den er, wenn nötig, eine Gewalttat abwälzen kann. Beispielsweise den Mord an Schiller. Wart's nur ab! Er wird sich wieder mal vor der Verantwortung drücken! Wie er das machen wird, weiß ich noch nicht, aber am Ende sitzt du vermutlich im Knast.«

»Es reicht, Herr Weininger«, sagte Richard. »Noch ein Wort dieser Art und Sie haben ein Disziplinarverfahren wegen Verleumdung am Hals.«

Der Polizist zog langsam seine Dienstwaffe. »Ich kann auch anders, Herr Dr. Weber. Das ist Widerstand gegen die Staatsgewalt!«

Waldemar machte eigentlich keine Bewegung, aber die Idee seiner Kampfbereitschaft reichte, dass Christoph alarmiert die Waffe herumschwenkte. Der Ninja blickte gelassen in die Mündung.

Ich war im falschen Film.

»Herr Kriminaloberkommissar Weininger«, sagte Richard, »ich muss Sie auffordern, mir Ihre Dienstwaffe auszuhändigen.«

»Sie haben hier überhaupt nichts zu fordern!«

Waldemar tat wieder nichts, aber Christoph spürte die Gefahr und spannte den Arm. Er zielte dem Karateka direkt zwischen die Augen. Aber Waldemar blinzelte nicht. Nach seiner Auffassung war Karate reine Selbstverteidigung. Ich hoffte inständig, dass er nicht so besessen von dieser Idee war, dass er den Schuss abwartete, bevor er angriff. Und Christoph konnte unmöglich schießen.

»Bitte nicht!«, stöhnte ich. Aber auf mich hörte derzeit ohnehin keiner.

Neben mir spannte sich Katrin zum Kampf und machte einen halben Schritt vorwärts. Christophs Auge zuckte. Unsichtbar schnell setzte Waldemar den Fuß vor und kickte mit dem anderen gegen Christophs bewaffnete Hand. Die Walter PK flog. Christoph duckte sich und rollte seitlich ab, erhaschte seine Pistole wieder und sprang hoch. Genau vor mir wuchs er aus dem Boden mit einem Gesicht wie ein Zombi. Ich wollte zurückweichen und fiel wie ein Baumstamm gegen Katrin, die damit der Möglichkeit beraubt war, Christoph zu packen und zu werfen. Er preschte zur Treppe, bog um die Ecke und war weg. Man hörte, wie er mit quietschenden Gummisohlen über die Gummierung der Stufen mehr rutschte als rannte. Der Stahl sang.

Waldemar huschte zur Treppe und schaute hinunter. Katrin zog mich wieder auf die Füße. »Versteckt euch. Er kann unten nicht raus. Er kommt zurück.«

Richard, der Feigling, zerrte mich zu den Umkleideräumen.

»Er kann doch einen der Notausgänge nehmen«, protestierte ich.

Aber Richard war momentan stärker. Mein Erfolg beschränkte sich auf die Tür mit dem Piktogramm für Männer. »Da nicht«, sagte ich. Wenn wir schon Räuber und Gendarm spielten, dann richtig. Kulturelle Hemmungen saßen tief. Christoph würde zuerst bei den Männern reinschauen. Ich schubste Richard in die Umkleide der Frauen.

»Als Verteidiger«, sagte ich, »bist du übrigens eine Niete. Das war eben eine schwache Vorstellung.«

Richard legte den Finger auf die Lippen und drückte mich auf die Bank an der Wand. Ich dachte, man müsse mein Rückgrat knirschen hören, aber wahrscheinlich war es nur mein Kehlkopf.

Richard saß Schulter an Schulter mit mir, die Hände zwischen den Knien gefaltet, und starrte an die Kleiderhaken gegenüber.

»Was habt ihr mit Christoph vor?«, wisperte ich.

»Scht!«

»Er wollte mir nichts tun«, hauchte ich. »Er wollte nur, dass ich gegen dich aussage. Und mit Verlaub –«

»Halt den Mund, Lisa! Wenn Christoph auch nur einen Schuss abgibt, ist er als Polizist erledigt.«

»Ist es das, was du willst? Christoph erledigen? Waldemar und Katrin sollen ihn zum Schihai zwingen, zum Kampf mit letztem Einsatz aller Mittel. Aber er will nur einen Mord aufklären. Auch wenn der Tote ein Arschloch war.«

Richard hob den Kopf und lauschte.

In der Tat, man hörte Schritte. Es quietschten Sohlen auf den Gummistufen. Veloursboden knisterte, Jeans knackten. Der Idiot kam tatsächlich zurück.

Ich bekämpfte das Bedürfnis, die Luft anzuhalten. Ein Schweißtropfen klackte auf meine Hose. Niesreiz zog auf.

Eine Klinke quietschte, ein Türrahmen knarrte, eine Tür knallte gegen die Wand. Christoph stand nebenan im Umkleideraum der Herren.

»Verdammt, wo seid ihr? Welcher Idiot hat denn unten abgeschlossen?«

Richard stand auf und lehnte sich gegen unsere Tür. Ich hatte plötzlich die Vision von Schüssen, die Holz durchschlugen und Fleisch zerfetzten. Wo steckte Waldemar nur? Oder war er sich zu schade, den Gegner von hinten anzugreifen?

»Was soll das hier?«, brüllte Christoph direkt vor unserer Tür.

Jemand lachte leise: Waldemar.

»Verdammt, wo seid ihr?« Christophs Stimme kam jetzt von den Dojos her. Es gab ein Geraschel, dann einen Bums, dann war Stille.

Richard wankte zur Bank zurück und sank neben mich. »Verdammt«, stöhnte er plötzlich. »Es sind meine Fingerabdrücke auf der Drückbank. Es müssen meine sein. Es gibt keine andere Möglichkeit.« Er blickte mich an. »Lisa, ich kann doch keine Leichen sehen. Ich kippe sofort um. Und als ich Schiller so da liegen sah, mit der Stange quer im Hals, da muss ich mich an der Haltegabel festgehalten haben. Und dann …«

Er fuhr sich mit beiden Händen übers Gesicht und hängte seinen Blick an den Kleiderhaken gegenüber auf. »Natürlich hätte ich sofort jemanden rufen müssen, aber … aber dann saß ich viel zu lange im Bistro. Und schließlich habe ich nur noch darauf gewartet, dass endlich jemand die Leiche findet.«

»Und wann war das genau?«, fragte ich sanft.

Er schüttelte den Kopf. »Ich habe nicht auf die Uhr geschaut. Ich weiß es nicht. Du warst gerade mit Gertrud zu Fängele hinuntergegangen, glaube ich. Und ich wollte mir die neue Drückbank ansehen.«

»Also war es so gegen zehn vor halb neun.«

»Ich bin so ein Feigling, glaubst du das? So ein Idiot. Weininger kann gar nicht anders, als mich zu verdächtigen, ich hätte Schiller umgebracht. Aber ich verstehe nicht, warum er damit nicht zu Meisner geht, wenn er Beweise hat, die seinen Verdacht untermauern.«

»Er wird«, sagte ich. »Er wusste nur bis vorhin nicht, dass es deine Fingerabdrücke sind, nicht meine. Und er konnte sein Glück kaum fassen, als ich es ihm sagte.«

Ich war auch nicht gerade eine Heldin gewesen, als ich Richard bei Christoph anschwärzte. Aber Richard war viel zu sehr mit seiner eigenen unrühmlichen Rolle beschäftigt, um ein Ohr für meine Heldentaten zu haben.

»Na gut«, seufzte der Oberstaatsanwalt an meiner Seite, »dann werde ich jetzt wohl Weininger auf die Wache begleiten müssen.« Er stand auf, zupfte die Ärmel über die Manschetten und rückte seine Krawatte zurecht.

»No net hudle«, sagte ich im Oma-Scheible-Ton. »Christoph hat momentan andere Sorgen, als dich festzunehmen. Zum Glück hat er bislang noch keinen Schuss abgefeuert. Könntest du mir bitte …«

Erst jetzt bemerkte Richard, dass er mir auf die Beine helfen musste. Wir verließen die Umkleide.

Waldemar stand an der Tür zum Dojo. Katrin stand hinter ihm. »Dem geht der Arsch auf Grundeis«, bemerkte sie vergnügt.

Christoph hatte sich, soviel ich erspicken konnte, in die hinterste Ecke des Trainingsraums verzogen, die Waffe in der Hand. Zwar saß er selbst in der Falle, aber er konnte auch jeden abknallen, der die Nase zur Tür hineinsteckte.

Ich setzte mich in Bewegung. Richard hielt mich am Handgelenk zurück. »Ich gehe.«

»Hör auf, dich wie ein Mann aufzuführen!«, fauchte ich.

Er ließ schlagartig los.

Ich streifte die Schuhe ab und betrat die Matte. Für Christoph war ich keine ernsthafte Gegnerin.

»Wir machen Feierabend«, sagte ich. »Und du?«

Er hockte wie eine geschockte Katze mit gesträubtem Fell in der Ecke. Das war auch nicht der Mörder Schillers. Das war ein übereifriger Polizist, der sich in eine Idee verrannt und ins Abseits manövriert hatte, nicht besser oder schlechter als Richard, der durch seine schlüpfrige Vergangenheit und seine Leichenphobie torkelte, oder Katrin, die mit angeknackstem Ego aus einer Horrorehe herausschlingerte, oder Waldemar, der sich, ohne jede Aussicht auf Erfüllung seiner Liebe, für Katrin hätte erschießen lassen. Was für ein Haufen!

Es gab nur eine einzige Möglichkeit, jegliche Aggression

zu beenden, die im Lauf unseres Randoris entstanden sein mochte.

Ich kniete ab.

Christophs Blick war kieselsteinmüde.

Hinter mir traten auf Socken auch Waldemar und Katrin auf die Matte. Nur Richard blieb in der Tür stehen.

Katrin war die Erste, dann kniete auch Waldemar regelrecht neben mir ab. So verharrten wir, die Hände auf die Unterschenkel gelegt, bis Christoph seine Waffe wegsteckte.

28

Der Geruch von gebratenem Speck und Zwiebeln strich in mein Schlafzimmer, und meine Matratze spielte Nagelbett. Wir waren auf dem Parkplatz fast wortlos auseinandergegangen. Christoph war zuerst davongefahren. »Ich fahre Lisa schnell heim«, hatte Richard verkündet. Darauf hatte Katrin mit einem halben Entlarvungslächeln von ihm Abschied genommen, nicht nur für den Moment, sondern innerlich für ewig, und war mit Waldemar zu ihrem Wagen gezogen.

Wahrscheinlich war es doch Waldemar gewesen, der Fritz gemeuchelt hatte. Allerdings hätte Richard ihn dann sehen müssen, kurz bevor er selbst zu den Langhanteln einbog. Es sei denn, Waldemar hatte die Nottreppe außen am Gebäude genommen, um von oben nach unten und wieder zurück zu gelangen. Aber dazu hätte er einen Schlüssel gebraucht, womöglich sogar den Hauptschlüssel.

Die vier Aspirin kapitulierten vor der Krake in meiner Lende. Ich stand auf.

Richard schob gerade Tomatenwürfel mit dem Messer vom Brettchen in die Pfanne auf den Speck und die Zwiebeln und würzte mit Pfeffer. Er testete die Reife der Spaghetti mit dem

Messerrücken am Topfrand. Dann kam er in den Salon und legte Besteck auf den Tisch. Er hatte das Jackett abgelegt und die Hemdsärmel aufgekrempelt.

»Übrigens«, sagte er, »ich war das Wochenende bei meinen Eltern in Balingen.«

»Und?«, fragte ich und setzte mich baumstammsteif an meinen Tisch.

Richard kehrte erst einmal in die Küche zurück, goss die Spaghetti ab und füllte zwei Teller mit Pasta und Soße. »Meine Mutter«, sagte er dann, den einen tomatig duftenden Teller vor meiner Nase und den anderen gegenüber platzierend, »hielt mich erst für einen der Honoratioren aus dem Ort und lavierte, weil ihr mein Name nicht einfallen wollte, obgleich ich ihr bekannt vorkam. Mein Vater – er ist jetzt fast achtzig – fragte dann unverblümt, wer ich denn sei.«

Er musterte den Tisch, auf der Suche nach dem, was noch fehlte.

»›So ein Zufall!‹, sagte mein Vater, als ich meinen Namen nannte. ›Sie heißen ja wie wir. Sind wir verwandt?‹ Meine Mutter flüsterte erschreckt ›Rosanna‹ und erklärte meinem Vater, ich sei sein Sohn. Daraufhin behauptete er, er habe keinen Sohn, nur eine Tochter, und die lebe in Argentinien, übrigens als Verlorene und in Sünden, über die er lieber nichts wissen wolle. Mein Vater ist ein frommer Mann. Aber er hatte schon immer einen durch nichts zu rechtfertigenden Respekt vor Staatsbeamten. Deshalb brachte er mir immerhin so etwas wie Neugierde entgegen und ließ sich meinen Werdegang erzählen. Heute früh hatte er es dann begriffen, denke ich. Allerdings siezte er mich beharrlich. Meine Mutter strich mir in einem heimlichen Moment übers Haar.«

Richard setzte sich an den Tisch und nahm die Gabel.

»Sehr gut«, sagte ich, »ich meine, das Essen.« Ich hatte Hunger wie ein Tier. »Aber was hat dich bewogen, deine Familienangelegenheiten ausgerechnet an diesem Wochenende in Ordnung zu bringen?«

Richard stand wieder auf und holte sich ein Glas Wasser. »Meine Mutter hat immer von meiner Hochzeit in Weiß geträumt. Als Lohn für das düstere Eheleben und all die Sorgen, die ich ihr gemacht habe. Bis vorgestern hatte ich Angst, sie könnte mich wieder in ein Kleidchen stecken wollen, wenn ich zurückkäme. Aber du hast mir … irgendwie … wie soll ich das ausdrücken …« Der Blick, den er mir über den Tisch herüberschickte, machte aus den Spaghetti ein Galadiner auf Damasttischdecke in einem Fünf-Sterne-Restaurant mit leiser Musik im Hintergrund und Lichtsternen in den Weinkelchen. »Du hast mir das Gefühl vermittelt, Lisa, dass es … nun ja … dass es …« Er schüttelte den Kopf. »Mir ist plötzlich das Drama meiner Kindheit abhanden gekommen. Ich kann es nicht anders erklären. Behauptet ihr nicht immer, wir Männer könnten nicht über Gefühle reden?« Er grinste, nahm die Gabel wieder auf und nudelte Spaghetti.

Die Friedenskirche schlug elf. Richard befahl mir, sitzen zu bleiben, obgleich ich nicht vorgehabt hatte aufzustehen, und räumte das Geschirr in die Küche. Ich hörte ihn abwaschen. So was konnten Junggesellen immerhin. Schließlich knipste er das Licht in der Küche aus, krempelte seine Hemdsärmel hinunter und zog sein Jackett vom Stuhl.

»Oder soll ich einen Arzt rufen?«

»Nein. Es geht schon.«

»Aber wenn es morgen nicht besser ist, dann gehst du zum Arzt?«

Falls ich nicht über Nacht auseinanderbrach.

Richard schwankte nur eine Sekunde, dann nahm er sich das Recht, das jeder Mann hatte, den das Mitleid anflog: Er beugte sich herab und küsste mich, bevor er ging.

29

Der Morgen danach ist immer der schlimmste. Mit kalten Muskeln kann man dem Schmerz nichts entgegensetzen. Mein Schlaf hatte Ohnmachtsanfällen geglichen und mich zu einem vorgeschichtlichen Baumstamm versteinert. Nimm dich zusammen!, ermahnte ich mich und fiel der Länge nach aus dem Bett.

So fand mich Oma Scheible und rief ihren Hausarzt. Dr. Eisele war lockig, lehnte meine Selbstdiagnose ab, wollte nichts von Prellung hören und bohrte seine kleinen Finger in die tiefsten Tiefen meiner Weichteile, um Hüftbrüche zu ertasten. Schließlich räumte er doch ein, dass es sich um eine Prellung an der Wirbelsäule handeln könnte, die man von außen nicht unbedingt sehen musste. »Das muss man röntgen.«

Das lehnte ich ab und forderte stattdessen eine Spritze gegen die Schmerzen.

Ich erinnerte mich, gelesen zu haben, dass das Nervensystem von Tieren zwar für akuten Schmerz, aber nicht für Dauerschmerz ausgelegt war. Acetylsalicylsäure wirkte, wie jedes andere Schmerzmittel, auf das langsame Schmerzsystem, ähnlich wie die körpereigenen Opiate, die nach einem akuten Verletzungsschmerz freigesetzt wurden und auch das langsame Schmerzsystem vorübergehend ausschalten konnten.

Der Cocktail, den Dr. Eisele wählte, enthielt Ratlosigkeiten wie den Blutgerinnungshemmer Heparin, den entzündungshemmenden Wirkstoff Dimethylsulfonid und leider auch Kampfer zum Spannungslösen. Er ging mir so schnell ins Blut, dass mir, kaum stand ich senkrecht, die Luft wegblieb, das Herz aus dem Hals sprang und ich unverzüglich wieder zu Boden ging.

»Hups!«, sagte Dr. Eisele.

Anschließend brachte man mich mit Blaulicht ins Katharinen-Hospital. Am Nachmittag weilte ich wieder unter den Lebenden und entschuldigte mich telefonisch in der Redaktion.

Die Sekretärin sagte: »Ein Herr Dr. Weber hat angerufen.«

Beflügelt vom hohen Wirkungsgrad ärztlicher Maßnahmen und vorübergehend beinahe schmerzfrei, trat ich, bevor ich das Krankenhaus verließ, bei Sally ein.

Sie regte sich fürchterlich auf und beschimpfte mich, so gut das mit dem Astrolabium um ihre Gosche ging.

Sie hatte ja recht. Ich hätte diesem Trottel von Arzt unbedingt sagen müssen, dass ich gegen Kampfer allergisch war. Außerdem behandelte man Prellungen mit Eisbeuteln, Aspirin und Geduld.

30

Als ich in meiner Wohnung eintrudelte, fand ich Richard in meinem Schlafzimmer vor. Er kniete auf den Dielen und sichtete den Inhalt meiner Bücherkisten. Der *Geschlechtertausch* war auf dem Weg, sich unterm Bett zu verkriechen.

»Und wo ist dein Durchsuchungsbeschluss?«, fragte ich munter.

Er fuhr herum. »Deine Oma Scheible war so nett, mich einzulassen.« In seinem Gesicht war ein schräger Zug.

»Das ist nicht meine Oma«, bemerkte ich. »Und was suchst du hier? Oder kannst du dich nur in deinem Amt nicht mehr blicken lassen, weil sie dich sonst verhaften würden?«

Richard stand auf. »Entschuldige, Lisa, mir ist nicht zum Lachen.«

»Ah! Dann weiß Staatsanwältin Meisner inzwischen, dass du Schillers Leiche als Erster gesehen hast.«

Er schüttelte den Kopf. »Wenn Weininger es ihr nicht gesagt hat …«

»Bist du verrückt? Du musst es Meisner sagen, bevor es Weininger tut, und er wird es tun.«

»Das glaube ich nicht. Er müsste nämlich befürchten, dass ich ein paar Bemerkungen über seine eigenmächtigen und nicht gerade rechtsstaatlichen Aktionen von gestern fallen lasse.«

»Aber wäre das nicht Behinderung der Ermittlungen, wenn ihr Meisner über die Identität der Fingerabdrücke auf der Drückbank im Unklaren lasst?«

»Danke für die Rechtsbelehrung. Allerdings hätte ich Meisner dazu auch im Amt antreffen müssen. Leider hatte ich heute etliche Außentermine und eine Lagebesprechung bei der Steuerfahndung, denn wir haben morgen eine Durchsuchung. Und heute Nachmittag war wiederum Meisner nicht anwesend.«

Ich grinste ihm ein Feigling ins Gesicht.

»Außerdem ist das auch gar nicht meine Aufgabe. Schließlich bin ich in diesem Fall nur Zeuge. Meisner könnte es als Einmischung in ihre Angelegenheiten auffassen, wenn ich ihr die Ermittlungsergebnisse Weiningers bezüglich der Identität von Fingerabdrücken mitteilte. Eine Quotenhexe wie Meisner fühlt sich doch immer gleich auf den Schlips, Pardon, auf die Zehen getreten.« Richard betrachtete finster sinnierend mein Bett. Es war keine dieser breiten Bettlandschaften, die sich für alle Eventualitäten rüsteten.

»Und was hast du eben in meinen Bücherkisten gesucht?«, fragte ich.

Er blickte auf. »Lisa, ich muss dich fragen, woher du die Packung Adipoclear hast, die Weininger dir abgenommen hat.«

»Fängst du jetzt auch damit an? Sag bloß, du hast in meinen Büchern noch mehr von dem Zeug gesucht.« Ich musste lachen. »Was habt ihr nur alle damit? Es ist ein Blutfettsenker mit Adrenalin und wirkt wie Ecstasy. Was weiter?«

»Wo hast du es her, Lisa?«

»Warum willst du das wissen? Hast du mir nicht eben erklärt, dass du dich nicht in Meisners Fall einmischen willst?«

»Sei so gut, sag es einfach.«

»Und dann haust du wortlos ab und lässt mich in Rätseln zurück.«

»Du verkaufst deine Informationen nie unter Preis, hm? Also gut. Ich hatte heute unter anderem auch im Landeskriminalamt zu tun. Bei der Gelegenheit habe ich einem Freund von mir guten Tag gesagt, einem Chemiker. Und der hat mir gewissermaßen brühwarm etwas erzählt, was ihn gerade sehr beschäftigte. Man hat in deinen Adipoclear-Kapseln Verunreinigungen gefunden, und zwar von Bakterien.«

»Bakterien?«

»Wie es aussieht eine Acetinobacter-Art, die im Boden vorkommt und unter anderem Öl abbauen kann. In Südamerika hat wohl eine Abart dieses Erregers namens Julja Jacko schwere Infektionskrankheiten ausgelöst.«

Ich schaltete mein Gehirn auf Recherchemodus und vergegenwärtigte mir das Druckbild von Julja Jacko. Im Spanischen setzte man für das J ein Doppel-L und für das CK ein C. Und das hatte ich schon gelesen: »Llullaillaco, das Dorf in den Anden, das von einem rätselhaften Erreger beinahe ausgerottet wurde.«

Richard runzelte die Stirn und belehrte mich: »Der Llullaillaco ist ein Vulkan in Argentinien an der Grenze zu Chile. Und jetzt möchte ich wissen, wo du diese Packung herhast.«

»Von Gertrud. Sie hat sie in ihrem Schreibtisch aufbewahrt. Deshalb habe ich dich am Donnerstag versetzt. Es hat etwas Zeit in Anspruch genommen, ihr diese Schachtel abzuluchsen.«

Richard zog die Brauen zusammen und nahm sich Zeit, das ganze peinliche Abenteuer mit Gertrud aus mir herauszufragen.

»Mir hat Weininger, als er am Freitagnachmittag zu mir kam, aber etwas ganz anderes erzählt.«

Ich versuchte mit einem Grinsen an unsere Weiningers Besuch vorangegangene intime Schweinerei zu erinnern, aber der Mann trennte Privates vom Beruflichen.

»Demnach«, sagte er, »hast du Gertrud bedroht und ihr das Mobiliar zerschlagen.«

»Und du hast selbstverständlich angenommen, dass es nur so gewesen sein kann, und Weininger empfohlen, mich festzunehmen.«

»Nein, Lisa. Ich habe mich enthalten, irgendetwas anzunehmen. Außerdem habe ich Weininger darauf hingewiesen, dass Gertrud wohl kaum zu mir auf den Parkplatz herausgekommen wäre, um dich zu entschuldigen, wenn sie sich von dir bedroht gefühlt hätte. Allerdings habe ich den Eindruck gewonnen, dass Weininger hinter dir her war, weil er zu vermuten begonnen hatte, dass wir beide, du und ich, etwas miteinander haben, und er hoffte, mich auf diese Weise dranzukriegen. Deshalb sah ich mich zu äußerster Zurückhaltung veranlasst.«

»Aber du hättest mich wenigstens vorwarnen können!«

Richard schwieg. Sein spontaner Wochenendbesuch bei seinen Eltern in Balingen nahm die Färbung einer Flucht an. Der Oberstaatsanwalt durfte seine Freundin nicht vor den Ermittlungen seiner Kollegen warnen. Um jeglicher Versuchung zu entgehen, war er für mich kurzerhand aus allen Telefonverbindungen verschwunden.

»Und wo hatte Christoph Weininger den Haftbefehl her?«, erkundigte ich mich.

»Das weiß ich nicht. Ich kann mir auch nicht vorstellen, dass ein Richter einen Haftbefehl unterschrieben hat, falls das, was Weininger dir vorgelegt hat, wirklich einer war.«

»Verstehe. Rotes Papier ist auch geduldig. Und jetzt? Was passiert jetzt?«

Richard suchte Rat bei seiner Zigarettenschachtel.

»Okay«, sagte ich, »dann schlage ich vor, dass wir zum Pressehaus hinauffahren.«

»Und warum das?«

»Weil ich hier weder Computer noch Archiv habe, darum. Oder weißt du noch mehr über den Llullaillaco-Erreger?«

Richard schüttelte den Kopf. Er war ein sperriger Mann, der sich ungern die Direktive aus der Hand nehmen ließ. Nur dass er im Moment wenig Einfluss auf den Gang der Dinge nehmen konnte. Jedenfalls sträubte er sich nur kurz. Dann saßen wir in seinem perlgrauen Mercedes und stauten uns durch den Nachmittagsverkehr die Weinsteige hinauf.

»Ich glaube nicht, dass uns der Llullaillaco-Erreger weiterbringt.« Richard neigte zum Pessimismus, wie ich später lernte. Außerdem hatte er gern hinterher recht, wenn eine langwierige Recherche nichts ergab. Die kleine Pressemitteilung in meinem Material über Körperkultur brachte in der Tat nicht mehr Information, als dass ein Impfstoff gegen den Llullaillaco-Erreger gefunden worden sei, der zuletzt vor zehn Jahren ein Dorf in den Anden fast ausgerottet hatte.

Also hinab ins Pressearchiv.

Es lässt sich heute kaum noch nachvollziehen, warum ich mit Richard zuerst hinunter ins Archiv ging und erst danach ins Internet. Aber damals misstraute der ernsthafte Journalist – der Staatsanwalt sowieso – den Informationen des weltweiten Netzes. Und er – vielmehr ich – war einfach noch zu ungeübt im Googeln.

Der Staatsanwalt war triste lichtlose Räume gewohnt, und Schränke mit Papier gefielen ihm sogar. Für Karin Becker war der kleine elegante Herr mit den guten Manieren ein schlagendes Argument, über sich selbst hinauszuwachsen. Die Hoffnung, im *Stuttgarter Anzeiger* mehr als einen Fünfzeiler zu finden, war gering, aber auch die großformatigen überregionalen Zeitungen hatten aus dem Thema wenig gemacht.

Ein bisschen Fleisch kam immerhin aufs Gerippe, aber nur, um gleich wieder herunterzufaulen. Der Llullaillaco-Erreger begann nach Inkubationszeiten von wenigen Tagen damit, Fettzellen anzugreifen und aufzulösen. Die Menschen magerten bis auf Herz und Nieren ab. Die inneren Organe gerieten ins Rutschen aus Mangel an Fettgewebe. Wo auch immer sich eine Fettzelle verbarg, der Erreger fand sie, holte das Letzte aus jeder Muskelfaser, dem Darm, den Blutgefäßen, dem Herzen. Die

Haut wurde dünn wie Seidenpapier, die Adern rissen, es kam zu inneren Blutungen.

Mir sackte das Herz in die Eingeweide. Ich hatte mir gestern eine der Kapseln aus Gertruds infiziertem Döschen eingebaut. Endlich verstand ich Sallys vage Angst.

»Anette ist an einer Llullaillaco-Infektion gestorben«, stellte ich mit blasser Stimme fest. »Da die Ärzte nicht wussten, wonach sie suchen mussten, haben sie den Erreger nicht identifiziert.«

»Doch, sie haben den Erreger als Acetinobacter identifiziert, ein Bakterium, das häufig für Infektionen in Intensivstationen verantwortlich ist und auf Antibiotika kaum noch reagiert. Anette Kaufmann ist an einer Infektion gestorben. Das stand immer fest.«

»Aber tatsächlich war es der Llullaillaco-Erreger?«

»Das wird man vermutlich schnell nachprüfen können. Bei nicht ganz geklärten Todesfällen behält man meist Gewebeproben zurück.«

Ich wünschte, dies wäre sofort geschehen, und der Test wäre negativ ausgefallen. Ich schöpfte wieder etwas Hoffnung, als Becker uns die Berichte über den Impfstoff vorlegte. Ein japanisches Forscherteam hatte in den Anden Leichen der letzten Infektionswelle von vor zehn Jahren ausgegraben, Gewebeproben gezogen, den Erreger dingfest gemacht und ihn als genetisch mutierte Variante eines Bodenbakteriums identifiziert, das hauptsächlich Meerschweinchen befiel, die zuhauf die kargen Gegenden der Anden bevölkerten.

Die Forscher hatten den Bazillus gezüchtet, ihn genetisch analysiert, Gene in andere Bakterienstämme eingepflanzt und überhaupt alles durchgespielt, was die moderne Gentechnik zuließ. Zufällig fraß dann ein im Labor ansässiger südamerikanischer Nackthund ein infiziertes Meerschweinchen und erkrankte nicht. Die Antikörper waren gefunden.

Man impfte die Bewohner um den Vulkan Llullaillaco herum, und bis jetzt war die Krankheit nicht wieder aufgetreten.

Leiter des Forscherteams war ein gewisser Dr. Ogu gewesen. Das Foto, das den Artikel begleitete, zeigte denselben Kopf, der die handelsüblichen Schachteln Adipoclear zierte.

Von irgendwas musste Herr Ogu offenbar leben, denn ein Impfstoff gegen einen Erreger, der bislang nur alle zehn Jahre in den Anden aufgetreten war, machte niemanden reich, dann schon eher ein Schlankheitsmittel mit Ephedrin und Lecithin.

»Hat ein Professor das nötig?«, fragte sich Richard laut und schaute Karin Becker an. Sie blickte aus einer Mappe hoch und fischte die Haarsträhne aus ihrer Stirn. Eine Neonröhre knisterte.

»Jeder Mensch verdient gern viel Geld, wenn er kann«, behauptete ich, obgleich ich das in eigener Sache vehement bestritten hätte. »Und Dr. Ogu entwickelte nebenher das ultimative Schlankheitsmittel. Kein Hungern, kein Fettabsaugen mehr. Man wirft einfach ein paar Kapseln ein, und die Bakterien fressen das Fett weg. Ein bisschen Noradrenalin sorgt für Hochstimmung während der künstlichen Infektion. Das ist die Erlösung für die Frau der westlichen Welt, ein Milliardengeschäft.«

Ich sah das Phantom Anette vor Bergen mit Spaghetti und öliger Soße. Hatte ich nicht selber gestern Abend tierisch Hunger gehabt? Der Körper versuchte, die Fettreserven wieder zu füllen, und scheiterte zunehmend mangels Fettzellen. Ein fürchterlicher innerorganischer Kampf begann. Anette kam mit dem Essen nicht mehr hinterher, gab auf und starb innerhalb weniger Tage.

Andererseits sah Gertrud immer noch ganz prall aus. Ihr Glutaeus lagerte noch ausreichend Fett ein, um sich gut zu runden.

»Das Mittel«, sagte ich, »ist offenbar nicht gänzlich beherrschbar. Bei manchen Menschen sind die Bakterien nicht mehr zu stoppen. Bei anderen ja. Vielleicht hängt es vom Immunsystem ab.«

Ich hoffte inständig, mein Immunsystem sei gesund. Vielleicht sollte ich dringend weniger rauchen. Aber hatte sich nicht Sally bitter darüber beklagt, dass sie nur bei der ersten Packung Adipoclear abgenommen hatte und bei der zweiten schon nicht mehr? Offenbar war die Wirkung der Bakterien doch endlich.

»Schiller«, überlegte ich weiter, »besaß immerhin so viel Verantwortungsgefühl, dass er seinen Kundinnen nach Anettes Tod nur noch die handelsübliche Variante Adipoclear verkaufte.«

»Verantwortungsgefühl würde ich das nicht nennen«, bemerkte Richard.

»Na gut«, räumte ich ein, »er hatte einfach Angst, dass es herauskommt. Darum hat er auch auf Sallys Drohung mit der Presse so schroff reagiert.«

»Das ist nicht logisch«, behauptete Richard.

Unter anderen Umständen wäre ich bei dem Wort *logisch* aus einem Männermund in die Luft gegangen, aber einerseits rang ich mit der Angst um meine vertrauten Fettpolster und andererseits waren wir immer noch nicht viel klüger als zuvor, obgleich Karin Becker jedes Stichwort ausschöpfte, das ihr einfiel. Außerdem stand Richard unmittelbar vor hochnotpeinlichen Untersuchungen gegen seine Person, wenn wir dem Schlachthoffall nicht schleunigst eine andere Wendung geben konnten. Da durfte er ruhig zur Unzeit auf Logik pochen. Es war auch nicht zu leugnen, dass der Angriff auf Sally und mich nicht mit Schillers Sorge vor Entdeckung zu erklären war. Denn da war er schon tot gewesen.

»Und wenn es nun Gertrud war, die die geimpfte Variante verkaufte, zusammen mit Horst Bleibtreu, an Schiller vorbei, der mit seinem adrenalinreichen Naturprodukt ein bisschen von dem Geld mitnehmen wollte, das da floss«, schlug ich vor.

Richard schüttelte den Kopf.

»Aber warum denn nicht?«, keifte ich los. »Sei doch nicht so entsetzlich phlegmatisch!«

Karin Becker schrak zusammen.

Richard schaute hoch, erst zu Becker, die aus Angst vor männlichem Jähzorn die Luft anhielt, dann zu mir. In seinen Augen kreiste der Milchkaffee wie kurz nach dem Umrühren, grüne Punkte wie Blasen, dort, wo seine Pupillen pulsierten. Eindeutig die Botschaft: Spekulationen sind sinnlos, ohne Beweise läuft nix.

»Okay«, sagte ich. »Dann gehen wir jetzt ins Internet.«

Der Skeptizismus sprang Richard aus jedem Westenknopf, und die Höflichkeit, mit der er sich bei Frau Becker für die selbstlose Hilfe bedankte, was sie mit errötenden Wangen entgegennahm, war eine Demonstration der Abneigung gegen ziellosen Aktionismus.

Dennoch folgte er mir in die Redaktion hinauf an meinen Computer mit Internetanschluss. Vielleicht wollte er ja auch nur die letzten Stunden mit mir verbringen, bevor Staatsanwältin Meisner ihm aus Fingerabdrücken, einer falschen Zeugenaussage und seiner Beziehung zu Katrin einen Mordverdacht zimmerte. Womöglich hoffte er auch, dass mein freundschaftliches Verhältnis zum Chaos im Internet Blüten trieb.

Während der Server suchte, rief ich bei den namhaften Wissenschaftszeitungen an, *Nature, Bild der Wissenschaft, Spektrum der Wissenschaft*, bat um Informationen über den Llullaillaco-Erreger und das japanische Forscherteam und erhielt ein paar weitere Internetadressen.

Gegen siebzehn Uhr wussten wir, dass Dr. Ogu gleich nach Entdeckung des Impfstoffes sein Forschungsinstitut verlassen hatte und in die Schweiz gegangen war. Gegen siebzehn Uhr dreißig waren die Nationalitäten seines Teams klar, ein Franzose, ein Deutscher, zwei Amerikaner und fünf Japaner. Eine Viertelstunde später stand zu vermuten, dass für den Impfstoff nirgendwo auf der Welt ein Patent angemeldet worden war. Um achtzehn Uhr war bereits ein Mensch in Stonewall, Oklahoma, an dem Llullaillaco-Erreger gestorben, und zwar erst vor drei Wochen. Es handelte sich um den amerikanischen Biologen

Stuart Gingrich, der in Japan an der Entwicklung des Impfstoffs beteiligt gewesen war.

Damit hatten wir den ersten Namen und hingen eine halbe Stunde durch und tranken Kaffee. Eine kleine Veröffentlichung in Harvard bescherte uns schließlich den Namen des Franzosen und die Erkenntnis, dass im Forscherteam ein Prioritätenstreit ausgebrochen war. Die Amerikaner und der Franzose erklärten den Impfstoff des Japaners für wirkungslos und nahmen den Fund des Erregers für sich in Anspruch. Um neunzehn Uhr fünfundzwanzig platzte die Bombe: In einer Notiz in *Le Monde* tauchte der Name Gotthelf Fangele auf, wenn auch ohne Punkte auf dem »a«.

Richard stieß einen tiefen Seufzer aus, stand auf, suchte den Blick über die Trennwände unserer Arbeitskabinen hinweg zum Fenster und zündete sich eine Zigarette an. Die Schwäbische Alb mauerte blau in der Dämmerung hinter den Lichtern des Flughafens. »Das passt«, sagte er. »Fängele hat Pharmazie studiert.«

Richtig, das hatte Fängele mir sogar selbst mitgeteilt.

»Außerdem«, fuhr Richard fort, »hat er nach seinem Prozess drei Jahre in Japan gelebt. Dann kam er zurück, heiratete Gertrud und gründete den Schlachthof.«

»Und das fällt dir erst jetzt ein?«

»Es war bisher nicht relevant.«

»Es hätte dir spätestens dann einfallen müssen, als wir auf das japanische Forscherteam und Dr. Ogus Schlankheitsmittel stießen, das auch im Schlachthof verkauft wurde.«

Richards Lippen tendierten zu einem Lächeln. Es war ihm eingefallen, als er meine Idee von Schillers Angst vor der Presse als unlogisch beiseitefegte, aber er hatte weder mir noch sich selbst vertraut. Zu sehr wünschte er Fängele endlich hinter Gitter, als dass er an die objektive Möglichkeit zu glauben gewagt hätte, dass Fängele unter seinen, eines Staatsanwalts, Augen einen Handel mit tödlichen Schlankheitsmitteln aufgemacht hatte.

Jetzt versuchte Richard, über seinen Kleinmut zu lächeln,

aber der Versuch misslang, denn: »Alles schön und gut. Wir wissen zwar, dass Fängele an der Entwicklung des Impfstoffs beteiligt war. Wir können auch vermuten, dass er einen Stamm des Llullaillaco-Erregers mit nach Deutschland brachte, als im Team Streit über die Erfinderrechte ausbrach. Wir können ihn sogar verdächtigen, dass er entweder zusammen mit Dr. Ogu oder alleine aus dem Erreger ein Schlankheitsmittel entwickelte, das er kommerziell zu verwerten gedachte. Aber das sind alles nur Spekulationen.«

»Aber man könnte die Ermittlungsbehörden in der Schweiz veranlassen, Dr. Ogu festzunehmen und seine Labors und Produktionsstätten zu durchsuchen.«

Richard schlitzte die Augen und suchte die blaue Stunde jenseits der Fenster. Das geschäftige Geklapper des Großraumbüros um uns herum versank in Grübelei.

»Dann ist nicht Schiller, sondern letztlich Fängele für den Tod Anettes verantwortlich«, überlegte ich. »Kann sein, dass Schiller sie zuerst mit dem gefährlichen Typ von Adipoclear versorgte. Doch dann machte Anette Schluss mit ihm, und Schiller strafte sie mit Entzug des wirkungsvollen Mittels. Doch Anette nahm weiter ab. Daraus schloss Schiller, dass Anette Adipoclear weiter bezog, und zwar die geimpfte Variante von Fängele. Er stellte Fängele zur Rede, entweder weil er um Anette besorgt war oder weil er am Geschäft beteiligt werden wollte. Und Fängele steckte in einem Dilemma. Einerseits wollte ein Erpresser Geld von ihm, andererseits musste der Stoff dringend aus dem Verkehr gezogen und überarbeitet werden. Und da ich ihm zu sehr auf die Pelle gerückt bin mit meiner journalistischen Neugierde, hat er mir Horst auf den Hals gehetzt.«

»Falsch!«, antwortete Richard mit seinem unverschämt logischen Blick, der mir sagte, dass er etwas wusste, was ich nicht wusste. »Am Funkhaus, das ging nicht gegen dich, Lisa. Auch nicht gegen Sally. Es ging gegen Horst.«

»Wie bitte!«

»Horst hat sich den Hals doch nicht gebrochen, weil du ihm den Fuß weggefegt hast. Damit hast du ihm bloß die Nase gebrochen. Die ärztlichen Gutachten sind sich einig, dass ein Sturz aufs Gesicht nicht zu einer Torsion der Halswirbel führen kann. Ihm muss nachträglich jemand den Hals umgedreht haben.«

Ich schluckte.

Richards Augen schmolzen. »Sag bloß, du hast die ganze Zeit geglaubt, du seist schuld an Horsts Elend! Aber, Lisa! Weininger hat doch schon bei deiner Einvernahme am Donnerstag klargemacht, dass Horsts Verletzungen für einen einmaligen Verteidigungsschlag zu schwer waren. Darum hat er dir doch eine Tötungsabsicht unterstellt.«

Ich suchte nach dem Gefühl der Erleichterung, aber es wurde überlagert von Entsetzen. Immer hatte ich das Gefühl gehabt, die Situation missverstanden zu haben. Meine eigene Egozentrik hatte mich verführt, die alleinige Verantwortung zu übernehmen. Aber tatsächlich war das Monstrum zurückgekehrt, nachdem Sally und ich geflohen waren – meine Schuld! –, um Horst den Garaus zu machen. Und dieses Monstrum aus Babyölweichspüler und Gewalt war Fängele gewesen? Wirklich? Ein Mann, der no sports in sein Dreifachkinn graviert hatte? Wie ging das? »Aber warum Horst?«

»Darüber kann man nur spekulieren«, antwortete Richard.

»Dann fragen wir doch Fängele.«

»Dafür haben wir keinerlei Legitimation.«

Mir juckte ein frivoles »Feigling!« in der Gurgel, aber Richard hatte sich in diesem Fall in der Tat schon viel zu sehr exponiert. Ein Schritt weiter, und er brach sich das Genick.

»Immerhin«, überlegte ich, »hast du doch noch die Porno-CD aus Fängeles Sportbuch! Also: Verdacht auf Produktpiraterie oder Umsatzsteuerbetrug. Und das ist dein Fach.«

Richard runzelte die Stirn.

31

Das Licht in den Fenstern des Schlachthofs hatte vor kurzem die Oberhand über das fliehende Tageslicht gewonnen.

»Und du hältst den Mund«, impfte mir Richard ins Ohr, als wir die ausgetretenen Steinstufen des Eingangs hochstiegen. Gertrud fuhr hinter der Rezeption hoch und sank in den Sitz zurück. Ich hielt eisern den Mund, aber sie nicht.

»Die hat Hausverbot!«

»Sie auch gleich«, sagte Richard und steuerte auf Fängeles Bürotür.

Gertrud sprang auf. »Da können Sie jetzt nicht ...! Warten Sie!« Dann öffnete sie uns eigenhändig die Tür, um uns wenigstens anzukündigen.

Fängele saß hinter dem Tablett seines Schreibtischs und zog die Wurstfinger von der Computertastatur. Da wir Gertrud auf dem Fuße folgten, erübrigte sich eigentlich ihr »Die Herrschaften wollen zu dir«.

»Verzeihen Sie, Herr Fängele«, sagte Richard manierlich, »dass wir Sie so überfallen. Aber es wird nicht lange dauern. Ich möchte mich lediglich verabschieden.«

Fängele blickte mich skeptisch an. Dann nickte er Gertrud zu, die sich widerstrebend zurückzog, und entfaltete ein Lächeln auf seinem Mastiff-Gesicht.

»Übrigens danke«, sagte ich, »dass Sie gestern meinen Anruf verstanden und Katrin benachrichtigt haben. Sie haben mir sehr geholfen.«

»Man tut, was man kann.« Fängeles Elefantenaugen ruhten ruhig in ihrem Saft. »Freut mich, dass ich Ihnen dienen konnte.« Er schwenkte seinen Blick zu Richard. »Und was kann ich für Sie tun?«

»Sie könnten mich aus Ihrer Kundenliste streichen.«

»Dann wollen Sie uns also wirklich verlassen? Das tut mir aber leid. Ich habe Sie immer als einen integeren Mann geschätzt, nun ja, ein bisschen verbissen manchmal, aber das bringt der Beruf wohl so mit sich und der Kraftsport. Sie verstehen?«

»Nein.«

Fängele sandte ein resigniertes Lächeln in meine Richtung. »War nicht bös gemeint. Nichts für ungut.«

»Wenn Sie mich nun bitte aus Ihrer Kartei streichen würden. Vor meinen Augen.«

Fängeles Gesicht bekam etwas Ballonförmiges. »Wenn Sie darauf bestehen.«

Er ließ die Finger über die Tastatur flitzen. Richard trat um den Tisch herum, um einen Blick auf das Formular zu werfen, aus dem Fängele brav alle Buchstaben herauslöschte, die Richards bürgerliche Existenz definierten.

»Zufrieden?«

»Das ist doch nicht alles«, sagte Richard. »Es muss auch eine Monatsabrechnung geben, eine Buchführung.«

Fängele bebte erst, bevor das Gelächter an die Oberfläche blubberte. »Ah, so läuft der Hase. Der Herr Staatsanwalt will einen Blick in meine Bücher werfen. Dazu brauchen Sie aber einen richterlichen Durchsuchungsbeschluss, wenn mich nicht alles täuscht.«

Dem war nichts hinzuzufügen.

»Herr Fängele«, sagte ich. »Geben Sie dem Staatsanwalt eine Chance.«

Das Elefantenbaby blickte mich verblüfft an. Richards Blick mied ich, denn er zielte wie ein Doppelgewehrlauf auf meinen Schädel.

»Sehen Sie«, sagte ich, »Sie sind doch der Sieger. Sie haben damals Ihren Freispruch bekommen, und ich möchte nicht wissen, wie. Auch jetzt können Sie triumphieren. Der Staatsanwalt steht vermutlich demnächst offiziell unter Mordverdacht. Also seien Sie nicht kleinlich, Herr Fängele. Gestatten Sie ihm ein paar Fragen.«

Fängele stauchte das Kinn in die Wülste über dem Hemdkragen. »Fragen? Ich darf doch annehmen, dass das kein Verhör werden soll, Herr Dr. Weber.«

»Selbstredend brauchen Sie nichts zu sagen«, antwortete Richard steif, »aber wenn, dann kann alles, was Sie sagen, gegen Sie verwendet werden.«

»Immer korrekt. So kenne ich Sie, mein lieber Oberstaatsanwalt. Ich bin nicht nachtragend, wie Sie wissen. Sie sind ein kluger Kopf, und jeder macht mal Fehler. Ich habe allerdings den Eindruck, dass Sie es nicht verwinden können, dass Sie damals eine Niederlage einstecken mussten. Ich darf wohl davon ausgehen, dass Sie dazugelernt haben und heute nicht eine zweite Dummheit begehen.« Fängeles Lächeln war das eines Mannes, der schon vor dem Kampf triumphierte, weil er die Schwächen seines Gegners kannte.

»Wird er nicht«, erklärte ich, »denn Herr Weber ist für Mord und Totschlag nicht zuständig.«

»Ich verstehe nicht.«

»Ganz einfach«, sagte ich. »Er rechnet Ihre Bilanzen nach, aber ich werfe Ihnen fahrlässige Tötung vor, schwere Körperverletzung und Mord.«

Fängele lachte, dass der Tisch auf seinem Schoß auf und ab sprang. »Ich nehme an, Herr Staatsanwalt, dafür haben Sie Beweise. So, haben Sie nicht? Dann sollten Sie das Fräulein aber schleunigst an die Kandare nehmen. Oder wollen Sie, dass sie Sie unglücklich macht?«

»Mein Unglück überlassen Sie ruhig mir«, sagte Richard.

»Außerdem«, setzte ich hinzu, »haben Sie ohnehin verloren. In dem Moment, da ich Ihr Haus betrat, begann Ihr Rückzugsgefecht. Das einzig Amüsante daran war für Sie, dass ich es nicht gemerkt habe. Würden Sie mir wohl mal den Generalschlüssel leihen?«

Fängeles Hand fuhr in die Jackentasche. »Warum sollte ich?«

»Lassen Sie uns nicht um einen Schlüssel kämpfen, der keine entscheidende Bedeutung hat.«

Fängele rückte den Schlüsselbund heraus, zögerlich zwar, aber wider Willen neugierig. Ich ließ mir den Generalschlüssel zeigen, ging zum Fenster und öffnete es. Kalte Luft fiel ein. Das Gitter dahinter hatte tatsächlich ein Schloss, das sich mit dem Schlüssel öffnen ließ. Ich stieß es auf.

»Eine Sicherheitsauflage«, bemerkte Fängele, »weil das Zimmer nur einen Ausgang hat.«

»Wie die Feuertreppe um die Ecke«, sagte ich. »Die mussten Sie auch nachträglich anbauen. Mit dem Generalschlüssel können Sie auch die Notausgänge von außen öffnen.«

»Könnte ich.«

»Erinnern Sie sich, wo dieser Ihr Generalschlüssel war, als Schiller ermordet wurde?«

Fängele flog ein zufriedenes Lächeln an. »Zufällig weiß ich das. Zufällig hatte ihn nämlich meine Frau. Sie können sie fragen. Sie wird Ihnen sicherlich auch sagen können, wozu sie ihn brauchte, falls das Ihre nächste Frage ist.«

»Vielen Dank. Wollen Sie uns nun auch sagen, wo sich zu diesem Zeitpunkt Schillers Generalschlüssel befand? Nein? Aber ich kann es Ihnen sagen: In der Tasche des Toten war er nämlich nicht. Er hatte ihn bei Ihnen liegen gelassen. Hier auf dem Tisch vermutlich, als er gegen halb acht Ihr Büro verließ. Es muss heiß hergegangen sein bei dem Gespräch mit Ihnen. Als Schiller raus war, haben Sie auf den fremden Schlüssel gestarrt und nachgedacht. Sie gaben Gertrud erinnerungswirksam Ihren Schlüssel und stiegen mit dem von Schiller aus dem Fenster, kletterten die Feuerleiter hoch und öffneten den Notausgang im ersten Stock, wo, wie Sie wussten, Schiller die Drückbank zusammenschraubte. Leider hatten Sie zuvor nicht bedacht, dass die Tür des Notausgangs sehr laut ins Schloss fällt, und so hielten Sie es für besser, als Sie gingen, den Schlüssel zu verwenden, um die Tür leise von außen ins Schloss zu ziehen. Nachher standen dann zu viele Leute bei der Leiche herum, als dass Sie Schillers Schlüssel dort hätten unterbringen können. Ein kleiner Schönheitsfehler.

Aber dafür bewiesen Sie Geistesgegenwart, als Sie gleich nach dem Mord Gertrud hochschickten, um mich zu einem Gespräch mit Ihnen zu bitten. Sie schilderten mir eindrücklich, dass Sie das Stemmen von Telefonhörern dem Stemmen von Gewichten vorziehen, weil man da nicht außer Atem kommt, aber Sie schwitzten ordentlich, wirklich auffällig.«

»Quod erat demonstrandum.«

»Ach was! Ich kann jederzeit meine Zeitung benutzen, um die Fragen an Sie öffentlich auszubreiten. Diese Verantwortungslosigkeit der Presse war Ihnen von Anfang an klar. Dem Staatsanwalt konnten Sie ins Gesicht lachen, wenn er einen Verdacht hatte. Bei mir durfte ein Verdacht gar nicht erst aufkommen.

Während ich noch dachte, Katrin habe endlich ihren Mann beseitigt und unser aufrechter Staatsanwalt habe ihr dabei geholfen, sannen Sie schon auf eine finale Lösung. Und dann gleich drei Fliegen mit einer Klappe. Da haben Sie sich übernommen. Es ist halt nicht so leicht, jemandem den Hals umzudrehen, wenn man nicht in Übung ist. Das, Herr Fängele, nehme ich Ihnen übel. Meine Freundin liegt mit einem Kieferbruch im Krankenhaus, und was Sie Horst angetan haben, ist schlimmer als Mord. In einem toten Körper überlebt nur das Bewusstsein, ein verzweifeltes Bewusstsein, dem nichts bleibt, als Sie anzuklagen.«

Die Irritation in Fängeles schlauen Augen dauerte nur kurz. Er vermutete einen Bluff. »Verstehe ich das richtig? Horst ist aus dem Koma erwacht? Das sollte mich freuen. Ich hoffe inständig, dass er wieder gesund wird, vollständig gesund.«

»Nein«, sagte ich, »das wird er nicht. Wenn er jemals wieder reden kann, dann immer nur in den Etappen, in denen die Maschine ihm die Luft aus den Lungen presst.«

Ein kleines Schweigen griff Platz, taktvoll angesichts eines fremden Schicksals.

»Das tut mir alles sehr leid«, bemerkte Fängele dann. »Aber ich sehe nicht recht ein, warum ich dafür verantwortlich sein soll. Was habe ich denn mit Horst zu schaffen, dass ich zu so einer wirklich entsetzlichen Tat fähig sein sollte.«

»Da könnte ich nur spekulieren, Herr Fängele«, sagte ich. »Und das sieht unser Herr Staatsanwalt gar nicht gern. Ob allerdings Gertrud noch loyal bleibt, wenn sie erfährt, dass nicht ich Horst so zugerichtet habe, sondern Sie, da bin ich mir nicht so sicher. Aber solange Sie nicht angeklagt werden, muss sie es ja nicht erfahren, gell?«

Zum ersten Mal wurde es Fängele deutlich unbehaglich. »Für all das«, sagte er, »haben Sie nicht den geringsten Beweis.«

»Nein«, bestätigte ich ihm fröhlich.

»Dann ist es wirklich besser, wenn Sie jetzt gehen. Es mag ja sein, Frau Nerz, dass Sie eine Verleumdungsklage nicht fürchten, aber der Herr Staatsanwalt dürfte ein empfindlicheres Rechtsbewusstsein haben als Sie. Andernfalls müsste ich die Polizei holen.«

»Ganz wie Sie wünschen«, nahm Richard das Wort. »Dann guten Abend.«

Er wandte sich zur Tür, und in mir brach Fassungslosigkeit aus.

»Ach übrigens, ehe ich es vergesse …« Richard drehte sich in der Tür um und kam zurück, in der Hand eine schillernde CD. »Das gehört doch Ihnen, wenn ich es recht verstehe. Die Art und Weise, wie mir diese CD zugespielt wurde, macht sie juristisch wertlos. Außerdem hält sich mein Interesse an derartigen Kunstwerken doch sehr in Grenzen.«

Fängele blinzelte, beugte sich vor und strecke die Hand aus. Doch ganz schnell zog er die Tentakel wieder zurück. »Woher soll ich wissen, ob das meine ist?«

»Es ist nicht Ihre«, sagte ich. »Ich habe sie Ihnen doch untergeschoben. Erinnern Sie sich nicht? Das haben Sie jedenfalls dem Staatsanwalt erzählt.«

Endlich hatte ich das Messer drin in der Qualle. Sie wackelte, aber konnte nicht weg. Fängele begriff sofort die Tragweite seines Fehlers. Die CD, die Richard ihm geduldig hinhielt, musste die sein, die ich aus seinem Sportbuch entwendet hatte. Fängele wusste es, der Staatsanwalt wusste es. Blieb nur die Frage, wusste der Staatsanwalt auch, warum Fängele sie wiederhaben wollte, jetzt, da das kostbare Stück in Reichweite war. Und wie herankommen, ohne den Wert zu verraten, die sie hatte?

Ich gab ihm Hilfestellung. »Unter uns Männern, wir haben alle Verständnis dafür, dass Sie nicht zuletzt vor Ihrer Frau solche Neigungen geheim halten wollten. Aber was reizt eigentlich einen Sportfeind wie Sie an dem obszönen Geturne auf Kraftmaschinen?«

»Ach, wissen Sie«, schmatzte Fängele, »solange ich es nicht selber machen muss. Allerdings, auf die Dauer wird auch das etwas fad.«

»Dann geben Sie sie mir«, sagte ich. »Für mich ist das nämlich durchaus neu.«

»Das könnte Ihnen so passen.« Fängele wandte sich an Richard. »Die CD gehört wohl mir.«

»Können Sie das beweisen?«

»Das ist doch lächerlich. Aber meinetwegen.« Fängele fingerte über die Tastatur, um aus dem Datensatz auszusteigen, aus dem er Richards Namen gelöscht hatte.

Richard ging erneut um den Tisch herum und trat neben ihn. Ich ging auf die andere Seite, um einen Blick auf den Bildschirm zu gewinnen. Fängele nahm die CD aus Richards Hand und lockerte den Krawattenknoten unter dem Dreifachkinn. Dabei fluppte ihm die Scheibe aus den Fingern auf den Teppich. »Ups!« Er stieß den Stuhl zurück und beugte sich vor. Plastik knackte unter den Stuhlrollen. Fängele kam ächzend wieder hoch, irisierende Trümmer in der Hand. »Wie ungeschickt von mir!«

Mir kam der bittere Verdacht, dass sich Richard schon lange damit abgefunden hatte, dass er Fängele nicht gewachsen war.

Das Bedauern der Qualle schlug schillernde Blasen. »Ist das jetzt sehr schlimm? Aber Sie sagten doch, Sie könnten sowieso nichts damit anfangen. Es wäre mir wirklich sehr peinlich, wenn ich Ihnen jetzt irgendetwas kaputtgemacht hätte.«

»Ihre Sorge ist unbegründet«, sagte Richard gelassen. Plötzlich hielt er neben die Trümmer in Fängeles Wurstfingern eine zweite, intakte CD, ohne sich dabei auch nur die Andeutung eines Triumphs zu gestatten. »Dann nehmen wir eben diese. Die andere war die, die Sie mir in meinem Büro ausgehändigt haben. Diese hier ist jedoch zuvor aus Ihrem Büro entwendet worden.«

Fängeles Linien flatterten.

»Wo muss ich die jetzt reinstecken?«, erkundigte sich Richard mit einem nur für Frauenherzen wahrnehmbaren Triumphbeben in der Stimme.

Ich zeigte ihm die Laufwerklade. Richard schob die Scheibe hinein. Das CD-Laufwerk rauschte elegant, die »6 sport«-Datei erschien auf Fängeles Bildschirm. Die Bodymaid zeigte Bizeps und Glutaeus.

Fängele ließ sich in seinen Sessel zurückfallen. »Wenn Sie noch ein bisschen spielen wollen? Nein. Dann darf ich Sie jetzt wohl bitten, meine Herren. Ich habe noch zu tun. Hat mich sehr gefreut und so weiter. Alles andere, Herr Dr. Weber, dann mit Vorladung und Anwalt, falls Sie sich das wirklich antun wollen.«

Auf Richards Stirn erschienen erste Schweißperlen.

Ich streckte meine Hand nach dem Eject-Knopf für den CD-Wagen aus. Fängele schob seine Hand dazwischen. »Was wollen Sie?«

»Die CD.«

»Mit welchem Recht? Sie gehört mir.«

»Dann beweisen Sie es endlich. Zeigen Sie uns die Datei, die Sie in diesem Lustgeturne versteckt haben. Das kann doch nicht so schwierig sein. Sie müssen nur irgendeinen Hotkey drücken, Alt-F4 oder Strg-F6-F3 gleichzeitig oder so ähnlich. Etwa so.« Ich fing bei Alt-F1 an.

»Stopp! Ich lasse mir nichts unterschieben!« Fängeles Stimme hatte einen Kick ins Fistelige bekommen. »Das sind ja polizeistaatliche Methoden.«

Ich langte bei Alt-F12 an, aber immer noch tat sich nichts.

»Herr Weber, ich muss doch sehr bitten. Ich werde Sie verklagen. Wollen Sie das wirklich?«

Ich nahm Strg-F1 in Angriff.

»Finger weg!« Fängele wischte meine Hand von der Tastatur. Ob es daran lag, dass ich inzwischen Strg-F2 gedrückt hatte, oder daran, dass Fängele noch eine Taste berührte, war nicht zu entscheiden. Jedenfalls rauschte das Laufwerkgebläse gefällig. Ein Staganografie-Datei-Manager öffnete auf dem Bildschirm sein blaues Fenster und verlangte ein Passwort.

»Na bitte!«, sagte ich. »Das müssen sehr brisante Daten sein, wenn Sie sie in einem Porno-Strip verstecken und vorher sogar noch verschlüsseln.«

Aber wenn ich selbst im Passwortfeld die Namen aus Fängeles Umfeld ausprobierte, hatte das den Nachteil, dass er hinterher behaupten konnte, wir hätten den Inhalt der Diskette zu seinem Nachteil manipuliert. »Helfen Sie uns«, bat ich. »Seien Sie so gut.«

Er lachte böse.

»Herr Fängele«, sagte Richard, »ich mache Sie darauf aufmerksam, dass ich Sie für dringend tatverdächtig halte, Einnahmen aus illegalen Geschäften nicht steuerlich erklärt zu haben. Des Weiteren habe ich Grund zu der Annahme, dass diese CD, die Sie vor Zeugen als die Ihre identifiziert haben, Daten über diese Einnahmequellen enthält. Sie müssen sich dazu nicht äußern. In Ihrem Interesse würde ich Ihnen jedoch raten, uns bei der Aufklärung des Sachverhalts behilflich zu sein.«

»Dann darf ich wohl jetzt meinen Anwalt anrufen.«

»Nein. Der Ermittlungsrichter wird Ihnen dazu später Gelegenheit geben.«

Ein Gelächter blubberte aus Fängeles körperlichen Tiefen. »Aber, Herr Staatsanwalt! Ich hätte Sie für klüger gehalten. Oder muss ich noch deutlicher werden?«

»Wenn Sie nicht fürchten, sich zu belasten.«

»Immer fair, der Herr. Ich hoffe, Sie sind sich Ihrer Sache ganz sicher. Denn wenn nicht … Nun, es wäre doch peinlich, wenn jemand nachfragen würde, warum Sie in meinem Fitnesscenter ein und aus gegangen sind.«

»Wollen Sie mich erpressen?«

»Aber, Herr Weber! Wir wollen Ihre hübsche junge Begleiterin doch nicht desillusionieren? Ein Staatsanwalt ist nicht erpressbar, oder?«

Deutlicher konnte Fängele nicht werden, solange ich im Raum war. Richards Gesicht war schon versteinert. Wenn Fängele unterging, dann würde auch er untergehen. So einfach war das. Aber offenbar war Richard zum Untergang entschlossen, wenn er dabei Fängele mitriss. »Dann rufen Sie Ihren Anwalt an, und wir setzen das Gespräch im Amt fort«, sagte er mit gelassener Todesverachtung.

Fängele lächelte ungläubig. Aber seine Hand zitterte nun doch ein wenig, als er die Brieftasche aus dem Sakko zog, um im Adressteil nach der Telefonnummer des Anwalts zu suchen. Ich bemerkte, dass ich meine Faust so geballt hatte, dass sich die Scharte am Daumen meldete, die mir der Reißverschluss des Blousons beim Kampf am Funkhaus gerissen hatte, des Blousons von Fängele. Wir Idioten! Das war doch der Beweis. Mir wurde fast schlecht.

Fängele blätterte noch. Offenbar gehörte er zu der Gruppe der Vergesslichen, denn ich erspickte, dass er in seinem Büchlein sogar die Schlachthofnummer notiert hatte. Die besten Passwörter waren Zahlen. Kombinierte man sie mit Sonderzeichen wie Bindestrichen und Kommas, dann versagten alle Passwort-Suchprogramme. Das menschliche Gehirn besaß allerdings, anders als ein Computer, für abstrakte Zeichenfolgen keine besonders gute Merkfähigkeit. Manche notierten sich sogar die Bankgeheimzahl als Telefonnummer kaschiert.

Fängele langte nach dem Telefon. Richard griff nach dem Büchlein. Fängele fuhr hoch. Richard hob beschwichtigend die Hand. »Nach Paragraph 163b der Strafprozessordnung kann ich bei einer vorläufigen Festnahme Personen und mitgeführte Sachen durchsuchen. Aber ich will nur feststellen, wen Sie anrufen.«

»Schau doch gleich nach einer Nummer, die keine Telefonnummer sein kann«, schlug ich vor.

Fängele lehnte sich zurück, ein wenig rastlos die kleinen Elefantenaugen, immer noch lächelnd der Mund, eine Mimik, die kaum verbergen konnte, dass er fieberhaft nachdachte, während Richard in aller Ruhe blätterte und weiterblätterte und schließlich die Stirn runzelte. »Was ist das? Bei Zacharias eine Nummer mit Stuttgarter Vorwahl, aber nur vier Ziffern nach dem Bindestrich?« Richard drehte das Büchlein mit dem Gesicht zu uns. »Außerdem sind Vorwahl und Nummer sonst mit Schrägstrichen getrennt.«

Ich tippte die Ziffern samt Bindestrich in die Tastatur.

Das Laufwerk antwortete. Auf dem Bildschirm erschien eine Kundenliste. Der Datensatz umfasste 325 Einheiten von A wie Albrecht bis W wie Weber.

»Eine Sicherungskopie«, sagte Fängele breit. »Falls wir uns mal einen Virus einfangen.«

»Warum machen Sie dann so ein Geschiss darum?«, fragte ich und betrachtete die Ordner in dem Regal. »Trägt sich der Laden denn mit 325 Anmeldungen? Die Personalkosten für sieben Angestellte dürften die Einnahmen doch gänzlich auffressen.

Nicht mitgerechnet die Kosten für die Wartung der Maschinen und den Unterhalt des Hauses.«

»Ich bin Ihnen keine Rechenschaft schuldig, Frau Nerz. Aber wir stehen erst am Anfang.«

Richard starrte unterdessen auf den Bildschirm. »Einen Physiotherapeuten beschäftigen Sie auch? Interessant.«

Ich klickte mich mit der Maus in den Datensatz Anette Kaufmanns. »296 Mark monatlich für Physiotherapie. Das muss ja ein begnadeter Therapeut sein, wenn er so viel abgreift. Und Sally Simpson, einmal Physiotherapie für 148 Mark, dann Solarium auch für 148 Mark. Du meine Güte! Sie nehmen es aber von den Lebenden. Und da schau her! Herr Weber hat bei Ihnen monatlich ebenfalls 296 Mark gelassen. Ich wusste gar nicht, dass er so gebrechlich ist. Und hier, Vicky Stenzel, drei Monate lang 200 Mark für den Therapeuten und genauso viel für Sauna, wohl das Honorar für Sozialfälle, aber doch auch wieder viel, wenn man bedenkt, dass die Sauna noch Baustelle ist, finden Sie nicht?«

Fängele blickte nicht mich, sondern Richard an, der genau dasselbe dachte wie ich. Ein Dutzend Zeugen würden sich finden, die aussagten, dass sie weder den Physiotherapeuten in Anspruch genommen hatten, noch sich auf die Sonnenbank legten. Sie hatten stattdessen ein hochbrisantes Schlankheitsmittel bezogen.

Blöd nur, dass Richard auch auf der Liste stand.

»Damit«, bemerkte ich, »wollten Sie den Staatsanwalt erpressen, wenn es so weit ist, dass alles auffliegt.«

Richard lachte auf. »Aber, Herr Fängele, ich bin Pedant. Ich hebe meine Kontoauszüge auf und führe über alle Barausgaben Buch. Da bleibt keine Lücke für ominöse Sonderzahlungen an Sie.«

Fängele lächelte.

Was gab es da zu lächeln? Ein Verlierer konnte nicht so lächeln, nicht so heimtückisch und selbstsicher.

»Ich glaube«, sagte Richard, »Sie sollten jetzt wirklich Ihren Anwalt anrufen.«

Fängele lächelte immer noch und langte nach dem Telefon. Ich verstand: Er hatte noch etwas in petto. Um das auszuspielen, brauchte er seinen Anwalt als Zeugen und die Intimität von Richards Amtsstube.

»Stopp!«, sagte ich. »Herr Fängele, wir haben Sie unterschätzt.«

Fängele fiel das Lächeln aus den Backen.

»Als Sie Herrn Weber in seinem Büro aufsuchten, ging es Ihnen nicht darum, ihm die harmlose Porno-CD zu überreichen und mir zu unterstellen, ich hätte sie Ihnen untergeschoben. Richard, hast du dein Büro mal verlassen, während Herr Fängele dort war?«

Richard schüttelte den Kopf. »Halt, doch! Das Telefon. Frau Kallweit kommt mit der neuen Telefonanlage nicht klar.«

»Dann solltest du mal hinter deine juristischen Werke gucken. Dort wirst du wenigstens eine kleine grüne Schachtel mit Turbostreifen finden.«

Fängele schrumpelte.

»Tja, da wird nun nix draus«, triumphierte ich der Qualle in die Falten. »Futsch Ihr Beweis, dass der Staatsanwalt Ihr bester Kunde gewesen sei.«

Fängele senkte den Blick auf die Computertastatur. Seine Finger zuckten.

»Welche Variante Adipoclear ist es denn?«, erkundigte ich mich. »Die vom Typ Physiotherapie oder die vom Typ Solarium und Sauna?«

Fängele hob die Augen.

Der Schwindel ungeheurer Erleichterung erfasste mich. Auf Fängeles Liste war Anette bis zum Schluss zum Physiotherapeuten gegangen, Sally dagegen nur für eine Vierzehntagesration, für die Fängele hundert Mark weniger, aber Schiller den vollen Preis kassiert hatte. Anette hatte den Lullaillaco-Erreger im Schlankheitswahn monatelang genommen, Sally nur vierzehn Tage lang. Sie und ich würden nicht sterben.

»Was machen Sie da?«, hörte ich Richard sagen.

»Wollen Sie den Datensatz wirklich endgültig löschen?«, fragte das geschwätzige Programm auf dem Bildschirm.

Ich riss Fängele die Tastatur unter den Fingern weg.

Er konnte wüst ausschlagen. Und er begnügte sich nicht damit, mir den Ellbogen in den Magen zu rammen. Überraschend schnell war Fängele auf den Beinen, packte mich an der Schulter und hieb mir den anderen Arm unter die Achsel, so dass es mich, getrieben von ungeheurer Gewalt, vom Boden lupfte. Meine Füße folgten einem unaufhaltsamen Drall zur Decke. Ein Effet wirbelte die Tischecke an meiner Nase vorbei, dann kam mir der Teppich entgegen.

Als ich die richtige Perspektive wiedergewonnen hatte, sprang Richard eben aus der Reichweite von Fängeles Faust.

In dem Elefantenbaby war der Terminator erwacht. Den Schreibtischstuhl räumte er mit einem Schlag aus dem Weg. Sein Mund war klein, das Fett erstarrte zur schieren Inkarnation von Gewicht. Sein Gang protzte vor Kraft.

Dem Sumo-Ringer genügte ein kleiner Raum, um seinen Gegner plattzumachen.

Ich verzichtete auf das zeremonielle Vorspiel und zielte mit dem Fuß genau auf die Hosennaht unter dem Reißverschluss. Hier schützte den Sumo-Ringer jetzt kein Mawashi. Fängele japste, plumpste rückwärts gegen den Schreibtisch und rutschte zu Boden.

»Sie hätten sich in Japan mehr Zeit nehmen müssen, das Sumo-Ringen richtig zu lernen«, sagte ich.

»Herr Fängele«, sagte Richard zeremoniell. »Sie sind vorläufig festgenommen.«

Ich öffnete meine Hand mit der verschorften Scharte. »Und das rechtfertigt eine Hausdurchsuchung. Wenn Fängele den Blouson noch hat, in dem er mich und Sally am Funkhaus angegriffen hat, dann haben wir einen Beweis. Dann werdet ihr Hautpartikel von mir im Reißverschluss finden.«

Erst jetzt bemerkte ich Gertrud, die klein und hochgereckt in der Tür stand.

Welches verlogene Mode-Genie war nur auf die Idee gekommen, diese unerhört schimmernde Zweithaut von Leggins und Body zur Bekleidung zu erklären? Diese schamlosen Nähte!

Sie blickte auf ihr Elefantenbaby hinab, das grau im Stoff seines Anzugs auf dem Boden schwabbelte. »Du hättest der Polizei sofort sagen sollen, dass das mit Schiller ein Unfall war«, sagte sie.

»Aber stattdessen hat er auch noch Horst den Hals umgedreht«, erklärte ich.

In Sekundenbruchteilen orientierte sich Gertrud neu.

»Du?«, keuchte sie tonlos. Dann brach der Hass aus. Mit spitzen Füßen und geballten Fäusten stürzte sie sich auf ihren Mann. Ich konnte sie kaum einfangen.

32

Die Friedenskirche schlug vier. Die Amseln kündigten den Morgen an. Der Supersänger in den Antennen der Staatsanwaltschaft schnalzte schmalzig. Kann mir jemand erklären, warum die Natur die wahren Prachtexemplare nur unter den Männchen hervorbrachte? Die Gockel mit dem glänzenden Gefieder, die Löwen mit ihrer mächtigen Mähne, die Paviane mit ihren prächtigen roten Ärschen.

Richard schwebte in der Morgendämmerung über meine Türschwelle, warf den Mantel über die Stuhllehne und zog sich den Schlips aus dem Kragen, eine routinierte, aber leidenschaftliche Bewegung. »Er hat gestanden. Hast du einen Kaffee und ein Bett?«

»Und ich hätte meinen Kopf darauf verwettet, dass Fängele nicht einmal rennen kann.«

»Tja«, sagte Richard. »Du hast ein ausgesprochenes Talent, aus Irrtümern die ganze dumme Wahrheit herauszupopeln.« Mit einer sparsamen Schulterdrehung entledigte er sich des Jacketts, nahm den Mantel von der Stuhllehne und ließ das Jackett darübergleiten. Wohin nun mit dem Mantel?

Ich absentierte mich in die Küche und machte mich an der Kaffeemaschine zu schaffen. Er kam hinterher und pulte sich die Westenknöpfe auf. Eine Kostprobe stoischer Geduld.

Ich löffelte Kaffeepulver in den Filter.

Richard schnüffelte mit geblähten Nüstern. Er überwältigte den letzten Westenknopf. »Die arme Frau Meisner. Sie hatte Gäste daheim. Aber Fängele wollte reden, obwohl sein Anwalt ihm dringend davon abriet.«

Ich goss Wasser in die Maschine und knipste sie an.

Richard hielt beim zweiten Hemdknopf inne und sah mich an. Ich hörte auf, mir den erkalteten Fuß an der nackten Wade zu reiben, und widerstand der Versuchung, das Herrenhemd, das mir als Nachtgewand diente, kokett zusammenzuraffen.

»Entschuldige«, sagte er, »habe ich dich eigentlich geweckt?«

»Nun werd bitte nicht gleich höflich!«

Die Kaffeemaschine rülpste.

Richard knibbelte weiter an seinen Hemdknöpfen und sog die Kaffeedüfte ein, während seine Augenbrauen bei jedem überwältigten Knopf in die Höhe zuckten.

»Übrigens«, fuhr er fort, »du hast dich mit dem Schlüssel geirrt. Schiller hatte ihn zwar bei Fängele liegen gelassen, aber Fängele nahm ihn und ging durch die Halle hoch. Du hast ihn nur einfach nicht gesehen vor lauter Wettturnen mit mir, und ich auch nicht. Was dann passierte, konnte Fängele kaum sagen. Schiller muss schon auf der neu zusammengeschraubten Bank gelegen haben. Vielleicht erschrak er, als Fängele auftauchte. Die Arme seien ihm plötzlich eingeknickt. Hundert Kilo waren wohl doch zu viel. Die Stange fiel ihm in den Hals. Er röchelte und verstarb. Fängele war geschockt, dachte an den vorhergehenden Streit, wollte plötzlich nicht gesehen werden, zog sich mithilfe von Schillers Schlüssel leise durch den Notausgang zurück und schickte Gertrud hinauf. Er wollte, dass du bei ihm im Büro saßest, wenn Schillers Leiche gefunden wurde.«

Ich stellte schon mal die Kaffeebecher auf. »Und worüber haben sie sich gestritten?«

»Fängele wollte, dass Adipoclear aus dem Schlachthof verschwindet. Nach Anettes Tod interessierte sich die Polizei für die harmlosere, allerdings in Deutschland verbotene Variante. Außerdem kamst du und stelltest Fragen nach Anette. Aber Schiller wollte auf die Einnahmen nicht verzichten. Er kassierte pro Packung 50 Mark. Außerdem war Schiller aufgefallen, dass es zwei Varianten geben musste, die aus Zürich geliefert wurden, eine, mit der die Frauen abnahmen, eine andere, die kaum wirkte. Das hielt er Fängele vor und verlangte erstens eine Beteiligung am Geschäft mit dem Wundermittel und zweitens Schweigegeld. Sein Fehler war, dass er drittens im Rausch des Triumphs nachkartete, Gertrud habe ein Verhältnis mit Horst. Vielleicht hoffte Schiller, auf diese Weise einen Keil zwischen Horst und Fängele zu treiben, doch Fängele rastete aus. Und wieder mal wurde zuerst der Bote geköpft. Er habe in der Tat an Mord gedacht, räumte Fängele ein, als er nach oben stieg, um den Frechling noch einmal zur Rede zu stellen. Ich persönlich glaube, er hat ihm die Stange in den Hals gedrückt, als Schiller sie abwerfen wollte, aber es fehlen die Fingerabdrücke, und dass der Richter sich allein von Gutachtern überzeugen lässt, halte ich für zweifelhaft.«

Ich ließ Löffel in die Kaffeebecher klirren. Richard zippelte sich das Hemd aus dem Hosenbund und zerstörte mit einem Mal die eherne Ordnung seiner Erscheinung zugunsten einer gedankenlosen Vertraulichkeit.

»Aber den Horst hat Fängele nachweislich auf dem Gewissen.

Zwar konstruierte er nach dem Tod Schillers mit deiner Hilfe äußerst kaltblütig sein Alibi, aber er stand doch unter Stress. Erstens wollte er weder seine Frau noch deren Vermögen verlieren, zweitens gefährdete Horst sein Alibi. Denn die Entdeckung des Holzkeils am Notausgang brachte Horst auf die Idee, dass Schiller ermordet worden war von einem, der sich dort hereingeschlichen hatte. Vertrauensvoll ging er damit zu Fängele, der sich kurz vor der Entdeckung wähnte und sich schon im Klammergriff des Muskeltölpels sah, der nun statt Schiller am Adipoclear-Geschäft beteiligt werden wollte. Fängele stellte Horst die Bedingung, dass zuvor dir eins ausgewischt werden müsse, um dich von weiteren Nachforschungen abzuhalten. Deine Adresse stand in der Kundenliste. Sie legten sich auf die Lauer. Du ranntest von einem Haus zum nächsten. Die Gelegenheit ergab sich erst am Funkhaus. Da war Fängele schon klar, dass Horst diesen Kampf nicht überleben sollte. Deine wirkungsvolle Verteidigung machte es ihm leichter, als er gehofft hatte. Er versuchte zwar, sich unschuldig zu reden, aber zuletzt musste er doch einräumen, dass er noch einmal zurückgekehrt sei, Horst den Strumpf vom Gesicht gezogen, ihn lebend vorgefunden und ihm den Hals umgedreht habe. Das Geständnis war ihm eine Erleichterung.«

Die Kaffeemaschine sprotzte.

»Und was ist, wenn er bei der Verhandlung widerruft?«, fragte ich.

Richard ließ die Hände um die Manschettenknöpfe herumturnen. Der Mann war wirklich ungeheuer zugeknöpft.

»Das wird ihm schwerfallen, denn er hat uns den Ort genannt, wo er Schillers Schlüssel in den Neckar warf. Taucher werden ihn dort finden. Den Mord an Schiller können wir Fängele zwar wahrscheinlich nicht nachweisen, aber für die Vorgänge am Funkhaus haben wir dich und Sally als Zeuginnen und Fängeles Blouson, der tatsächlich in seinem Schrank hing. Erstaunlich, wie ungern sich Dicke von schwarzen Jacken trennen, in denen sie sich wohlfühlen. Er konnte sie überdies weder vernichten noch in die Reinigung tragen, ohne dass Gertrud Fragen gestellt hätte. Der Reißverschluss trägt Hautpartikel und Blut von deiner Hand. Notfalls bemühen wir den genetischen Fingerabdruck. Was macht der Kaffee?«

»Gleich.«

»Hm.« Richard fuhr sich mit der Hand ins offene Hemd und strich sich über Bauch und Brust zur Achsel hin. Kaum hatte ich den Kaffee ausgeschenkt, langte er nach dem Becher, drehte sich um und ging in den Salon.

»Und die Experimente mit dem Llullaillaco-Erreger? Hat Fängele das einfach so eingeräumt?«

»Keineswegs. Er war sich verdammt sicher, dass wir in seinem Hause keine einzige Schachtel mehr finden würden, zumindest keine, die den Erreger enthielt. Nach Schillers Tod räumten er und Gertrud Schillers Schließfach aus, das auch zahlreiche Anabolika enthielt. Dabei schaffte Gertrud unbemerkt die letzte Schachtel als Reserve für sich selbst beiseite, die du ihr unter Einsatz deines Lebens abgetrotzt hast. Als wir Fängele damit konfrontierten, brach er zusammen. Er gab auf einmal auf, versuchte nicht einmal mehr, sich als von Dr. Ogu getäuschten Zwischenhändler darzustellen, klammerte sich an die einzige positive Leistung seines Lebens, nämlich, den Llullaillaco-Erreger identifiziert und einen Impfstoff gefunden zu haben.«

Richard stellte den Kaffeebecher auf den Tisch, schälte sich aus Hemd und Weste, legte beides sorgfältig auf den Stuhl, richtete sich auf und fand, welche Überraschung, noch einen Knopf am Hosenbund.

»Mein Gott«, er lachte leise auf, »hattest du eine Angst um mich!«

»Na ja.«

Richard stellte erst den einen, dann den anderen Fuß auf den Stuhl und zog die Schnürsenkel seines italienischen Schuhwerks auf. Sorgsam zog er Schuh für Schuh von der Ferse und paarte die Stücke unter dem Stuhl. Erstaunlich, wie viele Rücken-, Schulter- und Armmuskeln der Mensch brauchte, allein um Schuhbändel zu lösen. Verglichen damit war ein spöttisches Lächeln ein simple Angelegenheit.

»Ich gebe zu«, sagte er, »ohne deine Ungezogenheit, deine Unverschämtheiten –«

»Könnte man nicht auch einfach Hilfe sagen?«

»Hilfe?« Richard zog die Brauen hoch. »Freilich, es war hübsch, wie du Fängele gezwungen hast, die CD zu identifizieren. Aber mit Verlaub, Fängeles darauf dokumentierte Steuerhinterziehung ist nur das Nebenprodukt eines illegalen Handels mit nicht zugelassenen Arzneimitteln. Und auch das ist eine Lappalie, verglichen mit der Anklage wegen fahrlässiger Tötung und Mordversuchs in Tateinheit mit schwerer Körperverletzung. Vorsicht!«

Aber da hatte ich mir die Schnauze schon am heißen Kaffee verbrannt.

»Na gut«, räumte Richard ein, »ich gebe zu, ohne deine … deine Verachtung für einen Feigling wie mich –«

»Gib doch nicht so an!«

Er lachte, griff nach der Schullehne und schob sich, einen Fuß nach dem anderen hebend, die bordeauxroten Socken von den Füßen. Nackte menschliche Füße unter der Bügelfalte einer Hose waren eine befremdliche Angelegenheit. Doch Richard ließ mir keine Zeit, ins Philosophische abzudriften. Mit der tausendfach erprobten Sorge um die Unversehrtheit des Geschlechts und dem unnachahmlich selbstverständlichen Kippen des Beckens zappte er den Reißverschluss auf.

»Noch Fragen?«

Ich zögerte.

Richard entstieg den Hosenbeinen. Den teuren Stoff legte er anschließend in seine Bügelfalten über die Stuhllehne. Seine Unterhose war ein blütenweißes Gerät anatomischer Korrektheit. Richard griff nach dem Kaffeebecher, blies und nippte und trug ihn ziemlich zielstrebig mich umrundend in mein Schlafzimmer, aus dem unterm Getriller der Amsel die Nacht wich. Der dampfende Kaffee suchte und fand einen Platz auf der Bücherkiste, die mir als Nachttisch diente.

Ich strich Richard über die Lende und stippte die Fingerspitzen unter das Gummiband seiner Unterhose. Er fuhr herum und grunzte. Seine Augen tränten vor Übermüdung oder aus anderen Gründen. Er langte mir unters Hemd und zog mich an sich. »Was willst du noch wissen? Raus damit.«

»Wer hat denn damals nun den Prozess gegen Fängele versiebt, Weininger oder du?«

»Wir beide. Weininger hat Stenzel zu hart rangenommen und ich habe … ich habe Fängele geohrfeigt. Er hat mich derartig provoziert, dass ich mich nicht mehr beherrschen konnte.«

»Oh!« Ich musste lachen und versuchte dabei, ihm die Unterhose über den gespannten Glutaeus zu schieben. Richard kam mir und seinem Organ mit der Hand zu Hilfe. Die Unterhose landete irgendwo.

»Ich werde mich wohl bei Weininger entschuldigen müssen.«

»Sehr mutig.«

»Lisa, halt den Mund, bitte!«

Vorübergehend kam mir der Überblick abhanden. Unsere Art zu kämpfen entbehrte noch der Harmonie. Dann begriff ich, dass ich nur eine Idee in die Knie gehen musste, damit sein Affe den Weg fand. Richard schlang die Arme um mich und hielt gegen. Ich hakte meine Ferse hinter seine und führte einen Kosoto-gake aus. Wir krachten in die Federn. Im Judo löst man sich beim Übergang vom Stand zum Bett niemals vom Gegner.

Christine Lehmann

»Es sind nicht nur die Figuren, die Lehmanns Krimis haushoch aus den Niederungen der deutschen Kriminalliteratur hervorstehen lassen. Wunderbar geformte Bilder aus der Wirklichkeit, literarischer Realismus verdichtet in wenigen Worten: witzige und kunstvolle Krimis mit Klassikerqualitäten.« *krimiblog.de*

Vergeltung am Degerloch

Nerz 1 · Ariadne Krimi 1165 · ISBN 978-3-88619-895-5

Gaisburger Schlachthof

Nerz 2 · Ariadne Krimi 1167 · ISBN 978-3-88619-897-9

Pferdekuss

Nerz 3 · Ariadne Krimi 1171 · ISBN 978-3-88619-171-8

Harte Schule

Nerz 4 · Ariadne Krimi 1157 · ISBN 978-3-88619-887-0

Lisa Nerz trägt gern Männerkleidung und genießt es, ihre arrogante blonde Volontärin zu triezen. Als auf einem Stuttgarter Schulhof ein ermordeter Lehrer liegt, nimmt sie die Fährte auf und folgt ihr bis in höchste Kreise, wobei sie Kopf und Kragen riskiert …

Höhlenangst

Nerz 5 · Ariadne Krimi 1161 · ISBN 978-3-88619-891-7

Dunkel sind die Höhlen der Schwäbischen Alb. Doch das kann eine Journalistin wie Lisa Nerz nicht schrecken – wenn Gerüchte von Mord und Korruption umgehen, steckt sie ihre Nase auch ins finsterste Fledermausnest.

Allmachtsdackel

Nerz 6 · Ariadne Krimi 1169 · ISBN 978-3-88619-899-3

»Ganz stark! Ein Kommentar zur globalen Situation, situiert im Schwabenland. Christine Lehmann kann das, souverän und überzeugend.« Thomas Wörtche, *kaliber38*

»Lehmanns Schwaben-Western: Rinder, Söhne, Pietisten. Do legscht di nieder!« *arte/Krimiwelt*

Christine Lehmann

Nachtkrater

Nerz 7 · Ariadne Krimi 1173 · ISBN 978-3-86754-173-2

Als Lisa Nerz zu sich kommt, ist sie nicht mehr am Bodensee, wo sie eben noch mit Richard Weber Spargel aß. Sie ist nicht mal mehr auf der Erde – sondern unterwegs zur Mondstation Artemis! Was soll sie hier? Ist das die Strafe, weil sie schon wieder einen Mord gewittert hat?

»Witzig. Fulminant. Ultralunar.« Tobias Gohlis, *arte/Krimiwelt*

»Am Ende haben wir uns derart gut amüsiert, dass wir ein schweres Problem aus den Augen verloren haben: Gibt es überhaupt eine Forschungsstation auf dem Mond?« Thomas Wörtche, *DeutschlandRadio Kultur*

Mit Teufelsg'walt

Nerz 8 · Ariadne Krimi 1179 · ISBN 978-3-86754-179-4

In ihrem achten Fall stößt Lisa Nerz auf blinde Flecken im deutschen Sorgerecht, entdeckt ungeahnte Eigenschaften bei Staatsanwalt Richard Weber und bringt sich in Teufels Küche.

»Ein gelungenes Lesevergnügen, das grundsätzliche Fragen nach Recht und Unrecht in Sachen Kindeserziehung stellt. Der mitreißend-ironische Stil zieht den Leser so in seinen Bann, dass man das Buch nur ungern weglegen möchte – auch wenn dies dem Kindeswohl dienen würde.« Stefan Schweizer, *literaturkritik.de*

Malefizkrott

Nerz 9 · Ariadne Krimi 1185 · ISBN 978-3-86754-185-5

Lisa Nerz, Ritterin von Zweifels Gnaden, reitet zwischen die Windmühlen des deutschen Literaturbetriebs, während Sancho Richard Weber mit süffisanter Melancholie seine ganz eigenen Strippen zieht – was für ein Spektakel! *Malefizkrott* ist Actionthriller, Burleske und Medienromanze, ein Abenteuerroman aus dem Literaturdschungel.

»Wenn ein Axolotl auf eine Malefizkröte trifft: Wer die Diskussionen um Helene Hegemann auch nur am Rande verfolgt hat, wird den ›Fall‹ schnell wiedererkennen in Lehmanns Malefizkrott. Eine scharf beobachtete Literaturbetriebssatire mitsamt Kriminalfall.« Sylvia Staude, *Frankfurter Rundschau*

Christine Lehmann

Notorisch Nerz

Acht Kurzkrimis · Ariadne Krimi 1181 · ISBN 978-3-86754-181-7

Lisa Nerz und »ihr« Staatsanwalt suchen die Wahrheit im schwäbischen Wein, decken ein Spukrätsel in Jena auf, lernen das eigenwillige Geschichtsverständnis von Uhlbach kennen und knobeln mit der Hamburger Mathematiker-Elite …

Notorisch Nerz versammelt acht Lisa Nerz-Eskapaden, schelmisch, hauchfein und dunkel: ideal zum Kennenlernen oder als Nachschub für Unersättliche.

»Gerade für Einsteiger eröffnet sich das Spektrum um die Serienfigur, ihre Facetten und Erfahrungen. Lisa wird flirtend gezeigt, unsicher, ängstlich, kaltschnäuzig, smart, schnell und offen.« Sabina Schutter, *TitelMagazin*

»Christine Lehmann schreibt mit Herz und, eine Rarität im D-Krimi, (Wort-)Witz.« Tobias Gohlis, *Die Zeit*

»Christine Lehmann kann besser und witziger Hochdeutsch als fast alle andern deutschen Krimischreiber.« Michael Schweizer, *Kommune*

»Einsam, aufsässig und notorisch respektlos – ein klarer Fall von hardboiled woman.« *Konkret*

»Misstrauisch und provokant, reizbar und schredderzüngig: Die Streitlust von Lisa Nerz drückt sich in der Dynamik, Frechheit, Wendigkeit ihrer Sprache bestens aus.« Thomas Klingenmaier, *Stuttgarter Zeitung*

»Um eine Figur wie Lisa Nerz glaubwürdig zu gestalten, muss eine Autorin schon was können. Und tatsächlich kann Christine Lehmann viel mehr. Das hat so viel Tempo, und die Figuren sind so liebevoll charakterisiert, da verbinden sich dynamischer Vorwärtsdrang und fortgesetzte Seitwärtsbewegung zu einer durchweg unterhaltsamen Provinzinvestigation. Mehr davon!« Ekkehard Knörer, *Perlentaucher*